艺术是历史的乡愁

巴音博罗 著

作家出版社

图书在版编目（CIP）数据

艺术是历史的乡愁 / 巴音博罗著． -- 北京：作家出版社，2017.12

ISBN 978-7-5063-9814-5

Ⅰ．①艺… Ⅱ．①巴… Ⅲ．①散文集 – 中国 – 当代 Ⅳ．①I267

中国版本图书馆CIP数据核字（2017）第308963号

艺术是历史的乡愁

作　　者：巴音博罗

责任编辑：兴　安

插　　画：巴音博罗

装帧设计：王一竹

出版发行：作家出版社

社　　址：北京农展馆南里10号　　邮　　编：100125

电话传真：86-10-65930756（出版发行部）

　　　　　86-10-65004079（总编室）

　　　　　86-10-65015116（邮购部）

E-mail:zuojia@zuojia.net.cn

http://www.haozuojia.com（作家在线）

印　　刷：三河市北燕印装有限公司

成品尺寸：152×230

字　　数：150千

印　　张：16.75

版　　次：2017年12月第1版

印　　次：2017年12月第1次印刷

ISBN 978-7-5063-9814-5

定　　价：45.00元

《我的自然母亲》(之二)　　布面油画120-120cm

新桃花源记　　布面油画120—90cm

目录

辑五：马戏与魔术

辑一：吉祥蒙古

《树的梦》　布面油画 120－100cm

蒙古长调

　　听蒙古长调就像站在夏季辽阔无边的草原上，穹庐似野，青草波及心灵，羊群俨然天外使者，到人间布施福音……唱歌的人有福了，而倾听者的眼睛亮如星辰。听蒙古长调又犹如在静静长夜，风空空地掠过飘浮不定的牧村，瓦罐里的奶茶飘出浓郁的香气，这时候谁小心翼翼擦亮一根火柴，照亮了蒙古刀鞘上镶嵌的宝石。当然，你也会看到烈酒辣过喉咙时汉子们脸上的酡红（他们会把酒苗直接栽到胃里，看着他生根发芽，慢慢长成大树）。你也会看到姑娘们腮边的萨仁花，以及土地一样宽厚仁慈的老额吉手边的那盏马灯……也许我的天性中与蒙古人有着非常相近的质地吧，作为女真人的后裔，听蒙古长调仿佛回了一趟远及天际的故乡，那种扑面而来的亲切感就像祖父活着时将宽温的手掌安放在幼时我的脊背上。草场、篝火、瓦罐、敖包山，牧鞭上的日子，牧羊女用力抖开的长长的绿腰带。蒙古人骑在马上的姿势非常动人，好像帆船在海浪上起伏。蒙古人眯着眼睑的瞭望也异常让人着迷，望与不望的模样酷似气度不凡的王者。特别是蒙古摔跤手在得胜或比试前跳的那种山摇地动的步子，摇摇摆摆，得意忘形而又威风凛凛，真神力无比的勇士也。八十年代，我在油画家韦尔申的作品里，第一次吃惊于蒙古男人那富于特点的典型脸形——细眼长面，刚毅仁厚。我当然知晓血统和遗传基因的作用，但蒙古人骨子里那种与生俱来的豪放旷达而又略带忧郁的性情却是后天的养育和凝聚，像勒勒车深深的辙痕。我的朋友——散文家鲍尔吉·原野在其文章里曾提出聆听蒙古民歌的三重境界：刚刚听到蒙古民歌的人，听出的是悠远，是第一楼台；听出蒙古民歌的苍凉悲抑，乃第二楼台；而进入第三重境界，才会听见蒙古人那绸子一样柔软的心肠。他还说："长调，像族人在背上的行囊中装进尽可能多的什物，又像是魔术师从口袋中拽出无穷尽的彩带。"他说的极是。但蒙古长调肯定与传统的中国审美观不同，它既不是拿腔作势的戏曲舞台上的拖腔，也非吟花弄月才子佳人式的吟哦。它是原始的，荒凉的，辽阔的，雄奇的，且又带有某种神秘色调的质朴的哼唱——内心剧烈涌动而出口成歌时又分外委婉无言，仿佛无话可说，只有千年万载的伫望，只有彻头彻尾的沉醉，只有长歌当哭的感念……那蒙古民族的游牧史、征战史和迁徙史又如长河落日的悲壮一瞥。寒霜在马头琴弦上凝挂，弱顺的羔羊跪食母乳，而鹰在天庭上沉雷般笼罩着，一动不动……良久，听歌者感思至深，腮边温热，淌下泪来；听歌者的心像是飞累了的翅膀，急着要找一根树枝歇歇脚；听歌者的全身像是被热乎乎的温泉水泡过，舒筋活血，补气提神，他现出一副幡然醒悟的样子，重活过来的样子……他泣，他悲，他无助地落入忧伤——他像做过一回弯弓射雕的蒙古汗王。

马 头 琴

马头琴是蒙古人这个马背上的民族创造出来的最古老、最优美的乐器之一，也是普天之下把动物、人和音乐融合成一体的最完美的表现形式。草原，蓝天，羊群，忘情的牧人……我不能想象如果蒙古人离开了马头琴会是什么样子，这就像是酒碗里没有了酒，奶罐里失去了奶香，火辣辣的喉咙里插入了一把凛冽冰冷的刀子。

在茫茫无际的草原上，蒙古人离不开唱歌、骑马、喝酒、弹琴。如同鹰离不开长风万里的飞翔，如同圣歌里唱的："圣主成吉思汗之肇始，全体草原之法度。让我们举起酒杯，共同称颂……"于是马头琴响了，在它颤抖的琴弦里蕴藏着世界上胸怀最宽广最豪放的脚步。远方以远，蒙古袍和红脸膛的汉子姑娘们心儿跳荡得比疾驰的马蹄还快。马蹄开花，那古老的传说和故事像青郁的草汁，像小羊羔柔软的嘴唇。

其实，千百年来走过草原的人都会带走或留下些什么。而后裔们能做的，就是把那些美好的东西珍藏起来，传递下去。当一个个喧闹的白天慢慢逝去，当夜幕下的篝火熊熊燃烧起来，马头琴以它悠扬的，辽远的，又稍稍带有一丝忧伤的音质开口说话——那种嘶哑而又苍凉的腔调多像一个饱经沧桑的老者的叙述，某种深深沉浸的回忆品格让人不由自主地跟随他策马远行（马群漫向四野，蒙古刀在夜色中闪闪发光，而月亮像喝剩下的半杯酒液）。汗王，弓箭，死去的蒙古勇士，如泣如诉的马头琴声……

据说蒙古人有种古老的乐器叫潮尔，共分三种。一种是木制的，即汉代就盛行的胡笳（汉末文学家和古琴家蔡文姬在兵乱中被匈奴所掳并作《胡笳十八拍》即用此琴）。不过今日早已绝迹了。第二种是低音潮尔，就是以人声来伴奏蒙古长调，其声深沉低旋，有如山谷回音，层叠有序。第三种潮尔便是流传至今的马头琴的前身。

可见一种乐器在其漫长的岁月中是如何成为凝聚和消解人们心头之爱之恨之伤痛离别与寄托可依的情感信物的。尤其是马头琴——这种会集了蒙古人最最心爱之物——马的身体特征、声音特质和奔驰方式的器物，当那种金色旋律从丝弦上悠悠然地传送开去，当马背上四季漂泊的心灵从此有了靠依之物，当魂魄完完全全沐浴在那圣诗般的澄明之境中，一个民族的心脏就会呈现平和、安详；就会将他们那英雄般的头颅缓缓地摇晃起来，仿佛马背上颠簸始终的家园，仿佛血液中那条生生不息的河流。

哦，往昔、寂静；哦，梦幻、悲伤……凡是想象的，都是可能的，恍若刚刚从大地深处生长出来的蒙古族歌手，他正在为自己的歌喉所感动，他也正成为马头琴上的马头！

鹰的笼罩或腾格尔的歌声

　　腾格尔有一张典型的蒙古人脸形。腾格尔的嗓音里除了具有马头琴的辽远、宽广、专注和苍凉之外，还有一丝略带嘶哑的忧郁。犹如草原上的青草汁、奶茶香、牛粪味儿和太阳光的浑然天成。他去掉了一切的修饰音，完全任其从胸膛里自动流淌出来——那种生命的、日子的，甚至带有鲜明粗粝音色的旋律。从腾格尔的歌声里你能看到姑娘们大胆恋爱的眼神，汉子们脸上大颗的汗珠和刚生下的小马驹儿那湿漉漉皮毛上的腥气。这是最为珍贵的瑰丽的品质(我甚至怀疑他真的就上过音乐学院)。在一个物质化乃至金钱化的时代，与汉文化迥异的异族血统的腾格尔，以他对传统也就是民歌的挚爱与对媚俗的顽强抵抗成为一匹真正独往独来的黑马。

> 从夏营地转移到秋营地，
> 又从秋营地转移到冬营地，
> 学会了拾粪、捉牛犊，
> 哄起春季里的小羊羔……
> 学会了套上犍牛游牧去，
> 芨芨草丛里的井台上拖水就是这样，
> 我成了一个地道的牧子！
>
> ——《游牧》

　　蒙古，这个东方大地上古老、剽悍的马背上的民族在大自然中集体式的呈现，其实是通过淳朴、美丽的民歌传颂开去的。洁白的毡房，袅袅升腾的炊烟，威风凛凛的蒙古勇士，善良厚道的老额吉(母亲)……蒙古民族的历史、文化、婚姻、地貌以及漂泊的牧居生活，有时候就简化在了蓝天上盘旋飞翔的大鹰和雕，树丛中婉转和鸣的画眉鸟，溪水间羽毛灿亮的野鸭和鸳鸯，细草间成双成对的灰鹤和林野间快活跳跃的熊、狼、狐、鹿、貂、雪豹和银鼠们身上。当然还有成群奔跑的野马、羚羊和野骆驼；还有河流和湖泊中的鲤鱼、鲫鱼和白鲇；还有天边美丽的大雁，草原上猩红的小百合、浅蓝的野风信子、金黄的毛茛和紫色的喇叭花儿……还有的时候，就像一句含义深厚家喻户晓的蒙古谚语，就像老母亲一遍又一遍虔诚念出的经文：

　　唵嘛呢叭咪吽。

——莲座上的佛

　　似乎天窗中泻进的一席月光，神秘、圣洁、圆满、宽阔，用不着详细解释，仿佛说出了一切，又好像什么都没说。与其他歌手相比，腾格尔始终是怀旧的，怅望的(他看见的风景也可以叫作"无望"，因为它们几千年来一直顽固地存在着的，没有新与旧、远与近、生与灭)。而腾格尔只是又一次将它们唤醒，让它们欣欣然地睁开了眼睛。

　　　　从天窗泻进的月光，
　　　　照着蒙古包中央空着的大白毡，
　　　　那儿从来都是男女主人安睡的地方。
　　　　月光之西躺着我，
　　　　索米雅在月光之东，
　　　　这是定亲之夜。

——《定亲》

　　饱满，安详，有如神祇。在当今歌坛的词曲中，绝少有这种气度。蒙古谚语说：既然说了好，就不再喊疼。意思是如果我答应了你，任凭怎样艰难困苦，也绝不后悔，可见蒙古人那种光明灿亮的热血胸膛。在以上的简洁歌词中，也淋漓尽致地体现了这种蕴含(我在希腊神话和中国古代诗歌中读到过这种胸襟)。曲调有令人战栗的，突遭雷电的宁静——夹杂淡淡痛苦和毁灭性先知的沉默式的平和，虽然是用温柔的语调在叙说，但是却有蓦然惊醒似的美感：

> 晨光中奶奶笑着唱起歌谣，
> 风鸣器在微风中旋转着，
> 发出悦耳的和声。
> 远处传来老牧马倌悠扬的马头琴声，
> 直到今天这仍然是我生命中最美的早晨。
> ——《草原之晨》

以及：

> 我想暗中帮助索米雅，
> 巩固那谎言，为什么不呢？
> 为什么要让一个孩子那一星幻想的火花熄灭！
> 就让她继续把我想象成她的父亲吧，
> 也许对我比对她更重要和迫切！
> ——《其其格》

蒙古人相信大自然中处处有神灵，所以他们对大自然充满了敬畏。这是这个民族最伟大、最神圣的地方。蒙古人把敖包堆在山巅或大路边，是山川神祇与地方神灵居所的象征。如果在旅途上遇见了敖包，蒙古人都会下马膜拜之后，才继续前行。蒙古人原始的信仰里是崇敬天神"腾格里"，他们称之为"长生天"。然后他们还崇拜大地，崇拜山川、河流、火堆，也崇拜日月星辰与先祖灵魂。每一个民族或部落都有他们自己的守护神，每一个地方都有自己的地方神祇。虽然后来佛教传入蒙古甚至成为国教，但是草原上每当岁末辞岁行跪拜大礼时，老人们都会对年轻人说这样一句祝愿的话：祖先会保佑你的。基于此，蒙古人的歌声里，除了苍凉悲抑，你还能听出浓浓的庄穆感与沉实起伏的厚重感，其原因就是蒙古人的歌唱全都是仁者之啼哭。"粗糙的北地，像一块磨石，把人的筋骨磨硬，心肠磨软了。这就是蒙古。"(鲍尔吉·原野语)腾格尔因了足踏蒙古大地，背倚蒙古族强悍的骨架，所以他非凡。正如评价某些所谓的港台歌星"天王"时，腾格尔说过的那句惊世骇俗的话：狗屁!腾格尔所以敢取如此蔑视的态度，所以底气这样足，皆因如此。

> 我悄悄地哭了，
> 青绿色的草茎和嫩叶上，
> 沾挂着我饱含痛楚的告别的泪珠，
> 我想把已成为过去的一切倾注于此，
> 然后怀着一颗更丰富更湿润的心迎接明天，
> 就像古歌中那个骑着黑骏马的牧人一样。
>
> ——《离去》

就像一位缺乏经验、心智迷乱的恋人一样，腾格尔一边无端地眷恋着日益荒凉的家园，一边无奈地倾诉着当今的现实——环境的污染，人心的险恶，草场的沙化，文化的衰落和异化……在现代化的电视屏幕和林立的高楼面前，敖包相会的传说只能是面目全非的蒙古大地上那感人的梦境。

乌云其其格

　　很像故乡山坡上雾里雾外的一声声鸟叫：乌云其其格——乌云其其格!很像晨梦里那一声声清越、悠长的鸟叫。金色的，懵懂的，跳跃的，明快的……像是布谷或杜鹃的丽影，又像是那种小小的，俗名驴粪蛋子的山雀子的顽皮聒噪。但这只是一个乡村少年的无端遐想。

　　在他那幼稚有限的阅历里，对一个异族姑娘的猜想仅仅来源于一本破烂不堪的书籍——那是一个有关蒙古族牧主与奴隶的故事，书中不乏残忍的屠杀和生活的苦难，也有宽广无边的草原和日夜流淌的河流，还有吱扭吱扭响的勒勒车和魂牵梦绕的歌谣。而其中最让人难忘的，还是那位名叫乌云其其格的美丽姑娘(单是这名字就让人浮想联翩)。她有一双湿漉漉的明亮的眼眸，逼入额鬓的又细又弯的眉毛，健康的黑红的肤色，和洁白的整齐的牙齿。她笑起来时像骤然爆响的一串马铃铛；她安静时像草滩上吃草的羊羔；她唱起优美的蒙古民歌，仿佛鸣声婉转的画眉鸟——大雁又飞回北方去了，我的家却还是那么远……用蒙古话唱出来的歌谣是那么令人忧伤，音调又是那么温柔，如同牧羊犬温热的舌头。只要一想到那条河，那条在故乡的草滩上日夜流淌着的清清河流；一想到河畔那个令人眼热心跳的美丽背影，就够醉人心的了。

辑二：乡土长河

《土地梦》　　布面油画140-100cm

叫　　叫

春天来了。

杏花、桃花和梨花追着脚步开了，又谢了。

野河滩上的柳树起了烟雾。

山坡上谁家毛驴子的啸叫一声比一声嘹亮，叫得村西光棍汉吴老四的心毛躁躁的，叫得村东马寡妇脸上的胭脂更红了。

我和几个小伙伴各自折了一根柳条做叫叫。叫叫学名柳笛，就是用开春时刚返青的柳枝做成的。这是一门简单却又很古老的技艺。我们要的是去掉洁白洁白柳杆的柳树皮，而且只要那么短短的一小截。柳枝真柔软啊，像赶车往地里送粪的牛二叔手中舞动的鞭子。柳枝上胀出了毛茸茸的叶苞，像我心中暗暗藏下的一个叫二丫的女孩的毛眼睛。叫叫削好了，要试吹一下。柳枝粗的叫叫声音也粗，柳枝细的叫叫声音也细，我们十几个愣头愣脑的小伙伴一齐鼓起腮帮，使出吃奶的劲儿，比赛似的演奏起来，一时间乡道上仿佛拥挤过来了一群羊，几头老牛，又似一团团山雀子在叽叽喳喳疯闹……金灿灿的阳光碎了，更碎了，拦马河的水又涨起几分，像四婶娘的胸脯。

春天来了。

二丫、四婶娘和马寡妇们的歌声像榆钱儿汤那么苦涩而清淡。

太阳在野河滩上做窝了。

山坡上燎荒的烟火像一根绵长的绳子。

　　我一个人躲在山樱桃树后哭泣，把满树的花都哭碎了。

　　远远地，迎娶二丫的唢呐声也像一根绳子，细细缠紧了我的心，我泪眼婆娑地扬起脸，望见一只苍鹰在穹隆上盘旋，又箭一般射向山后……

　　五十年后，我把一只名叫忧伤的叫叫，埋在了童年深处。

美丽的牛粪

西疆张子选的诗"泉水捧着鹿的嘴唇"让我的朋友、散文家鲍尔吉·原野读后大为动容，我读亦然。其实每个在乡村长大的人，对自然万物总是怀有温良和悲悯的。这是人天性中最淳朴、自然的部分。所谓"道德如白草"，说的即是此种善真。

上小学时，学校要求学生勤工俭学，每日上学时背着粪筐沿途捡粪是其中一项。在所有的牲畜粪便中，我最讨厌吃粮食一类的秽物。像猪屎啦，狗屎啦等等，而食草类牲口们的粪便，从心理上讲，我竟从未觉其脏。

羊粪味膻，状如一粒粒黑颜色的中药丸，不易捡取。马粪、驴粪和骡粪块如老式蛋糕，易碎。唯牛粪不仅体积大，而且形状酷似人类用面粉蒸出的花卷（只是颜色不同），且牛粪表面还凝有一层深褐色的、淡淡光泽的表皮，使那东西俨然一件美丽的艺术品。乡人有俗语形容某人个矮，谓之"不足三泡牛屎高"足见那牛粪的分量。所以我们这些上学途中四处巡睃的孩子，一见牛粪就会苍蝇般哄地抢上前，宝贝似的捡回筐内。若是遇见干牛粪，就更欣喜，因为经过风吹雨淋和日晒，牛粪此时本质上已近干草，虽徒具其形，却又极是干净轻快，挎在筐里不压臂弯。

我总是奇怪牛粪的形状。母亲做白面花卷时，那工序是颇复杂的，不仅要将发酵醒好的白面疙瘩用擀面杖压成薄饼，还要淋上豆油撒上葱花再卷成棍状切成小块，然后将一块块扭好麻花劲儿的花卷入锅蒸熟。儿时我曾仔细观察牛的后腔，总是弄不明白那个庞然大物的屁眼如何能屙出这等美妙尤物。难道牛的肛门长出一朵花来，还是有啥特异功能？

草原上的蒙古人用牛粪生火，内地人以为脏，是因为内地人没有和蓝天草原融为一体的机缘，也没有与牛羊骏马结成挚友的福分。自然如慈母，土地亦是。泉水捧着鹿的嘴唇，泉水捧着牛羊及众生灵的嘴唇，其实泉水也捧着人的心灵。一个与土地肌肤相亲的人，是不会嫌其贫瘠丑陋的。

就像一种名叫屎壳郎的昆虫，是食粪虫类中很著名的一种，"一切得天独厚的本能才干，都被它们用来为后代谋求食宿"。（法布尔语）母性是使本能具备创造性的灵感之源。说出来是颇有意思的，大多数丰富的类别里，能够与以花为食的蜜蜂相媲美的，竟只有这些乐于净化被牲畜粪便污染草地的各种食粪虫类了。它们穿着样式简单又耐用的外衣，整日与粪堆为伍。据说古埃及人对它们怀有崇敬之情，视其为永存之象征。而这些拥有理想田园生活习俗的劳动者，为了寻求幸福生活，或为了一顿丰盛的午餐，此刻正闻风而动紧锣密鼓从各地匆匆赶来……

三十几年后我还能看见当时的情景——一个贫穷的乡村少年，顶着炎炎烈日，俯身于荒野草滩上，兴趣盎然地观察那些同样弓着身子，压低脑袋翘起屁股，以倒退的姿势运送粪球的大小昆虫的样子。"加把劲儿啊，伙计们！"他有时会坏笑着，故意将粪球用草棍挑到深沟里，使屎壳郎一上午的工作化为泡影，有时又充满怜意地帮助一位不幸的家伙，把那巨大的地球一样隆隆作响的美味球体推送到坡顶……当然，如果一位固执者因脚步闪失判断失误闹了个四脚朝天，少年也会一阵大笑，继而摇头叹息的……

人类对自然的认识上有时充满反差对照，这也跟生命延续中的现象一样。我们所谓的丑美脏净，在大自然那儿是没有意义的。自然母亲以污臭造出香花，用少许粪料提炼出令人类赞不绝口的优质麦粒儿供我们享用。这便使我对生活在某一瞬间呈现出的某种精妙的细节感到惊讶。

我现在久居城里，感觉（主要是对自然之爱的感觉）早已有些迟钝了。在平坦、宽阔的沥青马路上，是绝不会有机缘观察到美丽的牛粪的，也不会遇见忙碌劳作的圣甲虫或屎壳郎们。我知道有一种东西在我的身体里灵魂里正悄然远逝，那真是一种无可奈何的事情，我常常为此黯然神伤。

说来也颇为有趣，大约在三十年前——我兴致勃勃留迹于草滩野河之际，有一年冬天——大年初一的上午，在我家狭窄破旧的草屋里，来了一群说说闹闹串门唠嗑的乡邻。我父亲是个喜好开玩笑的乐天派，平日没少给人搞些恶作剧，比如悄悄往谁家挑水的水桶里放一块石头啦——那人挑水回家往缸里倒水时，石块会砸裂缸体水流一地并吓人一跳。惹得那家女人哭笑不得，只好跳着脚一顿乱骂，我父亲为此颇为得意。那年春节，大伙拜完年说笑一阵之后便纷纷离去，我们送完客返回屋时，母亲发现我家柜盖上多了一包用红纸裹着的礼盒（那个年代因为贫寒，节日送礼往往用红纸包些白糖啦、蛋糕啦等等送给亲戚朋友），母亲喜滋滋地说，唉哟，谁来了还送了我们礼物哩。我们都以为肯定是好吃的东西，都眼巴巴围着那包东西嗅嗅看看。若是平日，节俭惯了的母亲是决不允许我弟兄三人饕餮之徒式的"狼"们大快朵颐的，但是那天，因为是春节的缘故，母亲宽容地挥挥手，说：打开吧。我们小心翼翼拆开麻绳，掀开那层薄纸，一瞬间空气似乎凝结一样，所有人都愣怔地张大嘴巴，呆若木鸡了。

也包括一贯嘻嘻哈哈的父亲。

良久，呜的一声，母亲受辱似的掩面哭泣起来。那红纸包里，整整齐齐码放着的，竟是一堆驴粪蛋！

那个春节我们家一直不快乐。但父亲却说：这没关系，送驴粪蛋咋了，驴粪蛋也能返骚！我后来知道那是一句乡间俗语，意为再卑微的人也能有机会时来运转。父亲的话竟一语成谶！不久，我家也从乡下调转回了城里。

山　魂

　　我家对面就是一座耸然屹立的山——唐大山，山势陡峭而险绝，仿佛一位身着盔甲骨骼清奇身坯巨硕的古代将军，静静蹲坐在那儿。

　　我家的半草半瓦的屋子，建在与之以河相隔的对岸的缓坡上。每当黎明时分，总有鸟儿从这岸飞向林木茂密的唐大山上，总有捕鱼的汉子或对岸崎岖山路上采山货的乡人的歌声，遥传入还在睡梦中的我的耳际。

　　这时别人家的屋子早已笼在亮丽温暖的朝阳之中了，唯我家的院落依然还罩在浓重的唐大山的阴影之下。这样一直持续到上午九时，狂躁不羁的太阳才猛然一跃，从高得需仰目才能望见的山顶盛装而出，一刹那彩羽纷披，满目金辉，绚烂至极，仿佛一只神话传说中的金质灵鸡，从云端跳出。它引颈高歌，让一山的生灵享尽荣华。

　　我那时正上小学，除去学习日，星期天我往往一边立在院子里刷牙、喂鸡，一边慢慢欣赏对岸的山色美景。它的悬崖峭壁，它的褶皱沟壑，它覆盖着浓密如胡须的野草和灌木的坡梁，以及它昂然得近于伟岸的头颅。它在一个十几岁少年的心中，像父亲一样崇高、神圣。我常听村里一些长者闲暇时谈论它的传说、它的起源、村里人打猎或伐木人在它上面的历险……山神色凝重，在人们的谈论中一言不发，仿佛一位饱经沧桑的老者。

　　四季的更迭我也是从山色的细微变化所知晓的。春天，当山垭里背阴处仍有陈年坚冰黯淡闪烁时，阳坡性急的野草早已呈现出一抹嫩黄，并且一天比一天抢眼，好似冥冥之中有谁趁人不注意，一刷接一刷地涂着绿翠的颜料。而到了荒凉的冬天，一场北风带来一场鹅毛大雪，空旷阔大的林子里，除了黑色的枝干和褐色的岩石，到处都是银装素裹的纯白世界。这时候唐大山挺起傲然的身躯，宛若反穿羊皮袄的牧羊人屹立人间，寒气渐渐浸入我的心间。

对于我来说，乡间悠长的岁月，总是伴着山色的演变向前更迭流转的。山里人常年与山为伍，以山为友，所以山脚下的人的性格中也慢慢有了山的坚忍，山的寡言沉默。

我在长久地看山时，山也无声地注视着我；我与山之间似乎有了某种默契，某种秘密。这也许是天下所有在山中长大的孩子的特殊感觉吧？我总觉得山是个睿智、豁达的先贤，是一个可以和他默默交流的人——活生生的人，山是有灵魂的，山也是有性格的，山不是固步自封或苦闷惆怅的代名词。山与我近在咫尺伸手可触，仿佛一个命运里相遇的知己，又更像生命中相依相靠的亲人，在澄碧无际的穹隆底下，是山，是一身凛然正气富有阳刚之美的大山！

记得我第一次攀登唐大山时，是一个秋天的清早。我和几个伙伴各自背着一个土筐，从山脚下乱石堆中的小径开始向上迂回前进，后来穿过刺槐荆棘丛和长满苔藓的岩石，我们大概用了两个小时，终于爬上了那尊我望得熟如至交的山头。当我气喘吁吁满头大汗瘫坐在凉风习习的山顶时，举目四望，只见山的后面连绵起伏的还是一丛一丛的大山，在一碧如洗的秋阳下宛如凝固的黛色巨浪，一直蜿蜒至遥不可及的天际。这种事情早已在后来我读过的诗歌或寓言中提到，只是当时我仍然有些兴味索然。直到热汗消退之后，下山的路上我偶然往回眺望，看见我生活过许多年的村庄渺小得俨然几块土坷垃，又灰暗又难看，而我家的泥草房简直就像小小的火柴盒！我还看见我母亲在院子里洗衣、喂猪，忙着永远也忙不完的活计，就像一只不知倦怠的蚂蚁，我沮丧得直想哭，又蓦然觉得自己一下长大了几岁，对世间万物突然有了某种领悟。

是的，登山有一种宗教般的庄严感。山是持久的，强劲的，它把脚掌深深扎入大地深处。它不会随着时间的流逝而消瘦，变小；也不会因风雨雷电的袭击而受伤和死亡。山始终傲然屹立于地平线上，任何建筑，任何人为的东西，即使伟大的始皇的长城也不能与山相比。山只能越来越稳健，越来越孤独。草木凋敝，河水枯竭，村庄被战火毁损，人类生灵逃不过一场瘟疫劫难，道路因苦难而修改阻绝，甚至盖世英雄也可能仰天长叹拔剑自刎，但山依然灰蒙蒙沉寂地立在那儿，像钢铁造就的庞然大神。

苦修的出家人到山洞中面壁十载，想悟透世间真理，修身成佛，可见山中有许多思想；青草、树木、流溪的呐喊或石头内部的空间和时间。鸟儿跌落深幽的谷底，云朵在沉睡的穹空厌倦地闭上眼睛；鹰鹫和狼豺虎豹表达彼此的冷漠，而冉冉上升的烟岚则使争斗的胜利者脸上呈现出无边的悲怆……

山是孤独的力量的颂歌。山是我终生的恩师。即便我后来久居嘈杂闹市远离了圣洁之山，但它早已在我心中生根、长大，并和我周身畅流的血液融为一体。

艾

艾是最小的妹妹。宛如一位天生就会跳芭蕾的演员，扬着细嫩的脖颈走路。艾身上散发一种淡淡的、若隐若无的清香，仿佛一阵风掠过周遭人们的鼻息……当人们惊觉时，她已离去好远，你只能望见她那婀娜的腰肢和虚幻的背影。

艾有自己的生息之地，休憩之所，好像早春的晨梦。她在沼泽湿地边留恋，在瘦瘦的溪畔驻足，并且会长久地、温和地望着那位慢慢走近的青涩少年，然后嫣然一笑。

艾的眼神清纯明亮，天生丽质，仿佛一味中药（其实，艾草即可入药，能祛寒湿，又能加工后作为艾灸的燃料治疗痛风、风湿等麻痹症）。每年五月初的端午节，乡下人也会将采集来的艾蒿晾干后束成人形，悬挂于门楣之上，以防邪毒之气入侵，可保全家人吉祥如意。

有的人喜欢把艾草编成虎形，或者用彩色花布剪出一个虎头，再把艾叶用糨糊粘上去，这样编成或剪出的东西被称为"艾虎"。妇女们通常在端午日把艾虎别于发髻，男人们则把艾虎佩挂于胸前或腰间，传说这样即可防邪止毒，身康神爽。

如此说来，艾还是一种从古至今有着丰厚的文化意蕴的草本植物了，据说艾草身上有一种奇异的灵气，古人曾用之占卜，所占之事皆非常灵验。

我小时候的夏天，母亲常以燃着的艾蒿熏蚊驱虫。记得在向晚的院子里，那拢起的一小股白灰色烟雾散发着让人有些迷痴的香气。当睡意袭来时，屋子里还有一丝若有若无的清苦味儿，仿若那个年代的生活，仿若事情过去几十年之后那种模糊的记忆。艾在那里守夜，艾在那里亮起油灯，艾会哼起摇篮曲，艾那一直没有发育过的身体暗藏着泪湿的蓓蕾。

同时，艾还有一个最好的伴侣——童年。她就一直停留在年代深处——日子漫长的拐角处，像一小块灰尘，像遗忘在干涸的花瓶里的一小束花儿，慢慢地枯干着。

乡村的气味

每一次回故乡，双脚一挨近村口那棵老榆树下的土台，内心便被一种熟悉的亲切的东西紧紧吸住了，以至于使我总是全身瘫软，双目闭阖，直入肺腑地深深吸上那么一口……一种久违了的、温馨中带有某种说不出的舒适和惬意的气息缓缓通过鼻翼，瞬间血脉般欢快地弥漫了我的全身，仿佛疲惫不堪的旅人回到家把汗臭的身体浸泡在一池暖暖的洗澡水中。

啊，我总是被那种气味所陶醉！那种北国乡村惯有的，混合着牛粪味儿，羊圈中的膻腥味儿，果园里树汁的清香以及菜园一角那尊蹲坐经年的大酱缸的浓郁之气。

太阳晒得人全身暖融融的，晒得田里劳作的人稍稍有了一些困意。但是趴在哪家门槛上打瞌睡的大黄狗听到脚步声仍然竖起了耳朵，两只凶悍的大白鹅依然嘎嘎叫出了声，惊起几只老家雀噗噜噜蹿起，旋风般上了村街旁的几棵白杨树梢。

村子真静啊，仿佛是一座空村，又好像家家户户住满了正打瞌睡的农人。他们和远处山坡上正被牧童赶入云端的羊群一样，做着悠悠千载的白日梦。而池塘一样静谧幽深的苍穹上，此刻闲闲飘来一朵白云。停也好，不停也好，一朵闲云路过村庄的上空，正像一位邻村串亲戚的乡客，波澜不惊地把她柔美的身影投在哗啦啦响的小溪上。

对于乡村，我总像一个饥饿的孩子一样，贪恋地把头拱到敞着怀的母亲的胸脯上，那诱人的奶香和着母亲身上淡淡的汗气比世界上任何美味佳肴都令人痴迷和沉醉。宛如药铺中一味老中药的沉香，又仿佛祖母打开珍藏多年的樟木箱盖时散发出的密实、厚醇的气息。

正是半头晌（我总是这时辰回老家的），黄瓜架和倭瓜架硕大的花朵间有蜜蜂嗡嗡轰鸣的演奏，点点滴滴的阳光把那忙碌小东西的翅膀晃得金灿灿的。村街西边经风沐雨的柴火垛散发出一股朽败的霉味儿。一群勤快的鸡们正在柴垛下的荫凉里刨食。

我喜爱那些住在僻远乡村里寂寞的庄户人的朴素生活，在我们这个拥有悠久文明的东方古国里，那被通常称作"落后的"旧式的农耕生活，那衰朽的低矮的羊圈式的茅草房，黄泥垒就的烟囱，以及篱墙上绿色的苔藓、高翘的檐头和熏黑的青枫柳上枯死的木耳……我有时只要跨进这样沉静的北方村屯哪怕逗留一日，心儿就会跟门口那头反刍的老牛一起，津津有味地深陷下去，深深沉陷下去。

啊……这儿的朴素的乡土生活是那样静，那样安逸，竟使我有一会儿要忘记自己，忘记外面世界的奢华，也忘记时间的流逝和人生的苦短！那些早年的壮志与梦想，那些曾经忍受过的痛苦、欲望以及扰乱心智的恶魔般的罪愆的肆虐……如今在这质朴平静的泥土深处似乎全都不复存在了。此时此刻我只留恋这些低贱的淡紫色的土豆花，晨曦中带着忧伤的牵牛花和正午灿烂的鸡冠花瓣儿。我只愿意在肥实得走路直哼哼的猪们的哼唱里续做我早年的半截残梦。而远处那枝繁叶茂的糖梨树、李子树和山楂树下的两个乡村少女，是否也是我那首没有写完的诗句的注解？

乡村——后工业时代的贫困牧歌似的挽歌，我不安灵魂里悲怆的谣曲！我总是从一小片颓塌的农舍、浮藻窒息的泥塘、杂草丛生的水沟和破落的烟房上看到过去年代的故事——那恒久的、一个国度或一个时代持续跳动的脉搏。

如今，这一切辽远的安详景象都被一种不安的躁动替代了，仿佛细密的雨滴放肆地敲击着麦穗和野花，仿佛雨后的一抹彩虹在破碎的弧形梦境里低低哭泣。也许我是一个愿意怀旧和恋旧的人，但谁能忍心拒绝芬芳青草的香气和河滩上野鸟喧哗的啼叫温柔地击打在你脸上和手上的那种感觉呢？

有时，我不止一次地想：如果我死后，恳求家人能把我葬到某个乡村的古老墓地（一个生满柞树、核桃树的向阳的小山坡上），那儿青草茂盛，野花灼灼，又适宜鸦雀光顾唱歌。躺在那儿能望见不远处的村庄以及村庄上早晚升起的炊烟。我在那儿和其他安眠在那儿劳累一生的乡民们相伴为邻，彼此也许还能听见惬意的鼾声，我想那时我才会真正安息了……

布　鞋

　　我的脚掌已然好久没与布鞋亲近了，就像我们已经基本遗忘了赤脚行走一样，人们对大地皮肤的疏离实际上反映了自然母亲对人类全体的遗弃，但这是我们自己的错误造成的。社会的进步、物质财富的积累以及日益加速的城市化使人与土地的隔阂更为严重，仿佛立在荒凉上茫然四顾的弃儿。家园，故土，祖坟，空洞洞的镜框以及熄灭已久的烛台……这是真的，我们看见一双磨旧的鞋子如同撞见了母亲鬓角的雪——触目惊心的雪啊，心酸流泪的雪！雪的堆积总令人喉头哽咽。

　　而布鞋仍然孤独地在记忆中奔走、跋涉。

　　民间认为，一个人去往生疏的地方或在野外露宿，必须将鞋子枕在头下，因为这样就可以驱鬼出祟，所以俗谚有云："头枕烂泼鞋，神鬼不敢来。"在很多地方，母亲们将绣有虎头形象的鞋子给蹒跚学步的小孩子穿，据说穿上虎头鞋的孩子能驱妖辟邪，长大后也能像老虎一样威武勇敢。"鞋"与和谐之"谐"和同偕到老的"偕"同音，所以，鞋也象征着协调、和睦。旧时，人们用鞋祝颂新婚夫妇白头到老幸福长寿，因而许多人家在嫁妆中备有铜镜和鞋子，寓意为"同偕至老"的吉祥意义。还有些地区，新婚之日在新郎家大门口铺上一块红地毯，迎亲时新娘必须走在这块排场讲究的红地毯上。到洞房前，新郎新娘互换鞋子，也是表示祈望"白头偕老"。

　　而布鞋依然在童年的记忆中孤独地奔走、跋涉，像一首执拗地在耳畔回旋的旧日谣曲。我的骨节粗硕的脚掌已然好久没有亲近过它了。就像我好久没有回返过故乡，回返过母性亲情的幽暗深处。月光，庭院，栏杆，古老的石井和篱笆墙下的虫鸣之地……布鞋不像草鞋那么寒酸和易烂，也不似皮鞋那样柔韧和坚固，在晦暗的庸常岁月中，布鞋更像一种恒常的美德种植在劳碌的人们的记忆细节里。

前几日我路过街头一家布鞋专营店，望着货架上做工精细、价格不菲的品牌布鞋，黯然神伤许久，我知道我再也找不回那双丢失过的童年的布鞋了，再也找不回小时候母亲坐在灯下，戴着老花镜一针一线做成的千层底的布鞋了。站在店外我茫然四顾，侧耳倾听，我猜测不到此时此刻是一个身心疲惫的游子在哭泣，还是那只被我们丢弃的布鞋在低低哭泣？

毛 驴 儿

> 骑驴骑夹板儿,
> 骑牛骑屁眼儿,
> 骑马骑当腰……
>
> —— 童谣

儿时愿骑毛驴,是因为上世纪六七十年代的北国乡下,通电的村屯极少,更不用说有电磨了。所以家家户户推碾子拉磨,给地里送粪拉车的,全靠毛驴儿使力帮忙。毛驴儿生性能吃苦耐疾劳,皮实肯干,虽偶尔发点驴脾气,尥个蹶子,打个滚儿啥的,但那也是驴之常情,谁还没有点小心情哩?

我家那时是农村非农业户,故没养毛驴儿,所以磨个苞米楂子,磨个麦子啥的,全得去村里人家借驴。通常这活儿都由我做,谁让我是老大呢?

我极不愿借驴,除嘴笨木讷、脸皮儿薄之外,最大的原因是驴欺生。常常那牲口会欺我人小力气少,走到半路突然使开了性子,四蹄往地上一较劲儿,木桩子一样便死死钉在那儿,任我怎样吆喝,也不挪动半步。有时因我一时兴起,用木棍狠狠抽打驴腚,惹火了本来就愿欺生的毛驴儿,那浑身毛烘烘的家伙使劲挣脱缰绳狂奔而去,留下形单影只的我在原地发呆。

当然,当我气喘吁吁从借驴的人家重新牵回毛驴时,我和毛驴之间就会有了某种怨怼。毛驴那双美丽的、睫毛长长的眼睛里，此刻一定会映出一张小小的、紧咬下唇的少年的脸来。除非它老实地戴上驴蒙眼，绕着磨道开始那漫长的原地跋涉。石磨隆隆转动，碾碎的玉米糁粒儿像下雨一样撒落，日子安闲缓慢得如同戏曲里的拖腔。磨坊里到处弥漫着新鲜食粮的香气和驴身上的汗味儿。通常，这种时候我会坐在木墩上胡思乱想，思绪像一只嗡嗡盘旋的蝇子一样云山雾罩。

乡村孩子都像毛驴儿一样皮实、健壮，也愿意跟毛驴儿在一起戏耍游戏。上学路上或星期天干完农活，我们十几个孩子（也包括三两个女孩）会到野河滩上捉几头谁家野放的毛驴子当战骑，行军开战。我们用藤条或草绳给"战马"做一笼头，然后雄赳赳气昂昂地跨上去，相互追逐疯跑。童谣"骑驴骑夹板儿"是指骑毛驴时尽量要骑在驴的脖肩部位，以防备被那脾气粗暴的家伙一蹶子掀下驴背。此外骑在驴的前腿胯部，还可在驴狂奔时，用自己的腿去别驴的腿，使其迈不开步，起到减速的作用。至于"骑牛骑屁眼儿"，亦是怕牛角伤人。但那时的我等，谁也没有胆量与庞然大物牛较量。

我最喜捉来半大的小驴儿。小毛驴尚未发育成年，劲道小，好控制。我是吃过成年毛驴儿的亏的。记得第一次骑驴时，刚一跃上光秃秃的驴背，那脾气暴躁的家伙就啸叫一声，一路狂奔，先是专往路边的树干或农家夹起的篱墙上蹭，弄得我双腿伤痕累累，裤脚也破开几道口子。后又发疯似的往河滩上飞跑，上面都是坚硬可怖的圆形卵石，我吓得魂飞魄散，闭紧双眼，只听得耳畔风声飒飒，屁股颠簸得似坐在母亲掀动的簸箕里，后来只听叭叽一声，我小小的身子树叶般早飞了出去，实实摔在一堆沙石上，痛得我龇牙咧嘴，半天没爬起来。

毛驴儿是极聪慧的动物，有时为了掀掉驴背上的赘物，会来个就地十八滚。所以想骑好毛驴儿，还真要有些着法呢。

我后来专拣一些年轻经验少的半大小驴骑乘，这才充分体会到了驴背上的妙处。老子骑青驴出关。我骑小毛驴度过了少年时代一段最快乐的青葱光阴。驴背像摇篮，把一个懵懂无知的乡村少年摇晃成了铁肩硬骨的北方壮汉。

土　豆

　　土豆是隐藏在田畴里的小小心脏。它憨头憨脑，从不挑剔自己的出身和土地的瘠薄。好像一个长年累月深入田畴上劳作的老农，黑黢黢的脸上有一种天然的质朴而憨厚的光泽。

　　在北方，人们把土豆称作地蛋、地包，即便在东北平原广袤无垠的田野里，大面积种植的土豆依然是卑下而亲切的，仿若扎着花头巾的邻家大嫂，有着一对肥硕的乳房和壮阔的臀。某作家一篇小说的名字我特别喜欢，叫《亲亲土豆》。小时候我家和所有平民家庭一样，一直把土豆当成主要食物——不仅人吃禽食，很多时候我们还用它做一种能当成稀罕物的菜——粉条子。那时候，只有在年节佳日，才舍得摆上餐桌。

　　通常，土豆粉是与大白菜（或冬季腌好的酸菜）、冻豆腐、猪肉一起炖烂煮熟摆上桌面的。透过蒸腾的白气，你会看到金灿灿的粉条散发出诱人的香味儿。这是土豆的另一种亲近人们的方式。

　　据说广东人称土豆为薯仔，也有的地区管土豆叫洋芋（我猜大概是因为这种学名马铃薯的东西是外来物种的缘由吧，抑或是为了与本地野生的山芋相区别），而人们所熟知的山西人称土豆为山药蛋，则是因为小说史上产生过一个重要的文学流派——"山药蛋"派，而更为人所知。"山药蛋"派的代表人物赵树理和代表作品《小二黑结婚》，在当时的中国可是家喻户晓的。

　　我上小学时有个同班同学，绰号叫陈土豆，他是遗传了父亲的绰号。至今我仍能记得那个长相圆头土脑的有趣模样——我们常常拿这个诨号来打趣他，逗弄他。小陈土豆常常因此恼羞成怒，与叫他绰号的同学打在一起滚成泥球，但愈是这样，大家愈是粗声大气地喊叫，直到把他的原名彻底忘却。大约几十年后，有一次我回老家，晚上同学聚会时，看见鬓角染霜，满脸皱纹，活脱脱一个当年的老陈土豆的我的同学小陈土豆时，我仍然亲热地大吼一声："陈土豆——!"这一次小陈土豆一点也没生气，而是满脸堆笑地和我的两位小学同学一边互相拍打对方肩膀，一边喉头紧缩，眼角呛出了些许泪花……

麻　雀

　　麻雀是穷人家的亲戚，她总是穿着那身灰布衣衫，说着单调的、质朴的言辞。这小小的鸟儿，出没于城乡房檐的光线里，出没于古典诗篇与现代都市的咏叹调里……同时，她也会适时出现在事物最平庸的细节中。

　　麻雀几乎不像鸟儿（因为鸟儿是天上的神物，是笼罩在土地上空的生灵），而是像乡下人失散多年的儿女。在黑黝黝的火车站，在田野边缘的谷仓里，在牛栏的粪堆后，或在那座乡下寺庙的泥胎的耳廓里……甚至，她还会时不时地出现在土炕上某个光棍汉贫穷而快乐的梦境深处。

　　就像一些废弃多年的旧器物——油灯、马鞍、石凳、锄头，磨坊里东倒西歪的木门，寡居多年的老奶奶腕上那只花纹古朴的银手镯，以及乡村墓地里一尊石碑裂缝下打碎的酒盅……麻雀的小小心脏都在平稳地跳荡，像一台精力充沛的马达，细心地模仿土地的脉搏和褪色的河流的脉搏。

　　麻雀总是深藏在一些凡俗琐事的深处。对于那些拥有古朴、黝黑的乡村生活经验的人来说，麻雀啼叫的光亮照耀着他们粗糙的脸庞。当炊烟袅袅地升起来，晚归牧童的哨子加深着暮色，石井里的湿气和水缸里的湿气同时传达出一种咸腥，这时辰古旧村庄里的生灵们都会听见一声沉重的叹息，仿佛一种不断重复的梦境。而墙壁上那弯月牙儿冷清且又锋利，像谁失手打碎的镜片。

　　麻雀妹妹在这时也回到了屋檐下，她站在自己小小的家园上，送别刚刚逝去的又一个辛劳的日子，好似家里的一员。她在灶台忙碌，在柴火燃起的火光中跳舞。她的胃口很小，只要一两粒食粮就能填饱。她在一张薄薄的年画里浮现，如同死去不久的某个亲戚的幽魂。她用自己小动物的灵敏度来分辨这些乡下农人也包括家禽和家畜。那缭绕于生灵本身的血脉之息如同一条柔韧的绳子，将她们紧紧联系到一起。祖训、风水、季节、后代的传承等等，她在这广袤无边的荒凉长夜里守望着（偶尔也打一个瞌睡），像一个小小的美丽的母亲。

就这样，麻雀在人们睡梦的边缘翻飞，像一种兆示。《周公解梦》里说：男人梦见麻雀，会忧愁不安；女人梦见麻雀，孩子会生病；如果有人梦见成群的麻雀，则大吉大利；如果有人梦见吃虫的麻雀，则会丢掉财宝……也许这些解释是荒谬的，就像在那荒唐年代里，一个古老国度的一位伟人突发奇想对麻雀群体的大肆捕杀，当漫长的杀戮逝去后，人们会看到，那残忍的大幕上星光一般坠着一粒粒麻雀的星泪。

> 我坐在屋顶上哽咽，湿了春天。
>
> 想念在风和叶子之间，沾着昨天。
>
> 阳光穿透了你的脸，
>
> 在最美丽的云朵上面，
>
> 像我识破你的谎言。
>
> ……
>
> 如果飞断了翅膀
>
> 让我掉落在天堂……
>
> ——《麻雀》

三条养育我的大河

妻夜半醒来，忽然偎在我的肩上嘤嘤哭泣起来。我大惊，以为发生了什么事，想要开亮壁灯，却又被一双温柔的手制止了。黑暗中我们相拥了许久，后待情绪渐渐退潮，心儿平复如初，妻才喃喃地说："我想老家了，想老家的河……和山。"我无语，只觉另一张泪湿的面颊呼出的气息，幽幽的。"你不知道，我现在一看见那一幢幢越来越密的高楼，心头有多堵！还有汽车，废气……"我说："我们不是有公园，有湖水吗？"妻子抱怨道："我要的是自然流淌的水，活着的水，真水！"我听罢内心一动，悠然长叹一声，起身披衣下床，去了书房。

书案上摆有一部小说，是非洲裔作家奥克利的《饥饿之路》，开篇即赫然写着："万物伊始有条河，这河又变成一条路伸展到整个世界。由于这条路原本是条河，因此它总是那么饥渴。"

几乎所有民族诞生的神话或传说，都离不开一条充满象征意蕴的浩浩大河。从古埃及、古印度、古希腊到古老的华夏文明，尼罗河、幼发拉底河、底格里斯河、恒河和亚马孙河，以及泥河俱下的混浊黄河，那像人类苦难的泪腺一样滚滚不绝的苍苍长河，是我们共同的母亲，母亲中的母亲。正如美国黑人诗人休斯所唱："我了解河流，我了解这河流和世界一样古老，比人类血管中的血流还要古老，我的灵魂变得像河流一样深沉。"

"我天生就是水命。"这是年逾古稀、满头霜发的老父从年轻时代就一直挂在嘴边的一句话。我想如果用在我的身上，也完全适合。

　　在我历经四十余个春秋的生命中，有三条大河不仅寡母般生养滋育了我贫寒的少年和青年生活，还深刻地影响了我人生的信仰和对生活的观念。"子在川上曰：逝者如斯夫。"大河日夜奔流，河水浩浩荡荡，仿佛千军万马，嘶鸣铿锵，过千山万壑，历千难万险，始得入海入洋。河的昂然气概，河的凛然正气，以及河的不屈不挠之精神，都幽静无声地暗暗注入了我的体内，月光般笼罩住我，也血液了我。河与我合而为一，融为一体，这是真的！我的一米八〇的大个儿有河的伟岸，我宽肩窄腰有河畔岩石的雄姿，我天生羊毛卷的头发有波浪与漩涡的韵律，我爽朗的大笑和深邃灵活的眸子，有河的风采河的辽远开阔。我有时沉默也是河的仁厚无言；我有时忧伤亦是河的惆怅和哀愁。河水绕过大半个村庄流向远方，两岸的青山逶迤如青绿色的屏障目送着她一路远去，过千沟万坎直到汇入海洋。河像一条柔韧绵长的绳子，密密实实将自然万物连缀成亲人般的一体，任什么也不能将它们分开了。

　　我降生在一条名叫浑江的大河旁。那儿有个充满水汽的地名：沙尖子，也就是沙洲的意思。据说那是个颇为繁华的水旱码头，有船由此入海捕鱼，有商货由此运抵辽东南各地。可惜我乳臭未干，刚刚降生这个广袤世界不足两岁，一颗硕大的脑袋尚未学会观察与思索。但我确信，我童真稚嫩的眼瞳是浏览过两岸的渔歌的，我月牙形的耳廓是承装过那奔腾不息的水声的。（据母亲讲，跟我年岁相仿的邻居的另一男孩，名字叫红烈的，五岁时死于浑江的漩涡中，当然这是我家离开之后的悲惨之事了。我日后时常觉得那泓小小幽魂，和渤渤大江一道夜夜徜徉在我不安的梦中，仿佛一个巨大的黑影。）

　　这样我三岁时，有幸遇见我生命中的第二条大河，辽宁丹东市与宽甸县交界的艾河。那河在我印象中既凶险又安详，既丰美又贫瘠，它是我启蒙于生活的恩师。它也是我发育、成长的滋补品，精神上的靠依。

　　从咿呀学语到趔趄学步，再到懵懂记事，仿佛一条柳根子鱼，总是离不开长满巨型岩石和多彩河卵石的沙岸。河的北岸是一片乱坟岗和黑松林，父亲的水文站就设在那儿。而我们则住在只有十余户人家的河的南岸，中间是一座日本人修建的灰色水泥大桥。桥面极窄，两车相错时往往要有一车退让，方能顺利通过。

我是在父亲的脊背上学会游泳的。每年夏天，父亲会强行将我扔进碎玉一样清澈的河水里，我惊呼、乱叫，吓得面孔苍白，甚至连灌几口浑水，但我的游泳技能却一天比一天强。背上被炎热的阳光晒脱的皮尚未长全，我已如野鸭子一样扑通扑通凫水了。有一次，我和邻居家的狗剩子一块儿去河边嬉戏，狗剩子只会几下狗刨，游不多远。为了捉弄一下他，我假装说那儿的水很浅，刚没脖，说时我在水中稳稳立住不动，像真的立在地上一样，狗剩子信以为真，笨拙地游向河心，到那儿一探底，身子立马沉了下去，"救命！"眼看狗剩子在水中一蹿一蹿地挣扎，我也吓傻了眼，幸亏不远处的下游河水真的浅了下来，狗剩子才湿淋淋爬上岸。这件事，我一直没敢告诉任何人。

艾河水急鱼厚，什么白漂子啦，鲫瓜子啦，沙咕噜子啦，鲇鱼鳝鱼草鱼虫虫黑鱼秋生子啦等等，尤其花鲫子，味道异常鲜美，只是刺儿又尖又硬，吃时需十分小心才是。此外，艾河里还盛产河蟹。每只足有饭碗大，钳上生着密密的黑毛。每年秋季，高粱一冒红，父亲的水文站的同事就开始上山割藤条，编一种胳臂粗的缆绳，然后遍插香蒿和高粱穗，并用木桩固定住横跨过河水，待到夜幕降临之后，三人一组，划着小舢板，手持大抄捞，借着长节手电筒的照射，沿那浮在水中的藤条一寸寸搜寻过去，但见馋嘴的河蟹爬满缆绳，伸手一抓，不待那厮张牙舞爪反应过来，早已丢进船舱中的水桶里。

这样到了日出时分，往往能捉一水缸肥肥的河蟹。每当下夜班的父亲用水桶提着哗啦啦响并吐着泡泡的河蟹回家时，母亲早已生起灶火，半锅河蟹一会儿就煮出了香味。那种香气真是诱人哪，几十年后我仿佛还能真切地闻到哩。

平日里我家也下网打鱼。网是邻人老康扔下的旧网，破了几个大洞，父亲和我每到黄昏时分，划着小舢板去下网。那时彩霞满天，鱼儿不时跳出水面，划出一道优美的弧线。落日像个烤熟的地瓜，卡在远处黑黢黢的山洼里。到了第二天早晨，雾气弥漫中，我俩再去起网，仿佛天赐一般，本是破旧的网却总是挂满了鱼。老康是个小气鬼，见了这般情形，又跟父亲索要回了那张旧网。

盛夏到来时，河畔来了打鱼的父女俩（他们好像候鸟，每年这个季节都来这儿小住一段）。父亲长着山羊胡，面孔黧黑，女儿身材灵巧，像条鬼机灵的狗鱼，他们捕鱼的工具既非丝网，亦不像本地人那样善用炸药炸鱼，而是携了几只碧眼长颈的鱼鹰。我们邻居的几个小伙伴被那嘎嘎哑叫的家伙镇住了。我们都喜欢围前围后看个究竟。也尝试像打鱼老汉那样抛掷一些小鱼和虾米喂它们。当满载而归的打鱼人扛着船篙，篙上依次排列着六只尖喙鱼鹰晃晃悠悠走进邻居张老五家的院子时，我们肯定也会屁颠屁颠跟到那儿，继续逗弄不断屙些青白稀屎的鱼鹰，直到遭受打鱼女孩的高声训斥。

多少年之后我一直没忘记打鱼女孩那双黑幽幽的大眼睛，我再也没见过一个女孩的眼睛能比她还水灵清澈的，后来那女孩嫁给了张老五家的大儿子六石子——一个粗暴、蠢笨得赛似毛驴的乡村汉子，我为此懊丧了好些天哩。

而当过渔军的帅小伙树魁子的眼睛，却在一次炸鱼中成了枯干的两个黑窟窿。这是当地人常见的悲剧！总有人被炸伤了手或眼睛，总有人狗改不了吃屎，这是人与鱼之间的一场战争，仿佛鬼魂在暗中的怂恿，好多人为了尝到那种鲜美的腥味儿，最终守着残缺度过一生。

有人说那条河的水很馋，每年都要搭几条人命进去。的确，河水从上游悠缓而下，到了桥下游，忽地拧成一股凶悍的水绳，咆哮嘶叫，狂奔而去，有如一头吼狮。有许多外地人到这儿游泳，因不了解水势水情，活活被那激流和漩涡生吞活咽下去了。

有一年，有一当兵的在这儿洗澡，就是被这股当地人称为"哨子口"的汹汹大水吞噬掉的。部队和家属来寻尸，寻了三天三夜没见丝毫踪迹。这时，遇到一皓首老翁，指点他们用一草席从上游顺流放下，说是只要那草席在哪儿竖起，那儿的水底即藏了淹死鬼的尸身。果然，众目睽睽之下，草席忽忽悠悠顺流而下，漂至哨子口水流最急处时，突地一点，诡异地直竖起来，有水鬼下去，很快便摸到河底死死抱紧一块巨石的死人。

夜里，我听见有一运尸马车，辚辚自岭上颠簸而下，我不由得将头扎进被子里，惊出一身冷汗。我是第一次洞见鬼魂的惨白面孔。

艾河畔给我留下最深刻念想的是一个秋风长啸的晚秋，一对城里来此偷情自杀的情侣，和一条神奇的扁担。事情的起因是这样的，我和几个小伙伴正在河滩上玩一种捉沙鳖的游戏时，忽听得一阵嘈杂的叫喊声，飞赶过去一看，水边苞米地中间的土路上瘫卧着一对浑身湿淋淋的狼狈男女，他们的袖口和裤脚都用白布条捆扎着，两只手也紧紧缠绑在一起，村民李铁匠正站在旁边喘粗气。大伙一问，才知那对男女刚刚是投河寻死的，本来两人早已在附近的山洞躲了一夜。因看不到后来日子的光明，这才下决心去寻短见的。两人牵手慢慢往河中心走，可是女人在河水浸脖时忽然后悔害怕起来，她一边挣扎呼叫，一边企图拽脱缠在手腕上的白纱绳。恰巧这时上山砍柴的李铁匠路过此地，慌忙奔到河边，眼见二人即将陷入深水漩涡，情急之下用担柴用的扁担上的铁钩将这对偷情男女拉上岸。

在那样一个阶级斗争的禁欲年代，两个已有家庭的人苟且偷情，是要被挂破鞋游街的。很快有人通知城里单位的保卫部门，很快便来一辆警车，将脸色苍白垂头丧气的一对押走了。

诗人杨键在《运河》这首诗中曾这样写道："我凝望着今天的河水，我的生命暗淡了，它好像正处在薄暮向夜晚转换的时刻。"他在另一首诗《长河》中又这样写道："长河边有一个儿子带着他的老母和孩子，很多年前他就凝视着这条河上的萧瑟。如今这萧瑟已变成一盏灯了，无论走到哪里，都在他眼前闪烁。"

关于河的记忆太多太杂了，仿佛一个老年人的乱梦。乡土、俚语、节令、风俗、死亡的凄凉的唢呐声……我像生长于河岸上的一棵河榆，经风淋雨慢慢长大。我十三岁那年的夏天，全家又搬迁到岫岩、宽甸和凤城三县交界的地方——沙里寨乡的大洋河边。其实那儿又是个两河交汇的险绝之地，大沙河把她全部的水注入大洋河中，使这条穿行在北国莽莽丘陵群中的河流陡然狂啸，水势强劲起来，一路向东，携风带电，绝尘而去，仿若一匹挨了鞭子的黑骡！

我那时早已是一面皮黝黑、体格健壮的乡村少年，平日里割柴犁地，推碾磨米，样样精通。随着待在河边的时间越来越长，游泳的技术也日臻完美，不仅能手持重物踩水过河，还能反剪双臂仅靠两腿的力量凫过白浪滔滔的大河。遇上河边打鱼炸鱼的，随便折一柳条，一猛子扎入河底，一袋烟工夫准能捉上一串鲜鱼活虾来。此外，因我的肺活量出众，在与周围小伙伴比试潜水时，我总是能战无不胜名列前茅。这么说吧，只要我憋口气，顺流一口气在河底潜出百八十米不费劲儿。

那一年洪水泛滥，河床被滔天浊流灌满了槽，洪水不仅冲毁上游几十个村庄市镇，还冲塌了两座有名的水库大坝。我和家人登上房顶勉强度过水声恐怖的一夜，其间我几次下到被水灌满的屋子里，将棉被及没泅湿的衣物抱上屋顶，母亲怕有危险，坚决不许我再回激流中的危房捡拾东西了。

翌日清晨，父亲去河边测流。由于水势凶猛，浪大漩多，水文站的测流船不敢使用，只好采取往水中扔浮标物测流速的老办法。为了将秫秸扎成的浮标准确置于河中间，必须有人亲自下水才行，但他的几位老同事见那浊浪拍天的气势，早吓昏了头，畏缩不前了。我自告奋勇要替父下水，但父亲坚决不允，无奈之下我夺下浮标"嘭"地跳下悬崖，劈波斩浪冲向河心。父亲吓坏了，不顾翻船的危险，紧急摆舵也随后前来接应。就这样我们父子俩一前一后，在小山似的浪谷中颠簸。岸上的村民都指点围观，直到一个小时后，我才在下游数百米远处的一个被洪水冲倒的大柳树干那儿爬上岸。虽是盛夏，但洪水冰冷如冰，再加上水中漂浮着的柴火和树木的撞击，我的身上早已伤痕累累。当惊魂未定的父亲赶上我并将我拉上大船后，狠狠地给了我一耳光，我当时虽仍有些不服气，但浑身疲惫还是有点后怕。

我认定我也是水命。我的前世或许是一条河鲤或鳝鱼。我喜欢水甚至超过了喜欢脚下那片厚土。我曾在一首诗中写道："我是河的儿子，我愿意在滔滔不绝的大河上守望一生。"这是真的。河是我生命的另一种形式，河上的日出日落、月缺月盈充溢着我的梦想，我的喜怒哀乐。仿佛冥冥中的某种悠长的呼唤，我总是情不自禁奔向河边，只要一望见那悠悠荡荡的大水，一望见水边的月牙形的细沙、卵石、芦草和水鸟的翅膀，我就会心安了。

而河是有灵性的，河对我的恩赐总能让我心存感激，恩谢不止。我常常在河边岩石上孤坐，望着河水若有所思，即便我还不能将生命中的许多事情想个透彻，但对清苦而悠长的生活已略有所悟。我开始画画和写作，内心似乎在慢慢敞开，盛装着星云雾电，河洲土地。而河畔那些祖祖辈辈脊梁上晒盐，面朝黑土的乡民们，则在我的视线里逐渐与褐色的河床融为一体了。

大洋河留给我最深刻的记忆还是那条大鱼精。大概是被炮火炸昏了头，那足有一丈长的鱼怪一会儿肚皮朝上，躺在水光潋滟的水面休憩；一会儿又勉强翻转身，试图向水深处的河汀中游去。我和狗子、二驴子等几个胆大妄为的少年跳进水中，将那鱼怪奋力拖向河岸，又用木杠抬到水文站院里。天哪，长这么大我还第一次看到这么大的鱼哩。它花鳍硬甲，浑身犹如穿上一件古代武士的盔甲战袍，而最奇特的则是它的巨大的嘴竟长在颌下。

那天简直像过年一样热闹，附近几个村的乡民扶老携幼都来水文站看稀奇，人人都被这条庞然大物开了眼界。一个山羊胡须的红颜老者捋着花白的胡须颤巍巍地说，这怕是河里的鱼王吧？伤了鱼王恐怕要遭报应哩！几个妇女一听，一齐跪下求情，说要把鱼王抬回村里寺庙供上，以求河神宽恕。父亲们却不信鬼神，早举起斧头一阵乱剁，将那大鱼大卸八块。当刀斧利刃砍到暗花甲鳞上时，火星电光如砍金石钢板，鱼血汩汩洇了一地。

那天黄昏，我看见落日如一殷红的鱼眼，炯炯贴于天边。群山轰轰响应，满天暮霭则凄艳如那鱼怪之血，将一个少年的梦幻般的人生，烘托得绚烂壮丽，如诗如画。

土　地

　　土地宛如慈母，养育并呵护着她的子民。土地的恩泽像她的襟怀一样宽广。

　　人在土地上世代安居，生息，劳作，繁衍后裔；人与土地血脉相连，人的一生不可能离开土地半步。即便你善于奔跑、跳跃，勇于乘帆远航，或是利用人造的铁翅翼翱翔蓝天……但你总归要双脚落地，回归故里。有一股比重力加速度还快疾的乡愁会紧紧攥住你的心灵，有一种比母子连心的力量还厚实的伟力会推动你踉跄回归的步幅！

　　土地啊……她忠厚，温良，平和，广袤无垠又近在咫尺。她是布衣的一部分，是粮仓的四柱和屋守的根基。她沉默寡言，但慷慨无疆。仿佛年迈的祖母，又像双乳丰实生育不倦的年轻母亲，只要勤于播种，总会有所收获。土地从不虚伪骗人，从不背信弃义。土地就是土地——一个睿智的永不撒谎的长者。

　　鸟儿是她最小的女儿，鹰是她四处巡视的卫士，江河小溪是她衣袂上的彩带和珠链，美丽的湖泊是她梳妆打扮的镜子，高山峻岭是她挺拔的脊梁，果实和鲜花则是她爽朗如风的笑靥。

　　每当战乱暴起，朝代更迭，如旗的大纛下英雄和盗贼的面容轮流变换，仿若一反常态的疾风骤雨袭扰着天下苍生……这时候只有土地，只有土地一如既往忠诚如故，只有土地没有背叛并且敞开了无私的胸怀。

　　当亡魂如风掠过巨大的廊柱和弹痕累累的残垣断壁，腐烂的尸骨覆盖住无边的梦境，只有日月朗照下的土地露出了温馨的微笑。只有烈焰吞噬过的遍地伤者在回忆，在作证……那曾经有过的，和正在失去的，必将在四季轮回般的岁月深处得到喘息和抚慰。

你可以说：没有比鞠躬耕作的农民更了解土地了（农民用全部积蓄来满足拥有土地的梦想往往受到世人嘲笑）。你还可以说，没有比哪位伟大帝王更懂得如何占领更辽阔的疆域以便完成自己的霸业了！从黄河源头到长江入海口，从汉武帝到朱元璋——成吉思汗老了，草原胖了……又瘦了，那弯弓射出的箭一路向西向西，没有追上变成影子的大雕，而是幻化成了一弦锋利的月牙儿，辚辚运转的时针一样指向破碎的英雄版图……

土地总是从一棵草开始，从一粒黄金谷粒上，土地要站起来！黄土高原和茫茫平原要像一位老迈的父亲一样站起来！带着巍峨的庄严神色，荷着一柄千古大锄和朴素如诗的乡谣。土地啊！为什么古典名著《西游记》里的土地神总是一位和蔼可亲的乡村老头呢？

一代代人被死亡席卷，一代代人成为死神那冷酷巨掌拍击下的灰烬和齑粉。而土地岿然不动，土地会让被飓风连根拔起的大树重新变成希望的种子，土地也会使遭受雷击的心灵萌发蓓蕾。

土地最伟大之处是无私的给予。诚实的劳动是向她表达爱意的唯一方式。同时，对土地的诉说是世界上最朴素最神圣的宗教——传说、典籍、寺庙、村庄、故人的墓地和青铜雕像上的花环……总有一种神明般的声音占据着人们饥渴的心房，总有一声呼唤保留了最初的感动——那是炊烟般的母唤儿归的声音，在薄暮时分熟识的小路尽头，袅——袅——环——绕。

土地啊，你是人类共同的母亲，母亲中的母亲，你以你的慈爱让我们领受箴言，你以你的宽容让世间所有曾经发生过的一切得到谅解和饶恕！哦，那功勋的喜悦或罪孽的忏悔啊，在土地无边的宁静中终将归于安息。

灯

灯是光明的代名词，如同眼睛。眼睛是"看见"的实质。民谚说"瞎子点灯——白费蜡"，述说的只是事物的表象。而真正的灯是在盲者的心间。因为一个人如果心中没有一盏灯，即便你拥有一双明亮的眼睛，你的眼前也漆黑一片。所以从象征的意义上来讲，灯盏是从古至今一直悬挂于人类头顶的神的礼物。

民间曾以灯为死人的亡灵引路，即在每年正月十五春节假期的最后一天，前来人间欢度佳节的祖先之魂，必须再回到另外一个世界去，是故普天之下皆悬挂红灯于檐头。这是一种流传至今的民俗——将"灯"的意味穿引于"阴阳"两界，使活着的人重温先人的昭示，领悟生命的本义。

当然，每逢吉庆盛宴，人们张灯结彩，也许仅仅是为了增加喜庆热闹的气氛而已。至于那则传说中唐朝黄巢起义时攻打浑城的故事，则为一个关于"灯"的习俗的流传推波助澜。义军首领黄巢因久攻不下冒险进城察看，被唐军发现四处追捕，这时一个卖醋的老人救护了黄巢，并告诉他攻城时的路线。黄巢听后非常感动，因此，吩咐老人在正月十五日于自家屋檐下挂起红纱灯，义军攻城时就不会伤及他。老人把这个消息传给邻居。不久，全城的穷百姓都知道了，家家买红纸扎起纸灯笼，致使全城灯火通明。义军破城时凡是门口挂灯的人家概不入内，而不知就里的赃官老财们，都被抓个正着……

在南方的一些方言中，"灯"与"丁"同音，所以"点灯"就意味着"添丁"。据说妇女们喜欢在灯下行走，她们认为将全身沐浴在温柔美丽的灯光里，就会家丁兴旺，幸福如意。在漫漫日子的深处，当某一户人家喜添新丁，尤其是生了个男孩时，这家人就要举行上灯仪式，遍请亲戚乡邻，并于门楣上挂一盏小小的亮着火的灯盏，以求辟邪祈福。

我儿时曾经历过一小段点油灯的时光。那煤油灯或蜡烛的跳跃的光与凝固的烛泪，都给一个懵懵懂懂的少年的心带来梦幻的翅膀。黑夜总像一只巨兽蹲在四周喘着粗气，而墙壁上变形游走的影子，则是噩梦和恐惧的种子。神器、银手镯、窗台、灶火、针线匣，远处一两声模糊的狗吠，下坡时马车老板刹车时的呻吟，母亲哼唱的摇篮曲以及父亲醉酒后难闻的呕吐物……当冗长的日子过去后，灯盏的阴影部分则简洁成一本阅读一半的书籍的折痕和我自己胃部的溃疡……

有时，灯是前世的回光；有时，灯又是后代的召唤。灯被一只手举起、摇晃，穿越风的肆虐、雨的啸叫、雷的震怒和雪的掩埋……灯呀，有灯的人都是有福的人。而灯则一直悬在人类眺望的高处！

苍 穹

　　暮秋的某个下午，风和日丽，穹隆高邈。我斜卧在一座小山的半山腰处，头枕着金色的荒草，慵懒地眺望着远处。碧蓝如洗的秋空中此时只有一朵云悬浮在那儿，静静地动也不动，仿佛另一座山丘上放牧的羊群。

　　我坐着的地方是朝南的山垭口，下面零星散布着一座北方村屯的一部分，一条浅浅的山溪横过山脚，又穿过村子蜿蜒着隐进村东隆起的高岗。我坐在那儿放眼远眺，望见带状的土路上不时有农用三轮车跑过，偶尔也会有一辆拉苞米捆的马车缓慢蠕动着，那赶车老板吆喝牲口的声音隐隐约约，很快便淹没在寂静的牛蝇的嗡嗡声中了。

　　我坐在那胡思乱想，山脚下的村庄像一堆毫不起眼的土坷垃堆积在一小块狭长的田野间，蚁蝼似的人在村街上走动，又因一两声沉闷的犬吠和一阵躁动的驴叫变得生动起来。这是一年中最安详明净的季节，收割刚过的土地显得更加空旷荒凉。终日都可尽情享受的阳光，又使劳作一年的人们得到了喘息和满足。

　　当一只不知名的山雀子在野核桃树和黄菠萝树组成的杂木林间啾啾啼叫时，我看见苍穹上那朵白云依然没有丝毫移动。这使我忽然产生了错觉，以为那云朵是假的，是这心旷神怡的秋日美景中暖融融的梦境的延伸，是古代文人贤士悠悠哲思的一部分，或什么也不是。我感觉到一缕乡愁，一丝悲伤……

　　四野悄无声息，令人昏昏欲睡，这一种倦怠莫不是上天的恩宠？抑或自然对人的慌乱不安的灵魂的格外眷顾与抚慰。

　　我一个人静静地躺着，遥望苍穹。我承认我很久没这么仔细端详过苍穹了。我猜我们大多数人困于日常忙碌的生活也很久没这么面对笼罩人类的苍穹了。苍穹是我们共同的苍穹，苍穹广阔无边又深邃万里，苍穹永远横亘在我们的头顶上，像横亘在人类面前的一道巨硕的命题！苍穹的庄穆和神秘无与伦比，它像一轮明镜照耀和映射着千古万物，历史烟云。苍穹能装得一切又仿佛什么也没留下。除了云彩和空气，苍穹上还有日月星辰，也有飞鸟和鹰影，也有人类发明制造出的火箭、卫星与喷气式飞机，还有让我们叩拜和肃然起敬的神明——那冷峻的眼神总是如闪电般锋利，并且直抵人心。

　　想到这儿，我的心猛然被一股奇异的力量紧紧攫住——是否在茫茫太空中还有我们一无所知的事物存在？是否在那看不见的湛蓝和乱云背后，还有巍峨的山峰、湍急的河流和大片大片美丽如棋盘的田野平原？是否那天上的田畴也有牧童吹着柳笛赶放羊群，是否村街上土墙下也有晒太阳的乡民露出质朴的微笑？

　　苍穹无语，苍穹因此也被称为天空而以亘古的"空"包容一切，这完全符合中国古老的哲学观。不是吗？天空是空的，我在天空中除了看见祖先的苍苍容颜，同时也会窥见我自己的面孔，这是真的！天空不空，天空中有宝石似的星粒儿，也有月亮那满盛着万古哀愁的蓝花瓷碗，也有太阳的金马车隆隆驶过……

　　天空——苍穹！我们这样默念，这样仰视，这样痴情不倦地眺望着。我目睹一队队人群缓慢地走上去，一队队幽灵似的人群垂首向西，他们走上去，走上映照大地的穹隆。

　　也许苍穹上也有一个苍穹。也许苍穹上也有一个国度，一片土地；也有战乱瘟疫，也有天灾人祸。我们在纸做的典籍上书写就等于夕烟在天空上的袅袅旋舞；我们平日在野地里拢起的篝火也等于一颗最小最小的彗星坠落时拖曳的长长的尾巴……

　　哦，苍穹！你使"看到"成为阐明和启示，你使眼睛成为真理的证词，你使这个暮秋下午的我，真正彻底瞎掉！

马　车

　　我表哥是位骨架粗硕的车老板子，他有一张宽大的红脸膛和一双时刻都笑呵呵的眼睛。说话时那副习惯于吆喝牲口的嗓音有点嘶哑、破损，仿佛磨旧的车轴。当他经过我身边时，冬夏围着皮围裙的身板上散发出一般浓郁的、淳厚的、有些难闻又有点亲切的奇怪味道（好像土地深处的湿气，又仿佛羊圈味儿，烤煳的土豆味儿，尿膜味儿，新熟出的皮革味儿以及铁匠铺中器物淬火时冒出的烟气）。他每隔半个月总要到镇子里来一次（表哥家住在三十里外的无量观，他来城里是给镇东头的小旅店拉脚或运送过冬的蔬菜或柴火）。当然了，有时生活贫困的表哥也是为了当时还在副食品商店工作的母亲能给他弄点便宜的碎粉条或小干鱼儿。

　　当耀武扬威的大马车停在我家大门口时，幼时的我总是兴高采烈地迎上去，围前跑后盯着那几匹汗渍渍的马匹看不够。马儿甩鬃扬颈，威风凛凛。胶皮轮子的马车使上了闸，插在辕边的那杆红缨大鞭总是让我羡慕不已。有好几次当我费劲巴拉爬上车辕妄想取下那杆长长的皮鞭时，都被表哥及时发现制止了。仿佛那是一种至高无上的权力，表哥从不让人动他的鞭杆，也绝不允许那些围拢过来的邻居家的孩子们靠近马车和马，有几次他甚至吓唬大伙，那马会踢死人或咬伤人，说完他还给我们看他那长着一道深色大疤的上唇——仿佛一只兔唇，我以及我们这些小伙伴可都担心自己也变成那种丑模样的，所以没有谁敢以身试法。

　　对于上世纪七十年代生活在城乡接合部的人们来说，连拖拉机都比较少见，更甭提汽车火车了。那时乡下人普遍对车老板子都很尊敬（大概一个村子也就有一两辆胶皮轮子大马车）。看着来去匆匆得意洋洋的表哥，幼小的我曾经幻想长大后也能成为一位威风八面的车老板子。尤其是那三匹高大威武扬鬃奋蹄的马儿，总让我以为神物，不敢轻易靠近。

　　终于有一天——一个夏季的中午，四下里除了树上的蝉鸣和天空中火盆一样的炎炎日头，小镇胡同口的阴凉下就只有我和几个邻家小孩。马匹们在安详地吃着草料，马儿缎子似的皮肤上散发出一种酒糟一样的汗味儿，那匹驾辕的枣红马偶尔会扬扬尾巴，驱赶一下吵吵闹闹的苍蝇。为了显示除了大表哥，我就是这挂马车的主人，在邻家孩子们的怂恿下，我壮起胆子，绕到侧面，轻轻把那只少年的手搁到了辕马的肚子上，仿佛一块浸过河水的棉布，我能感觉到皮肤上的温度以下皮肤下那强劲的、庞大的、另一种陌生动物传达过来的绵绵气息与持久力量。

　　几乎只有一刹那，当那辕马一回头时，我早已闪电般收回了手（那手如同一只惊惧的地鼠，倏忽一闪便缩回阴暗的洞穴）。我心惊肉跳，深怕被马怒而踢之，赶紧退至墙角。这时，我才发现掌心汗津津，小小的肉感的掌心还沾着辕马的体温——那种触觉还在，并且经久不散，我抬起手放在鼻尖下嗅，发觉它竟与表哥身上的气味是一样的。

牛的眼神

　　如果你走在乡间，看到坐在墙角或乡场上晒太阳的老人——那些平和、慈祥，稍微有些浑浊的老者的瞳仁，总让人想起牛的眼神。世代的、朴素的、坚忍的，宠辱不惊无所奢求的安静目光，仿佛连绵群山边缘的垂垂夕阳，是历经过人生苦难和生活磨砺之后才会有的凝聚，是一种彻悟似的清白和无言，是劳动的海洋上晾晒的纯洁的盐，也是一帖静悄悄的木刻年画的忧郁的眺望。

　　牛是穷人的神。牛命运中隐忍的性格天然带有某种传统中国哲学特有的宽厚、顺从、无奈和苦难意识。除了耕作、吃草、怀胎生子，牛一生的时光其实只是从田埂到牛栏的短短距离。而粗糙的草料、清水、庄户人仅有的温存以及四季中不知不觉变得沉默、怀旧、愤懑乃至绝望的颓废情绪，多么像一种千年朗照的月光，既迟钝又锋利地浸淫着一颗颗破败不堪的心脏。

　　牛以其知天命而又老实诚恳的眼神，再加上它缓慢的反刍以及浊重的泪滴，构成了广漠乡村中最结实的核心部分——五千载中国乡土文化的神秘而又停滞的生存观念（据说牛的胆怯是因为反映在它视网膜上的物象异常硕大的缘故）。牛沉默的跋涉和低沉的哞叫总是跟乡村里男婚女嫁的风俗联系在一起的。门楼、天井、菜园、坟地，山谷里荒凉的寺庙，春天黝黑的土层以及秋冬之际纷飞的薄雪……牛带着生的余温和死的冰冷陪伴着我们，仿佛前世的爱情或姻缘中的信物！几代代人悲剧式的命运打动着那些撰写史籍的手，影响着笔墨在宣纸上疾驰的朝向，仿若京剧老生油彩未干的脸谱！

当牛眼神中的光芒穿越凡俗琐事重新投射到五千年之后人们的身上时，那种丝绸一样柔软绵长的注视将挽歌式的咏叹徐徐推送到了苍茫宸宇的穹顶。

杀 年 猪

　　节令一进入腊月，村里远远近近，就此起彼伏响起了尖厉的猪嚎声。年的脚步终于一天天近了。女人们推完碾子又推磨，做完了黏豆包又烙牛舌饼，真是忙得不亦乐乎。男人们则一边吧嗒着旱烟袋，一边盘算着一年的收成和盈余，当然，也开始张罗何时杀年猪这件大事了。

　　我和弟弟们日夜都盼着这个日子，因为那天，不仅可以解解憋在肚里闷了一年的馋虫，还可以跑前围后瞧瞧热闹。在那个沉闷而饥馑的年代，生活真是太缺少快乐了。

　　杀年猪的前一天晚上，母亲将剩下的黄豆全都喂给了大老黑。大老黑是我给年猪起的名字，平日放猪时，我一直这样唤它。猪呢，也能听得懂。其实猪并不笨，说起来，我和大老黑还真有了相当深的感情哩，毕竟我酷暑严冬，风里来雨里去的，放养了它足足一年哩。如今要宰杀它了，我和母亲心里都有些酸酸的舍不得。

　　年根儿的天干冷干冷的。我俯身圈栏前，听见大老黑唧唧吃得那个香哟。它当然不知晓自己的小命明天就要结束了，它的心思只放在平日难得一见的美味上了。我拍拍猪厚实的鬃毛，母亲又给它添些煮好的玉米面糊糊，这才转身回屋子。冬夜星空深奥而邈远，月亮也瘦削成个弯而锋利的刀子。我钻进暖烘烘的被窝，慢慢沉进梦乡。

　　半夜时分我做了一个奇怪的梦，梦见杀猪时绳子断了，猪跑了，我在后面追呀追呀，双腿仿佛灌了铅，沉重得一点也迈不动步。"快醒醒，帮你爸捉猪！"母亲使劲将我从梦中摇醒，我连忙一骨碌爬起，冬阳早已将窗棂上的霜花晒化一半了，炫目的阳光晃得人眯缝起眼帘。我套上棉衣来到院子里。见父亲正带着村里几个汉子放案子的放案子，盘灶膛的盘灶膛，理绳子的理绳子，各自忙碌着杀猪前的事情。我探头望望大老黑，那家伙正窝在圈里打磨磨，自去年开春从集上抓回小猪崽到如今长成浑身滚圆的大肥年猪，母亲尽心尽力，周到细致，还从没一天早晨没喂过它呢。但是今日，因为一会儿要宰杀，破例的，母亲的猪食锅里冷冰冰，空荡荡的。

母亲正坐在灶前失神，而大老黑在圈前不满地哼唧着。

我想起去春赶集那天，母亲是如何喜滋滋，一眼就瞧中了这头小猪崽的情形。那小家伙虎头憨脑，肉弹一样欢实，一会儿拱拱同伴，一会儿跳到另一头猪崽身上顽皮。"我就要它！"母亲傲气十足地双手叉腰，高声大嗓地对猪贩子说。我至今还记得回来的山路上，听着背篓里小猪崽时断时续的叫唤声，母亲少有笑容的脸膛上，竟乌云间的一线阳光般现出了温情而灿烂的微笑。

此时一切准备停当，父亲大叫一声："快喊你妈生火！"我连忙抱来两捆干柴——都是青�柳的硬邦货，和母亲手忙脚乱拢起新搭灶间的膛火，灶膛有些湿，火便犹豫一下，但柴是干透的，所以青烟一起，火便轰的一声舞蹈起来，火苗的舌头一会儿就把那只十二刃大号铁锅里满满登登的清水煮得叫嚷起来。

那边，父亲和几个彪汉一齐跳进猪圈，不容大老黑反应，便七手八脚将那肥硕身坯按倒在地。大老黑发出尖厉的嘶叫，短短的四蹄乱踢乱划，但早已无济于事了。汉子们手脚麻利，捆蹄的绳子灵巧顺畅得像是通了神灵着了仙气，活活泛泛地在指缝间穿插灵动，一眨眼早已将那庞然大物捆了个结结实实。

大老黑绝望地哀嚎着，口里一边喘粗气一边吐白沫。我揪揪猪尾巴，试图用手安抚它，但大老黑竟理也不理我，仍旧声嘶力竭地尖叫、哭诉。

父亲找来一支木杠插入绳套，四个大汉一声断喝，三百余斤的胖家伙就被抬离地面送上了木案。此刻锅里的水早已滚沸，冒出腾腾蒸气，"刽子手"老武亮出雪亮的长把刀具，威风凛凛地大吼一声："按住了!"其余汉子立刻将拼命挣扎的大老黑扯脖鬃的扯脖鬃，拽四蹄的拽四蹄，死死按在案上。这时父亲则端一铜盆蹲在猪首处等候接血，我呢，手中却只拎一秋秸扎成的搅棍，屏息瞪眼，紧张地盯着凛凛然拉开架势的大师傅老武。只见那家伙漆黑脸膛上乱草似的连鬓胡子渐散开，牙关紧咬，双眸慢慢聚积起一股凶凶寒气，静穆中，猛的一声闷吼，那柄雪刃便挟着杀气一下贯入大老黑肥硕的脖颈深处去了。

这时但见那猪全身一挺，继而一阵抽搐和抖动，竟然不再吭气嚎丧，屎和黄黄尿水便流了出来。

而恶金刚般的武师傅呢，更把臂谢幕般优雅地一甩，臂随身转，手便带出喝饱的那把宰杀过村里千头万头大牲的刀子，刀子此刻在绚烂的冬阳的照耀下，宛如一柄千年古月牙，熠熠生辉，只在刀背处，有一抹淡淡的凄艳的血痕。

母亲这时是流下泪来的，只是满生皱纹的脸仍在笑着。那泪定是喜悦欢乐的泪哟，我暗暗想。

断气的大老黑很快被按入十二刃大锅中去毛，热气腾腾之中，空气里弥漫着一股难闻的秽味。只一会儿工夫，原本一身黑毛的家伙，再出来竟变成浑身鲜亮的光溜溜的白肤肉感来了。

是的，现在，大老黑早已死透，从活着的生命变成了鲜肉。它被重新抬上木案，开膛破肚，大卸八块——心、肝、肺也好，头、脚、尾也罢，按程序，一嘟噜一串的，安安稳稳热气腾腾，全都挂在周边的篱墙杖子上了。

一只野狗嗅到腥味，在院外露一下头，立刻被父亲赶走。

武师傅正在台阶上拾掇猪肠子。曲曲弯弯的肠子仿佛一堆乱麻绳，那里面盛着大老黑香香吃过的食物，但现在则变成了令人恶心的粪便。武师傅叼着卷烟，心安理得一边收拾，一边哼着小曲，竟全收了刚才的凶相，和蔼得像个笑面菩萨。

　　　　小奴我住在十字大街，
　　　　往东一走向北一拐，

黑油漆的门楼呀向呀嘛向南开……

他唱的谣曲叫《拔白菜》，他唱得有滋有味自得其乐，长长细细的高粱秆在他手中像上演打花棍艺人手中的道具。

日头越升越高，远处莽莽山梁上的皑皑白雪在蓝色天穹的映衬下，显得既庄穆又神圣。有一只苍鹰在半空中盘旋，旋着旋着，似乎发现了什么野物，石头一样砸向光秃秃的原野。

按照规矩，父亲这天除了请村里的长辈，包括村长、会计和治保主任之外，还请来左邻右舍和帮忙的人，也请了水文站他的同事。我家屋里炕上，共放了两张木桌，也全挤坐得满满的。母亲整整煮了两条猪腿，几乎是那头大老黑的半边身坯！我和弟弟们小狗般嗅着咕嘟在肉锅中袅袅四溢的香味，口水竟流了一次又一次。

父亲陪着客人在屋子里大碗喝酒，大口吃肉，喝到高兴时还划起了拳。几十个乡下汉子满脸油光光，高声叫喊的声音几乎掀翻房盖。他们忙活一年，也很久没这么快活了。他们的酒量也很吓人，一海碗的高度白酒一口就能干掉。不一会儿我家用塑料大壶盛装的二十公斤的老白干就见了底。

我饥肠辘辘。由于肉香的诱惑，肠子们在肚腹中像打架。有一刻，瞅母亲不注意，我和弟弟们偷了一小块熟肉狼吞虎咽下去，不想却被正穿梭忙碌的母亲发现，我们头上自然免不了挨一下的，但能吃到肉，即便打得再重，挨揍的人也毫不觉疼。

看见母亲一盘血肠一碗肉地给客人添菜，我不由得恨起那帮饕餮之徒来。有一回我替母亲上菜时，忍不住吐了口唾沫在碗里。

闲暇没事时，我就坐在早已灰飞烟灭的灶前想，要是父亲能自己杀猪，不请人帮忙该有多好。父亲是杀过大牲口的，有一回水文站来了上头领导，买来一头病牛，就是父亲操的家伙。母亲为此还和父亲吵过一架，说是宰杀大牲口的人会遭报应的。当然，我们家杀鸡杀鸭，历来都是父亲的权力。父亲也好在家人面前显摆他的一家之主的男子汉神气，但是有一次却掉了链子，他刚给一只大公鸡抹了脖子放了血，一松手，那血糊糊的鸡却挺着伤痕累累惨不忍睹的头颅，满院疯跑起来，弄得一时间鸡飞狗跳，好不热闹。结果是我们全家五口人全力上阵，忙活半天，才好不容易重新抓住那只异常神勇的大公鸡！

这一次父亲来了牛劲，狠命一刀下去，那鸡早身首异处了。

我和母亲又一松手，鸡又诡异地奔了出去，挺着没有脑袋的脖颈，真是吓死人了。好在那鸡只趔趔趄趄跑到院门，就一头栽倒，再也没起来。

想到这儿，我噗地笑出了声，弟弟们苦着脸，一齐望着我问：你笑啥。我忍不住咯咯咯大笑着，把那个故事又复述一遍，弟弟们也笑得前仰后合，笑痛了肚皮，惹得母亲从灶房探出头，满脸困惑地望着我们。

日头快在幽暗的西山落窝时，父亲他们才醉醺醺散了场。弟弟们早在西屋睡了，我也饿过了劲儿。母亲和我简单地吃了口饭，收拾完碗筷，也上炕安顿下累了一天的身子，我俩刚草草躺下，不一会儿就相继发出了鼾声。

乡村媒婆儿

　　媒婆儿都生有一张能说会道的巧嘴。评剧《小女婿》中的陈快腿就是一典型的北方乡村的媒人形象。而在我们的老家——儿时零碎的记忆中，媒婆儿是个头绾疙瘩鬃，身穿黑大衫的四十上下的瘸腿女人，她描眉搽粉，嘴快腿勤，极会察言观色，能把死人说活，也能把活人说死，一只跷起的兰花指点点拨拨，手中掌握着十里八村隐秘的、神圣的姻缘之线。

　　她叫刘二嫂，是我母亲的远房姨亲。平日额头上总印着拔火罐留下的紫斑痕，一天到晚哼哼唧唧，病歪歪的。但只要有人找上门，央求她去某某人家说合，那妇人便立刻来了神儿，仿佛沾了水的小白菜。

　　那时在僻远守旧的乡下，青年男女仍恪守"父母之命，媒妁之言"的遗风，二人成亲须经媒婆两下撮合，似乎正应了那句老话：天上无云不下雨，地下无媒不成婚。谁家小伙儿跟谁家闺女合适，媒婆儿心里自然有数。只要她东村西屯多跑儿趟，凭借那张伶牙俐齿巧舌如簧的三寸不烂之舌，从中一说合，保管成就一段百年好合的人间佳话。

　　所以在乡下，谁也不敢轻易得罪媒婆儿，尤其年轻人。如果让媒婆儿怀恨在心，到时真的给你介绍一个丑八怪兔子嘴的懒婆娘或偷鸡摸狗、油瓶倒了也不知扶的二流子，那可是要遭一辈子报应的。

　　一般来说，乡村媒婆儿介绍成婚的过程要经历四个步骤，即"相门户"，"要彩礼"，"串小门"和"结婚"。这其间"相门户"是顶顶重要也是最能体现媒婆儿能耐的关键时候。那时男女双方依照媒人约定的时间、地点并按照礼俗见面，两方老人互相寒暄，拉家常唠闲嗑，姑娘小伙儿则通过给长辈点烟倒水，偷偷察看对方长相、口才和涵养。相看完毕，无论妥与不妥，都不当日挑明。事后即便某一方（多是女方）提出如加彩礼等出嫁条件，亦全需媒婆儿从中周旋方成。

至于"串小门"（定亲）或出嫁之日，则是媒婆儿最得意风光的日子。那时唢呐似雀啼，鞭炮如炒豆，新郎新娘披红挂彩，佳偶天成，十里八村的人便都会齐赞媒婆儿的好眼力、做善事和成人之美。媒婆儿呢，因为巧点鸳鸯谱而容光焕发，功臣般叼起了长杆大烟袋……

当然，也有因双方性格不合，或听信别人闲言碎语挑唆而提出"黄了"的，这时就涉及到退彩礼了。在乡下有一规矩，即男方先提出"黄的"，女方可不退彩礼。反之，如是女方提出分手，则必须将钱物原封不动交付媒人，再由媒人还给男方。不过有时也会遇上麻烦事，就是女方已把有些东西用了（如衣物等等），而男方此时又执意索要，媒婆儿就需多费心思和口舌了，往往来回奔波数日，累得腰酸腿疼，说得嘴角起白沫，方才勉强平息下来。此时那垂头丧气的媒婆儿不但听不到一句感谢好话，还落了一身埋怨。

我老家有一稍稍有点痴的人，叫傻根，刘二嫂图稀他家给的跑腿钱厚实，想说给邻村一户人家。相门户时是个冬日，傻根戴顶新狗皮帽子，进门狠劲一行礼，狗皮帽一下被甩到女方家冒着热气的饭锅里，露出一个难看的瘌痢头，姑娘见了，当下冷了脸。

这事过去好多年啦，每回一提起，大家还都笑喷饭……

平原上的九棵杨树

我早就看到他们了，我早就从一只黑白花羽的老喜鹊那知道了他们的存在——数百亩北方辽阔平原的边缘，茂盛而和谐的树的家庭。

从小镇到县城去上班，十几年来我总在班车上远远地望着那里，车厢摇摇晃晃，不是清晨就是傍晚，而我总是在车厢左面暮晚的烟岚中遥遥地领受她的美。

仿佛是一次格外的恩赐，有一次班车坏在了半路，司机要等另一辆车来送零件，全车人都闷坐在座位上，唉声叹气。我一个人下了车，慢慢走向那片树林。

正是春夏之交，田野里很开阔也很干净，我沿着一条杂草丛生的土路不费力气地走近了他们。

一共是九棵，九棵粗壮的钻天杨，彼此手拉着手，冷漠地望着我这不速之客。

大约有五十年了吧，或者更多，走近了我才猛然知道，那挺拔的树干足有一抱多粗，他们一律摆出一副凛然不可侵犯的架势，一律沉默着，不发一言。

我想进入他们中间，但一根斜生的横枝不客气地拽了我一下，使我一个踉跄，险些摔倒，我仰起脸，看见令人目眩的树梢那儿，有一盏硕大的黑乎乎的鸟巢，瓷海碗般捧在他们中间，巢穴里也是一片安静，好像是只空巢。

一阵风过，我听见他们正在窃窃私语，我猜想他们此刻正偷偷盯住我，像盯住一条侵犯的野狗。

我把手缓缓放在其中一棵结实的、汁液暗流的枝丫上，慢慢抚摸着，我觉得也许过一会儿他们熟悉了我，或对我放下心来，就会一点点把我接纳。就像当初他们接纳那只前来做窝的喜鹊一样。

夕阳这时终于咕咚一声沉到远处山脊的后面了，四周光线凛然一暗，公路上那辆瘫痪的班车起死回生地呻吟一下，我磨转身，慢慢往回走，走到一半路程时，头顶上忽地掠过翅翼划破气流的声音，我知道是那对花喜鹊正往家赶。

我又望了望那片杨树，他们不动声色地站在平原边缘，众星捧月似的捧着那只鸟巢，像举着光芒四射的灯盏。

今晚，簇拥的老杨树们会把一个突兀的造访者的故事，说给喜鹊夫妻听吗？

风把银幕上的脸吹凹

——我的露天电影的精神之诗

序　曲

著名现代小说家卡夫卡曾说："电影是一件了不起的玩具。"但是他却不堪忍受。因为电影使他"裸露的目光穿上了制服"。卡夫卡真是一个怪异而有趣的人！而我正好与这位幽魂般的小说大师的看法相左。我喜欢电影胜过喜欢生活。有好多时候，我时常会把自己当成电影里的某个人物，我用臆想中的某个电影人物的腔调说话，借用他的目光观看现实生活中的人或物，就像一个人把自己的影子投射到水塘中并痴迷地爱上了那个水中倒影一样，这是一件多么荒唐的事情啊！电影使我的整个童年有了诗意，也使那个贫瘠的年代在现今的回忆里呈现出万千风情，仿若那些早已逝去的单调而平静的日子。我的生活因此虚幻且美丽起来，成为灰暗穹隆中的一道炫目的彩虹，重新明亮了我——一个年逾不惑的中年人的心灵。

一、地主婆：生产队场院里的《白毛女》

我父亲是水文站里的工程师，儿时我家总是在辽东南莽莽苍苍的崇山峻岭中生活，又总是离不开一条水流湍急的大江或大河。生活是异常孤寂而清苦的（往往上学都要走十几里崎岖山路）。那时候日常娱乐几乎没有，除了与野山野水亲近之外，在我们这些可怜的乡村少年心中，就唯有偶尔盼来的露天电影能给我们饥渴的幼小心灵添加些快乐的滋润了。

最早的记忆要追溯到上世纪六十年代末或七十年代初——一个以阶级划分人群的严酷而荒凉的年代。那时我八岁半，刚上小学一年级。有一天傍晚——晚秋的稍稍有些霜冻的朗朗晴夜，父母带我去前沟看电影。过了一道山岗，就看见月白光雾中有剪纸般的人影从沟沟汊汊游聚向生产队大院。我又紧张，又兴奋，一只手死死揪住父亲衣襟，生怕被甩下。

进了院子，迎面便见一黑边白布的银幕扎在中间，全村老幼乱嚷嚷自找位置。有搬来木板凳的，有捡块石头垫屁股的，也有懒散者，只叼着旱烟袋在地上唠些闲嗑。而半大孩子们则兴奋异常，在人缝里穿来拱去，时常遭到大人们的训斥。看看时间不早，队长便吆喝一嗓，闹哄哄的人群霎时静下，大伙这时才望见，那暗黢黢的人影里立了两个陌生人，此刻全都冷着脸，仿佛有啥天大横事要说。我有些害怕，便往母亲怀里倚过去。懵懵懂懂中，似乎来了啥最高指示，又说今晚放电影前，先要搞个什么忆苦思甜。有人抬上一八仙桌，有人将本来就昏然的白炽灯遮上块青布，使整个场院阴森森暗得可怕。这时一对青年男女唱起悲悲的调子，接着又有人从煮猪食的灶房端来馊气熏天的一瓦盆野菜汤和拌了榆树皮的面糊，而围在四周荷了枪的民兵们便组织村人排队上前领取。我看见父亲绷着脸强吃，我也尝了一点，却哇地吐地上了。那东西又涩又苦还臭气烘烘，仿佛一摊狗屎。

接着便开批斗会。反绑双臂的人像一串蚂蚱被押上来，大伙呼一阵口号，复又将其押下，这时才开始放映电影——舞剧《白毛女》。我奇怪那衣衫破烂、白发飘飘的女子为何总是用脚尖走路，她的模样总使幼小的我想起村里跳大神时的巫女——瘸子刘有钱的老婆王二丫。

电影放映中途，我去场外撒尿，听到牲口棚传来狼似的惨叫声，偷偷溜过去窥看，但见几个彪形大汉正用皮带抽打地上打滚的一妇人，我吓坏了，急忙缩回头，尿把裤脚都溅湿了。

月至中天时，电影终于放毕。回家路上正撞见押送坏分子的一行,父亲一边与那民兵说话,一边用手电筒照了照押在队尾的老女人,光柱下我蓦然望见一张惨白的满是皱纹的脸,在强烈的光影里死气沉沉闭着眼。

我认得那是死去多年的老地主徐堡的老婆。

二、张生的脸:梨树沟村的《地雷战》

东北乡村冬日不仅格外漫长,且气候奇寒。老北风一吹,鹅毛大雪一飘,温度常常降至零下四十多度。那可真是"撒尿成冰棍,吐口唾沫也成钉"的冷啊!村人互相见了不敢说话,仿佛下巴也被冻硬了,说出的话儿也能凝固在白森森的空气中。所以整个冬季,大人孩子猫在灶房炕头,围着泥火盆,极少外出。

那时孩子多,一堆一堆满炕爬,猪崽一样哇哇乱叫。有不小心的,便会栽到炭火正旺的火盆里,烧成个疤痕脸或残了一只手的亦大有人在,前村张生就是一例。

但张生比常人烧得厉害,整个面孔狰狞厉鬼一样可怖。若是黑夜一个人在村路上撞见,必定被吓得惊狂大叫着落荒而逃。好在我和小伙伴们与他厮混熟了,早忽略了他那张脸。张生人虽丑极,心却良善。平日放学时我们玩"五道"或"跑马城",他便傻傻立在旁边观战,红眼黑皮外翻的扭曲脸上,竟挂着谦卑的笑,倒让我们这些顽皮小子不忍欺负他了。

张生爱唱民间小曲,却又只会唱一首,我们玩累了便哄他唱曲,虽然《五哥放羊》早听腻了,但只要有人要求,张生便亮开嗓门吼吼地唱,全不顾跑不跑调。

正月里来正月正,
正月十五挂红灯。
今天过了元宵节,
五哥放羊来上工。

张生声嘶力竭唱时，脸上的红疤便再一次错位，仿佛不是一张脸，而是一只被谁踩烂的柿子。那时天蓝蓝的，有白云浮浮飘过，又有一两只鸟儿啁啾掠过，时光便如歌谣一般弥漫起来。

而到了村里放电影时，张生的位置永远都是坐在银幕的反面，好多次我看见他孤零零端坐在那儿，青白光线下仿佛一个活生生的鬼魂，一动不动，我身子不由得往人堆里缩缩，心里很是害怕。风吹过挂得很高的白布，吹得银幕上的脸凸凸凹凹，变幻不定。

有一次放的是我最爱看的《地雷战》，当放到鬼子挖雷抓了一手屎时，我正巧出去撒尿，路过张生孤坐的身旁，听见他吸溜一下鼻子，发出怪怪的声响。我不由得停下脚步转回身，但见在那张疤痕累累的丑陋的脸上，有一行清泪在月光下闪闪发光。

三、船或冰车：响哨村的《铁道游击队》

我家住水文站的家属房。家属房在水文站的院里，整整三栋黄泥草舍全都孤零零壁立于陡峭悬崖上，我和弟弟们在院里弹玻璃球时，一不小心，那彩色的球就会滚进崖下波涛汹涌的古洋河里。

这儿是两条大河的交尾之处。河边礁石林立，河底浪急沙涌，很是吓人。平日村民过河，都坐水文站测量用的木船，船是拴在拦河钢索上的，靠水流的冲力和舵的作用溜向对岸。

响哨村即在河流拐弯处的下游。那儿有一片绿雾状的榆树和柳树，挡住了我眺望的视线。好在水文站配有一架苏联制的军用望远镜（那是水文测流时观测浮标的仪器），我常拿来无端地往对岸巡睃遥望。

有一次我望见一个看山的村民蹲在草丛中屙屎，还有一次我看见一头狍子在丛林里奔跑，我兴奋地大叫一声，声音空空传过河面，那狂跑的狍子竟突地立住了脚，呆呆回过头来，真是有趣极了。

河这岸沙里寨乡中学的体育老师与河对岸响哨村的女子刘香香谈恋爱。两个人总是我送你来你送我的，一副恋恋不舍的亲热劲儿。有一次我在望远镜里看见体育老师搂着刘香香亲嘴，我一叫，水文站的老王就把望远镜抢过去，再也没撒手，急得我乱跺脚。

响哨村常放电影，夏天我们常坐船过河。村里人也来凑热闹，人满满登登挤上船舱，那船晃晃悠悠几乎沉没，所以好多女子都脸色发白，慌慌地抓住身边船舷。有时候遇到激流漩涡，船便像受伤的牲口似的，身子一栽，惹得女子们一片惊呼。我家邻居老杨家的女儿小青，这时便会紧攥我的手，攥得生疼生疼，但我的心却山雀子一般好欢喜哩。

有一回看的是《铁道游击队》，回来时早已是夜深人静的半夜，远远地传来几声梦幻般的狗吠，对岸的村庄陷在浓浓的阴影下仿佛根本就不存在。我们十几人上了船，木篙撑进沙底发出沙啦沙啦的暗响，而船头犁开湍急的水流则是嘹亮的哗许哗许的脆响。船行至河中间时，一轮铜盆大小的满月从黑黝黝的山脊上升起，将整个河谷照得亮如白昼。有人轻轻哼起《铁道游击队》的主题曲："西边的太阳快要落山了，微山湖上静悄悄，弹起我心爱的土琵琶……"歌声在静谧的穹空中飞翔，传得好远好远。

有一只夜眠的水鸭子被惊起，噗噜噜飞到沙洲中的苇丛里去了。

这时船在水中起伏，我们在月光中颠簸，我们全部变成了鱼了。而我心仪的女孩儿小青就坐在我身旁，那月亮般明丽的俏脸上的两只大眼睛，正久久望着我，仿佛通了电，望得我的心慌慌的。

若是到了冬天，我们看电影时就会各自坐了冰车去。大河那时被完全冻上了，千里冰封的冰面上平展展的，与两岸雪山交相辉映。如果恰好也赶上个冬月皎洁的日子，就更别有一番情趣了。冰车在冰篙的用力击撑下在明镜般的冰面上飞驰，心儿也会鸟儿一样翱翔在神秘、美丽的夜空中，而电影不过是在那个沉闷年代降临的闪电一样的短梦罢了。

四、初冬的霜冻：沙里寨野河滩上的《桥》

少年时代我看电影去得最远的地方就是公社所在地——沙里寨了。那儿离家整整二十华里，中途要翻过两道山梁、一条河和一大片鬼魂出没的乱坟岗子。

那是一个什么样的年代啊，心灵因为极度的饥渴而慌不择食。我总是在看电影中途因害怕被同伴甩下而东张西望心神不安，我总是在归途时因瞌睡几次栽到路边的水稻田里弄得浑身湿透一副狼狈相。那时，我是多么羡慕住在公社周边的人啊，我觉得他们就像住在北京天安门城楼上一样了不起。多少年后我回忆起这些事仍然耿耿于怀双目喷火。

而那次初冬的经历——那次初冬的特殊画面，强烈和深刻得如同用烧红的烙铁烙在皮肤上一样终生难忘。

我记得落日像一只咯嗒咯嗒叫嚷的老母鸡跳进窝巢般的山岗后面，天边还积蓄着血痕似的晚霞时我们就出发了（有人甚至因没吃饱饭还边走边啃玉米饼子）。我们一路走一路议论，都不知今晚放的是哪国片子。有说是阿尔巴尼亚的，有说是苏联的。就这样一路小跑走到天黑才赶到大沙河边。那儿高高耸立着一座独木桥，桥下是刚刚结了些许冰碴的河水。我们到那儿时，但见两岸人山人海，长长的人龙通过颤巍巍的木桥从这岸逶迤向另岸。我们费了好大劲儿才挤上桥头。两根拼在一起的桥木大概只有腿根粗，人踩在上面，整座桥都会发出令人心惊胆寒的脆响。尤其是一眼望见脚下湍急流淌的冰冷的河水，在星月的辉映下泛出黑幽幽的光泽，我不禁头晕目眩起来。我小心地把手搭到前面那人肩上，后面的人又把手搭到我的肩上，就这样仿佛一条缓缓蠕动的长虫，在天光晦暗的河面上，这人肉长虫一小节一小节向前爬行着。因为这桥中间高两头矮，有一个可怕的坡度，所以当人走到河中间时，亦是坡度最陡的地点，有人头一昏眩，脚下一滑，便跌落冰冷刺骨的河水里。

这仿佛是连锁反应，有一人滑落，往往会牵扯另一人。夜色中只听见扑通、扑通不断的水响，宛如下饺子一般，也闹不清那晚到底有多少人洗了冷水浴。

幸亏我没摊上这等可怕的事儿。到了河对岸时，便急急赶到架在野河滩上的银幕前。由于那夜十里八乡赶来的人太多，银幕两边都挤满黑压压的人头。好在我个头高，总算把那个南斯拉夫的著名二战影片《桥》看了个大概。这是我看到的最惊心动魄的战争电影，它摧毁了以往我对战争电影形成的俗套概念，好像冬夜穹空中的一道炫目的闪电。我在少年时代平庸的生活中第一次看到赤裸裸的真实的人性，看到了残忍和爱的另一层新意。我完全忘记了吹拂在脸庞上的寒风和刚刚的不愉快。

影片中途换片时，看电影的人群忽然潮涌起来，一些不怀好意的青年男人一边坏笑一边起哄，推来挤去的人们早已不分男女老幼，尤其一些俊俏的姑娘媳妇的周边，总有汉子们挤挤挨挨拥作一堆。而此时女人们也不生气，她们似乎也情愿有点乐趣以便祛除寒冷。我看见一个小伙把手贴到了一个姑娘的胸乳上，另一个大胡子则用大腿撞了一个肥壮女人的屁股。大伙哈哈怪笑直到电影重新开演。

那天晚上我还遇见了我们班的女同学兰子，她那双星眸闪闪烁烁，总在我的身上环绕。她瘦骨伶仃的胯骨顶得我的腰好酸好酸。后来我们在回家的路上牵了手（我的手上净是热汗好像我热气蒸腾的头发）。我俩钻到有些干枯的柳毛子里亲了嘴。我不知道这算不算我的初吻。

五、龙王庙：一次奇妙的除夕夜

有一个笑话，说某上级领导深入乡村检查工作，问：你们除了耕种，业余时间还有啥娱乐活动？村长想了想，郑重其事地答：没啥娱乐项目，除了打打麻将，就是跑跑破鞋……上世纪七十年代的北方乡下，倒真是如那村官所言，除了年终岁尾扭扭秧歌，踩踩高跷，平日里难得有个热闹的事件了。至于看电影，一年下来不过有数的三五回。

那一年我十六岁，正是牛犊似的浑身有劲没处使的年纪。我们上山套鸟，下河捉鱼，整日里弄得鸡飞狗跳，难得有个消停的时候。有时自然就免不了挨骂。但是那年岁，我和弟弟们的脸皮比鞋底都厚。

我把邻居家的毛驴当马骑，又将生产队的豆捆点着烧豆吃，结果不小心点燃了整垛豆子。当火苗蹿起浓烟滚滚时，我和两个弟弟早已逃之夭夭，身后传来春节放鞭炮般的噼啪声。

自然，晚上回家时，免不了挨父亲一顿胖揍。

记得这一年的岁末，进了腊月过小年儿，杀完年猪又包冻饺子。转眼便到了除夕这天，邻居小三子是个屁眼插电线的万事通，不知听谁传的，说离此十五里的邻县龙王庙村要放电影。冬闲里大伙正闷得浑身难受，一听这消息便猫抓般难耐，纷纷吵嚷着要去。虽然那龙王庙山高路远又崎岖难行，但电影的诱惑可远比年猪肉馋人。

龙王庙在大洋河下游，从我们村通向那儿的只有一条羊肠般曲曲折折陡峭难行的山路。这山路一边是悬崖绝壁的长白山余脉，一边是波涛湍急的大洋河水。平日里除了采蘑菇的、挖草药的山客，就是放羊的羊倌在此攀行了。白天行走都要时常借助野藤树干帮忙，更不消说在月黑风高的除夕夜了。

记得那天，我们是一共七个人瞒着家人上了路。那晚的天真黑呀，用伸手不见五指来形容是最恰当不过的了。黑暗中两耳只听得脚下滔滔的水声以及绝壁上偶尔惊起的夜鹰的啼叫。那叫声在静谧、荒凉的空气中传得极远极远。我们小心翼翼，如猿猴，如灵巧的山羊：挪、腾、跳、溜……大约走了两个小时，才听见对岸有些人语。又见一豆状灯火在徐徐前移，高声吆喝过去，那边便有人答，说也是去看电影的，不过电影早已演完散场，他们正挑灯走在回家的路上。我们一听，一下泄了气，蔫了茄子。有人一齐怨起小三子，小三子也苦不堪言，直叫脚磨起水泡，痛得慌。这样一伙人又无精打采往回赶，行至离村子不远的另一条山沟。我忽然想起独居于此沟的猎户曹四，就提议是否一同去他家听他讲古。本来垂头丧气的伙伴们顿时又像淋上清水的小白菜，立即兴旺起来，都齐声叫好，于是一行人便都相跟着向那黑的沟壑摸进。

曹四现在就光杆一人，原先倒娶过一个黄毛老婆的，凑合过了几年，那女人嫌他穷，便跟一过客偷跑了。遗下一丫头跟随曹四，后来那丫头长到十四岁，也早早嫁人去了北大荒。现在曹四一个人孤住在这个野山沟里，靠打野味和种药材为生。这老哥虽大字不识一箩筐，却天生会讲故事（当地人称为讲古），尤其讲那薛仁贵征东最是拿手。

我们到了石墙外，有一狗吼吼乱吠，惊起胡子拉碴的瘦黑汉子，油灯亮起时，我们早蹿进正屋上了炕。

"你给我们讲古吧，曹大哥。"曹四说："大过年的不在家团圆，到处瞎逛啥！"我们便把刚才经历的事重述一遍。曹四听罢大笑一阵，便点一袋老旱烟，青烟袅袅之中有股辛辣的香味。我们几位也各燃上一支，便听那黑汉子慢条斯理讲起古来。

这是一间极简陋窄小的黄泥草房。屋地靠山墙的那旮旯儿，泄露下一席夜光来。仔细望去，原来是房顶上赫然现出一个窟窿，有清森森冷气悍然侵入，让我不觉打个寒战，身子往里偎偎，几乎全缩入汗臭的破被套里，好在火炕热乎，倒不觉得太冷。不一会儿，便沉沉进入梦乡了。

六、 我的初恋：小镇上的《爱情故事》

后来，我家也从僻远乡村搬迁至一古色古香的北国小镇。小镇有一条青石板街，街两边皆是民国式的青砖翘脊的院套平房。小镇出玉，故磨琢玉器的手工作坊一家挨一家，展卖玉件的商铺也比比皆是。走在幽静、曲折的老旧巷子里，眼见得淳朴又有些木讷的小镇人次第行过，耳听得几声悠然的叫卖声，间或还能遇见手戴玉镯、颈佩玉链的素面女子袅袅婷婷擦肩而过，就更添一份恬淡与安适的心境了。

我因高考落榜，早早参加工作，是在一家副食公司搞宣传，整日写写画画，倒也安闲自在。不久便有人给介绍对象，我们约了个时间，我又买了两张电影票，懵懂之中，便于某个春日的傍晚去了小镇那家唯一的电影院。

电影院有股尿臊味。我进去较早，简陋破败的环境中稀稀落落仅坐数十人影。我正焦躁，近前一月白衣衫的女孩，高挑的个头披一头瀑布般的长发，我一慌，忽地立起，来的果然就是我那对象。

好在电影马上开演了，黑暗中我仍惴惴不知说啥好，幸亏不久即被银幕上的故事吸引住，慢慢忘了谈恋爱的事。

那晚放映的是美国故事片《爱情故事》——一个来自遥远的异国他乡的凄美爱情故事。真是凑巧得很，仿佛某种天意，或某个神灵的暗示，我们都很快进入到别人的故事里，直到放映中途，也是在那女孩的提议下，我才有些不情愿地随她走出影院。

我俩沿着小巷慢慢踱步，借着昏暗的路灯光我偷偷打量身边的女孩，确信她是个气质高雅又有些傲气的"小公主"。而她鼻翼处那几颗雀斑也像早春苍穹上的星斗一样闪闪烁烁。

小镇上的人们乐于看电影，每次来了新片大家都蜂拥而上买票抢票，常常是阖家齐出动，一看就半夜，颇有点像意大利故事片《天堂电影院》描述的情境。那时已开始放映日本电影《追捕》和国产影片《庐山恋》，我们这些年轻人的心中早已春意盎然莺飞草长了。

不知不觉我俩竟走出了小镇，来到一处开阔的草甸大田里，此时的天气不冷也不热，柳树即将开始发芽，草皮也开始返青，脚下的土地化过冰雪，在白日酣畅的阳光照耀下暖烘烘的，散发出一股发酵的醇厚酒香。我这时开始进入角色，侃侃而谈，从中国作家侃到外国作家，也大谈特谈了自己的宏伟理想。远处起伏的山丘在夜色中宛如一条条曲折盘桓的巨龙，而头顶上密密麻麻的星群轰响着，发出热烈的响应。我像一个天才演说家，又像一个未来生活中的英雄，看到姑娘眼中被我激起的愉快的火苗，我知道我的演说取得了明显实效。她后来成了我相濡以沫的妻子，我们时常会想起那天晚上的夜空，广袤的大地和璀璨的星群，那是我俩观看一生的电影。

尾声：越来越真实的电影和越来越虚幻的人生

如今我已过了不惑之年，在一座以钢铁产业闻名全国的都城生活了整整五年。虽然这儿有华丽舒适的现代化的电影院，但我却极少光顾，因为家里有了有线电视，有了神通广大的电脑互联网，看电影似乎成了只消动动手指头的轻巧事。《圣经》开篇，上帝说世间要有光，于是真的有了光。《圣经》似乎早已预言了电影的降临，它让人们重新看到处于嘈杂巨变的人类自身，并冥想关于人性黑暗元素的本源。这是一种既新鲜又迷离的幻象——在一池春水里，在掠过树木间隙的微风中，在茫茫无涯的太空里，在埋葬万千骸骨的泥土深处。我们总能听见一个声音在叫喊——政治的、种族的、宗教的，我们总会获得重新认知的可能。

所以电影就像一面镜子，让人的生活得到回顾和重新打量的机缘，即便有时被夸大和曲解。但由此充溢着的内心的乡愁却是真实而可触的。电影撩动我们内心藏而不露的情感，仿佛人类共同拥有的一个巨硕梦境，让人凭空产生时间与空间的迷乱。

也许美丽深奥的夜空天生就是一面绝佳的银幕原形，"光在天上投射，风传来声响"。我们每个人都是银幕上忽隐忽现的角色。这是一个让人难以接受的寓言——荒诞的而又真实的寓言！我们时常沉浸在这种光影艺术中难以自拔，分不清谁是演员，谁又是我们自己。而那幻觉力量的泡沫化的膨胀与放大，更使忧伤的回忆持续了充满沧桑的一生。

我们谁也没有能力逃离那张高悬于夜空中的梦一般的银幕。

在无边的乡土中漫游

一

母亲总说："我背了一辈子大饭锅，我走到哪儿就会背到哪儿。"背饭锅是一句土话，意为烧火做饭、伺候我们爷四个。斗大字不识一箩筐的母亲说这话时，微微仰着花白的头，笑眯眯望着我们，竟用了一个既生动又形象的"背"字，真是让摆了几多年汉字的我唏嘘和感叹。

二

有许多乡民，一辈子做的事就是想逃离脚下那片养育他的土地。他们背井离乡，奔波流浪，有时露宿在城里的街头，有时饿毙或累死在逃难的路上……土地仿佛裹在他们那佝偻且病着的躯体上的一件破棉袄，早已千疮百孔，无法御寒了。

三

四月傍晚的乡场上，一个瘸着一条腿的汉子，牵着一头老牛，像牵着天边的暮霭蹒跚而行，并逐渐被谁家的一垛柴火遮挡住了背影。

四野静极了。有一条土狗恹恹叫了一声，梦幻似的……

073

四

我注意到许多乡民的脸，尤其是老年乡民的脸，他们那黧黑的、刀刻般深深皱纹的面孔总是逐渐与脚下那片土地愈来愈像，并逐渐叠印在一起。

五

阴历七月十五，民间俗称鬼节，这和春四月以及除夕的日子一样，是个祭奠先人和亡灵的节日，家家户户都忙着准备祭物供品，而路边小店，则把一摞摞烧纸料子、香捆、蜡烛和粗糙印制的冥币摆放到街头巷尾，等候主顾上门。

我和妻照老规矩，天傍黑时去十字路口给故人烧纸，暗影浮动的昏暗中，早已有人各踞地盘摆起供品。我也用木棍恭恭敬敬画一圆圈，并在正北方向留一缺口——那是我祖父祖母坟地的朝向。一切准备停当，那祭祀的火就拢了起来，火苗恣意舞蹈，纸灰飞旋，仿若听见了亡魂的召唤。我和妻连忙跪了下去，口中喃喃祷告先祖亡灵安息，并告知家人一切平安。

这时，附近早已火堆连片，黑烟如织了。祭奠完毕，回家的路上，不时遇见撅着腚，叩头烧纸的村人。我因听见一光头小伙一边虔诚祷告，一边苦苦哀求他那死去的爹保佑他升官发财，不由得偷偷笑了起来。

六

落日时分最是乡村中的凝神状态。站在满是牛屎、羊粪蛋以及零星撒落些苞米秆儿的村街边，猛然望见一轮又大又圆的落日铜盆样卡在远方黑黢黢的山梁上。那庄严、肃穆、壮阔而又万分悲凄的景象总让我陡然敬畏并悄悄放慢脚步，仿若看到先祖离世，棺柩突现。这时，连周边的屋舍、牛圈、谷仓、柴垛和千年老槐都沉默不语若有所感。

而落日则从容不迫，缓缓隐没。

我想到土地仁厚，亡灵如故；我想到人畜共眠，世代安息……我想像古人那样思考，像先贤那样说话。当然，我还想从今以后，我要像落日一样平静地看待人生，像月亮一样安详地善待这个土坷垃一样小而美丽的村子。

七

我一到乡下就会全身松弛下来。

我闻着弥漫在空气中浓稠的羊栏的气味，牛圈的气味，马和毛驴身上的气味，鸡、鸭、鹅、狗、猫的气味，老屋和谷仓的气味，烟囱和瓦片的气味儿，老鼠和柴火垛下那窝刚生的黄鼠狼崽儿的气味，茅草篱墙上去年枯干的倭瓜秧的气味，霉烂的土豆种或地瓜干的气味，父亲药罐子的气味，池塘里沤麻的苦涩气味和新磨下的高粱米与苞米面馨香的气味。

我在气味里全身松弛，仿佛村西总是喝得醉醺醺的光棍汉吴老二，情不自禁地想使劲哼唧几声哩。

八

看油画家宫立龙先生的《腊月二十九去给狗柱儿家送福的春秀儿》，我不由得笑了起来。画面上名叫春秀的乡下妇女跟我家叔伯二婶，几乎一个模子印出来似的，冬日里总是披一件花布棉袄，趿拉着踩到后帮的布鞋，东跑西颠地给人保媒提亲，送财神也送福字。

二婶是个热心肠的北方妇女，肥臀大骨架，两颊冻红的脸膛整日洋溢着冬阳般的笑意，说话粗声大嗓像村街上嘎嘎乱叫的白鹅。连两手上的冻疮也是劳作的冻疮，善良的冻疮。

她十六岁嫁到我家，十九岁就做了寡妇。唯一的一个儿子也在那年修水库时惨死在了工地。

她是个苦命的女人。如今她坟头的荒草枯枯黄黄，也早已三个春秋了吧。

九

受苦的人是甘愿受苦的。受苦的人在田里劳作，脸上总是一副落寞的、隐忍的、宽容善待一切的平和与宁静。

祖祖辈辈，他们全都一个姿势地重复做着一件事情。烈日寒风，酷暑严冬，他们弯着腰，垂着头，在脊梁上晒盐，在黑土里种汗。他们是土地的代言人，是土地上永世无法解放的奴隶，亦是土地贡献给城里人的另一种庄稼。

这些一代代老去，又一代代降生的苦人，是甘愿受苦的。

十

有一次我到另一个村子去办事。那是一个十分僻远和安静的村庄。我办完事往回走的时候天已完全黑透。淡青色的薄雾中整个村子静悄悄的。村街上除了偶尔遇见的一两拨牧归的牛群、羊群，就是梦幻般的懒散的狗吠和鸡鸭饱食之后上架的低而碎的呶语。

连炊烟散尽的烟囱都静立不语，呆立阴影里打起瞌睡。

我一个人走在寥落孤寂的村街上。我踽踽独行的脚步仿佛紧傍着村街的一条小河的低沉的流淌声。后来，就在我快要走出黑黝黝的村子时，在一处荒草丛生的破败的院子里，突兀地挺立着三间东倒西歪的老房。也许是它身上散发出的腐烂、古旧的气息吸引了我，还是在夜色中那种寂寞、神秘的氛围引诱我停下了脚步，我呆呆地站了好一会儿，既不是猜测那丢弃这所老宅的原先的主人，也不是奇怪这样一所占了偌大面积的旧宅院，为什么没人拆掉而任其自行倒塌成为废墟？

这时月亮从对面山脊上静静升起，月光如水弥漫四野，月影中的这幢行将倒毙的老宅宛如一具先人的尸体。我的内心蓦然涌满酸楚和感念。甚至，此时此刻的我自己，就恍然一座人去屋空摇摇欲坠的乡村老宅。

十一

记得小时候，快开春时剩在偏厦里的灰不溜秋的土豆种子全都生出嫩青的芽儿。我总是问母亲："为什么生了芽的土豆不能再吃。"母亲总是回答："有毒。""那……为什么生芽的土豆有毒呢？"我又追着再问。母亲这时便呆怔一下，不知如何回答是好了。

长大后我自然知晓了土豆生芽为什么有毒的道理。在自然界中，一切事物都是遵循一种规则和法理存在着的，人也是。如果一个母亲为了保护她的孩子犯了罪过，那罪过也是悲悯的罪过，可以宽恕的罪过。

十二

春三月站在山坡上的一丛野杜鹃花，繁花如织，像一位站在人群中面遗泪痕心怀苦涩的新丧的寡妇。

三十余年来在辽阔、苍茫的北国的原野里，我总能无意中在早春时节迎面撞见这样一幅画面：一树素白洁净的梨花、李花、杏花或野樱桃花，她们素面朝天分外妖娆立在灰暗荒凉的山坳或村头，与不远处清明节后乡人墓地里新添了土的坟堆上那在风雨中零落成泥的纸花圈相映相照，仿佛阴阳两界的亲人间的遥遥诉说。

十三

我习惯了黎明时分的鸡鸣。就像太阳习惯了在嘹亮、悠长的鸡鸣声中冉冉升起，以公正仁慈的光芒普照大地。有时，在金灿灿的清晨，阳光即是鸡鸣。

我在这澄净而明洁的鸡啼里心安理得，既可安眠，又可起身做些活计。鸡鸣点燃了这个白昼的所有光明之物——群山、小河，白霜的秋天的土地，袅袅炊烟的村庄和通往村外的那条机耕道。甚至，鸡鸣也点燃了拖拉机的引擎。

这是真的！鸡鸣点燃了我的血液，让我面色红晕，浑身有劲地开始新一天的工作。我淘米做饭，屙屎撒尿，修理农具准备秋收。我听见牛在栏里哞叫，狗在焦急地呜咽，邻居家的鸡们仿佛受到了传染，当我站在院里时，鸡鸣声早已此起彼伏，响成一片，俨然一部气势恢宏的交响乐。

我感受到，我的命全都在这鸡鸣里了。

十四

在老槐树下吃晚饭的人有福了，能把小孩脑袋大的粗瓷海碗捧在手里的人有福了。他们一律蹲在地上，面色散淡，神情安逸，仿佛不是在吃饭，而是与饭食谈心交心。

能把一大碗五谷杂粮统统吃下肚腹的人有福了！无论苞米高粱，还是黄豆绿豆；无论自家园中的菜蔬，还是一两捧咸盐粒。能把一大海碗粮食一干二净吃下肚腹并且把肚皮饱胀得高高鼓起来的人们有福了。吃饭自古而今都是一件天大的事情，除了婚丧嫁娶，除了灾患祸端，除了生老病死，除了无孝为大……能饱食一顿并把月亮大的空碗平安举回家的人有福了。碗是盛饭的家伙，碗也是上天恩赐的宝物。碗，何其大也，列祖列宗就在那青花碗沿上。

而那些傍晚的暮霭中，蹲在老槐树下吃饭的乡亲，多像一句句口口相传的古谚。

十五

我在晚秋的山地里漫游时，发现一只田鼠的洞穴口。凭借常识，我知道这些鬼机灵的小家伙往往有二到三个洞口，以备逃生之用。我用碎石堵住了其中之一，却在另一洞口附近隐藏起来。一会儿这只洞口果然出现了一只田鼠的脑袋，它东张西望一下，有趣的是它也发现了我——这可怕的天敌。我俩的目光相遇了足足三秒钟，我不知道这可爱的小家伙这一刻心里想到什么，只见它倏忽一闪，早不见了踪影。

我站起身，拍拍屁股上的尘土，离开了那里。

十六

麻雀是乡下最常见的留鸟。老家的人习惯称之为"家雀儿"。我曾做过比较，城里的麻雀往往不如乡下的麻雀个儿大，羽毛干净。在我居住过的北方工业城市沈阳，我见到的落在工厂房边的麻雀不仅又瘦又小，连羽毛都被弥漫在空气中的煤灰染成黑色的了。

我儿时在乡下，常在雪后的空地上用箩筐扣捕麻雀，尤其在大雪封山的日子，原野一片素白，万径人踪寂寂，鸟雀和小兽因寻不到食物冻死饿死无数。这时辰就有许多人趁鸟之危痛下黑手，或下套子或摆箩筐，往往一袋烟一顿饭工夫，就能捕获一筐箩饿扁了肚皮的麻雀。父亲用和煤的黄泥将整只麻雀糊住，深埋到火盆底的热炭灰里，不消一刻钟，我和弟弟们就能吃上味道鲜美的雀肉了。

夏天时，我还和邻居小石头掏过麻雀窝和喜鹊窝。麻雀窝往往在茅草屋檐下，小石头颇能登高爬树，有时也借助木梯。小石头后来就死在掏鸟窝的勾当上了。有一次他正乐颠颠将手伸进房檐瓦缝下的雀巢里时，不提防那巢穴里竟盘了一条偷吃雀蛋的花脖子毒蛇，蛇被惊动，忽地蹿出，一下钻进小石头张开的口中了……

十七

一个诗人说：蟋蟀是秋天的旧鞋子。这话说得多好啊！

秋日，霜白遍野，一片肃杀景象。人的心是极易伤感的。而蟋蟀因其依人而居，鸣声感人，所谓"嗟我妇子，曰为改岁"。即望见秋虫依人，听到鸣音凄切，则知寒之将至矣。一年秋去冬来，又快过完了，有岁时之感的人，谁不因此吃惊呢？"促织鸣，懒妇惊。"连懒妇都吃惊，何况离人羁客呢？自然也是感慨万端了。

蟋蟀也叫蛐蛐，《诗经·唐风》有"蟋蟀在堂"三章，另在《豳风·七月》篇中又写道："五月斯螽动股，六月莎鸡振羽，七月在野，八月在宇，九月在户，十月蟋蟀入我床下。"

我小时候习惯了在蛐蛐的咏唱中睡觉。那时住在乡下，夏秋之季，蛐蛐或是盘踞在锅台灶脑，或是隐藏在炕角旮旯，或是高住在木箱柜顶，那不停歇不罢休的幽鸣此起彼伏，把北方广漠乡村中的无边的夜叫得更加空旷和寥落了。

如果是有月光的夜晚，我会感觉那丝绸一样凉而柔滑的月光正被那唱歌的小虫子编织着，细细密密地编织着，直到将青梦一样的天下万物全都盖严实了，才罢手。

秋天，就是穿着这只旧鞋子，愈去愈远的……

十八

一头老牛被拴在篱墙边吃草，它望见我时，蓦然长长地叫唤一声。它认出我不是这个村里的人。我只是个过路的生人，所以它长哞一声，来提醒不远处正在菜园里忙碌的主人。

十九

这个晌午，我在村口遇见一辆拉着苞米捆缓慢行走的牛车。赶车的老头一定是睡着了。他斜仰在柔软的苞米秆上享受着秋天温暖而充沛的阳光。牛车吱吱扭扭一直向东，驾车的老头神态安详不紧不慢。我低低吁了一声，那牛车却并没停下，车上车下的人和牲口也丝毫未受打扰，他们像是早已听从了上苍的指引，像是早已接受了神的旨意，从而意志坚定胸怀坦荡。

而我的吆喝不过像那杆闲置无用的鞭子，丢在深深的车辙了。

二十

今天傍晚，在简陋的村卫生所门前，一个难产的女人和她腹中的婴儿一块儿死了。据说她从昨天夜里到现在，苦苦挣扎了十几个小时，还流了满地的血……她的母亲在一边号啕大哭。不久她的婆婆也赶来了，两个老女人捶胸拍掌，悲伤哀泣的声音引发了隔壁院里的一条母狗的狂吠。而她的丈夫则一直呆立在门口，脏兮兮的脸上平静得仿佛什么也没发生。

他一滴泪星也没掉。

后来那女人被一辆马车颠颠簸簸拉走了。

后来那男人用小夹被裹着死婴去后山坡挖了个浅浅的坑，埋了。

那天傍晚西天堆积着凄艳的暮霞，真是美极了，恍惚之中我竟以为那是那亡妇的血。而随后浮出薄云的一弯淡月，则似那位可怜人儿的苍面，静静照着我的睡眠。

二十一

乌鸦俗称老娃子，在乡下人眼里是不吉祥的东西。它羽毛的黑色代表了死亡，而它阴森可怖的叫声则是恐怖的象征，所以每当听见它"哇、哇"的啼叫声，母亲总要赶紧冲地上"呸——呸！"地啐上两下，嘴里还会发出喃喃的咒骂。

我六七岁时是吃过一次老娃子肉的。邻居大婶是个馋嘴老婆，头上常年留着拔火罐的紫印记，隔三差五便哼哼唧唧犯一只腰疼病，这时便四处寻些东西吃。死猫烂狗，都会捡回家收拾干净，火烤锅煮入了肚腹，之后那病就会自然康复。有一次她竟捡回一只死乌鸦，拔净毛之后在灶膛烘烤起来。我恰好在她家玩耍，闻到一股奇异的香味儿时，我便和她家的三个小儿一块儿围聚过去。后来她从炭灰里扒出一黑乎乎的鸟形块物，一人扯一块肉分给我们。我趁热吞进口中嚼了一会儿，仿佛在嚼老母猪肉，臊烘烘的很难吃，但我还是将它囫囵咽下了。

二十二

美国作家菲茨杰拉德曾写道:"蒙大拿的落日,像一个巨大的瘀痕悬挂在两座高山之间,向一片发炎的天空伸展着一条条黑色的动脉。在这天空下面,在遥远的地方,匍匐着菲茨村,渺小、阴沉,为人们所遗忘。"

在这里,他准确、精辟地用了"匍匐"一词,同样也适用于我的故乡的村子。而"阴沉"则是印记,是所有北方贫困乡村命定的印记。记不清多少次回到故乡的村口,站在一长溜黑黢黢的老洋槐树下,抬眼望去,小村犹如从光秃秃的山脊上被大风吹动之后滚落下来的一堆乱石头,散乱地码放在低暗的沟筒子里。二十年前我外出求学时,硌疼过我脚踝的那块石头,至今仍顽固地立在原处。

所以,那位美国作家又接着写道:"远处,透过那乌青色瘀痕般的落日,荒无人烟的大地上有一长串灯火在蠕动,菲茨村那十二个人像鬼魂似的聚集在简陋的车站小屋子旁,瞅着这趟横贯大陆的七点钟的火车……"

二十三

乡村的耸立的墓碑是完全可以忽略不看的。因为死者早已得到了皈依土地的幸福。即便是殡葬制度改革,许多偏远山区的农民依然可以土葬(只要孝子孝孙们偷着给某些部门一点钱)。这和清明时节坟头上刺目的红纸花不同,许多乡村的墓地古木参天,气氛安详,坟堆按辈分排列整齐,仿若族人们尊崇一生的规矩。

好多次,我一个人静静坐在四月的山坡上,不远处就是一户人家的坟茔地,一个年老的略微有些佝偻的老妇牵着一个浑身灰土的小孩,慢慢前来上坟,我听见她哭坟的声音高亢嘹亮,和着早春的明媚的阳光,传得极远极远。

我在这种似唱非唱的歌哭中缓缓闭了眼，猜测着一个穷苦乡下女人的一生。时光似乎早已停滞不前，岁月因此出现了一点小小的波折，而那个摆供哭诉的老女人却忽地噤了声，复又牵着待在近旁玩耍的小孩一步步挨下缓坡。

她那牵着小孩的姿势就像牵着古老的乡村道德，像牵着一只病弱的山羊。雨后的山路尚有些泥泞，但对面山谷里燎荒的青烟却袅袅升至无边的虚空中去了。

寂静如灰色云翳一样横贯大地，将早已麻木的痛苦和罪孽留在了那个脏兮兮、拖着鼻涕的孩子的腮上。

二十四

节令过了谷雨，山崖上的映山红花早已开过了，即便背阴的山旮旯，迟开的枝头也已花团簇拥，明艳绚烂得仿佛跳跃的火苗，远远望去，整个坡崖都被染得新嫁娘的红盖头一样火爆了。

村里的人都下到大田忙农活去了，村子此时遗下的除了鸡鸭鹅狗，就是一两个晒春阳的病弱老人。而谁家插在玻璃罐头瓶里的一束深紫色的毛骨朵花，还是那么抢人的眼哩。

二十五

诗人杨键说："乡村啊，就像一头驴子，一根绳子就把它留在了树桩上，摇着尾巴。"

我一直觉得乡村的炊烟就是那根拴她的绳子。

二十六

一位道士急匆匆横穿过村街回家喂牛。我认出他叫徐老五，就住在三棵大杨树的村西。他有妻子也有儿女，有老父也有老母，还有岳丈、岳母、叔叔、舅舅、兄弟、妹妹。他白天在后山上的三清观挣香火，晚间到家侍候老婆，一部竖排烫的印制粗劣的《道德经》，仿佛他的一小块土地，日出日落，他在里面耕耘播种，锄草间苗，也时常会捡出土坷垃和石块儿……

日子就这样一年年枯荣着，青草连着荒草，烟火熏黑了屋梁与灶台，熏黑了泥胎做就的先贤和圣哲，燕子衔来春泥在房檐上做了窝，雏儿喳喳叫着，漆黑的羽衣仿若经卷上新添的一行文字。

……二十年后，一位道士慢悠悠走在回家的路上，他道袍里的手机正播放某位港台歌星的乐曲，他是徐老五的儿子，名叫徐大宝，他年轻的脸庞仿佛三清观新刷的油彩，而燕子遗下的空巢，早已荒芜多年了。

二十七

月光如水，群山安详，村庄沉睡，河流唱起温柔谣曲。而一盏挂在牛栏中的马灯，在风的指尖悄然魅舞……

二十八

一连多日细雨绵绵，大田里和村街上的道路泥泞难行。我特别讨厌雨水浸泡过的猪粪。在一篇散文里我曾这样写道：我从不厌恶牛粪、羊粪或马粪，我只讨厌猪粪，我以为猪粪是天底下最脏的东西，所以，我尽量躲避那种黑乎乎的秽物走，但是，一堵森森然的柴火垛挡住了我的去路。仿佛一位披着蓑衣湿淋淋立在雨地里的老人，满是沧桑的脸庞迷茫地望着远方。

柴垛是乡村的另一个象征，尤其是经年的旧柴垛：朽败，阴暗，暗含一种浓郁的霉味。平日里鸡们愿到腐烂成泥的柴垛下拨拉虫子吃，狐狸或蛇也愿把家安居到这庞然大物般的窝巢里，而盘桓在夜晚的那些梦幻般的冤魂和传说，亦总是与默默耸立的柴草垛有关。

邻居程家大婶就犯了一种邪病（其实这也是乡村中常见的一种怪病），她自称名叫黄小花，家住某道林深草密的山谷里，她犯病时又疯又跳，仿若鬼魂附体，一会儿要生吃鸡蛋，一会儿又大碗喝酒，一会儿又脱得赤条条跳起诡异的舞蹈，引得好多村人围观起哄。而她老实巴交的丈夫程老根则抱头蹲在墙角，恨不得将头拱到裤裆里。

程家大婶是被黄鼠狼附体了。有经验的老人说，有些人身子骨弱，就会遭到侵害，好像被鬼魂驱使，只有用些邪法子才能破解。但程老根请来本村二大神儿跳了几场，也未见效。程家的儿子便拎杆猎枪，四处寻找藏在暗处的灵邪之物。听人说，病人犯疯症时，那黄鼠狼就在邻近指挥呢。后来他在他家柴火垛遇见一只舞来跳去、长着火红皮毛的黄鼠狼，就轰地放了一枪，青烟散处，早不见了那家伙踪影，反倒在屋里撒泼的他母亲勃然大怒起来："小兔崽子，你敢拿枪打老娘，今儿非跟你拼命不可！"说完狂抽自己嘴巴，直打得鼻孔喷血，昏倒在地……

二十九

雨后猪圈里的低洼处积满污水。我到附近的泥沟里挑土垫圈，这是个力气活，一担上好的沃土沉甸甸的，压得我嫩葱般正发育的身子直打晃。一上午我挑了足有二十多担，直到汗水把脊梁全湿透了，这才稍稍歇口气。

这时邻家女孩兰子也在给她家的猪圈垫土。她像我一样，也是挽着裤管干活的。湿湿的泥浆在她粗细匀称的小腿上凝结之后，又在雨后新鲜如豆汁般的阳光照射下，干裂成细细的点块。

我偷偷望着她那健壮、褐色的小腿，一瞬间我觉得溅上泥浆的乡下女孩的小腿真是美极了。

三十

审视一把老镰，像审视五千年的一部厚重的农耕史。我不知道一个农民一生会使坏多少把镰刀，但那把愈磨愈瘦的镰，即便在耕作机械化的今日，仍然是挂在乡村大地上的冷冽而锋利的月牙儿。

我曾把镰形容为"一弯照耀我们的苍苍愁眉，耸在广袤的田野里"。镰的传承，早已成为象征。镰是南国北国所有农具的符号，是手的延伸，也是"收割"这部辉煌乐章的最动人最美丽的一个音符。

除了犁，镰更适于我们亲近那古黄河一样的麦浪。"用香喷喷的庄稼编结的神话，在一张张坦荡宽厚的手掌上，开些美丽的茧花。"

少年时我曾经拥有过一把非常透溜、锋利的镰。每天上山砍柴或下地割麦之前，我都会尽心尽力蹲在石磨前磨它。镰在洒了清水的磨石上欢快地呻吟着，钢刃渐渐变得雪亮。我眯缝眼睛，老练地从镰头瞄过去，看着躺在镰头刃上寒气凛凛的一根线的光芒，不觉心中一颤。

镰刃上的线因割草、砍柴，收割玉米、大豆、高粱、水稻不断扭歪，又不断被我用磨石扶正扶直，直到镰身渐渐凹下去。在漫无边际的岁月里，镰是被柴草和庄稼的肉身啃吃成残缺的，如同月亮被千古愁绪打磨成一弯残月。那么钢硬锋利的镰在大量砍伐中越来越薄，直到完全失去钢刃变成废铁一块，想想看，这是多么令人震撼的一件事啊！

反之，一大块上好的磨石也在镰的长年累月的磨砺下渐渐凹下腰身，形同一个被榨干精血的佝偻的老人。磨石被镰吃掉，镰刀又被草和庄稼吃掉，这就是我们这个世界的真理。

而镰刃，不过是凝在乡下人心头上的一道寒光四射的白霜，能扎瞎凝望的一双浊眼哩。

三十一

羊是乡村的一群又温良又美丽的穷人，赶羊上山的羊倌像领着一群走村串户的穷亲戚。现在，在五月阴沉沉的早上，它们和另一个穷亲戚会合了——小村背后荒凉的、只长着几棵幼槐和核桃树的矮山坡。

羊倌叫吴志田。羊倌的脸黑得像羊粪蛋。他掏出一只脏兮兮的布口袋，又用学生写过的旧算草本卷了一支纸烟，于是一缕淡淡的青烟便缭绕在他乱草似的脑袋周围了。

山一波波伸向遥远的天际，寂静中仿若另一群低头啃青的牲畜。羊们香香地嚼着青草，偶尔咩咩地叫唤几声，那声音也是应和了野山雀子的叫声和五月开得正繁盛的山梨花的。

羊倌的脸一动不动，羊倌的一双黄豆眼茫茫然地眺望向远处。远处有一缕燎荒的烟火，也像他荒芜的心事一样升向虚妄的穹空。

有一只老羊不时仰起脸，看着吸烟的羊倌，那张不悲不戚的羊脸，此刻又多么像羊倌死去多年的亡妻的脸啊！一张木然的、不会哭泣的乡村女子的脸，现在它正慢慢地和羊倌怆然的脸重叠在一起，在五月灰蒙蒙的矮山坡上。

就这样，多少年逝去了，他们连欢喜和悲伤都不会了。

三十二

金秋十月，在秋阳下成熟的田野里，到处都能听见豆子温婉的叫声。

弯月形的豆荚吱吱呀呀地打开窗，一粒粒豆子探出头，口齿伶俐地吟唤起来，仿佛从夏至秋不歇气的蝉鸣。

青色的，紫色的，金黄的豆子的声音，是沉默一季的泥土的声音，也是这个丰收日的阳光的歌声。

在此之前我曾听见过玉米的笑声。玉米们露出金子般鼓胀的牙齿，成片成片无声地笑着。之后是高粱的叫声，谷子和小麦的叫声。现在临到了豆子，那草汁般的声音从弯弯的豆荚内飘逸而出，仿佛秋水般的乡下女子的青葱眼神！

太阳落窝了，风若有若无地抚过田野，缓缓升起的月亮像一只老去的青蛙，伏在逆来顺受的老柳树梢。这时辰正是与庄稼倾心长谈的绝佳机缘，我必虔诚地俯下身，尽量低地把头靠近这片熟透了的温馨的豆地。在雨点一样细而密的豆语中，我屏住了呼吸，全神贯注地谛听着。

在这样一个年代，有幸能够聆听到豆子叫声的人，是多么不易啊！

三十三

清晨，一个端着瓦盆去邻街豆腐坊拣豆腐的女人，惊起冷冷清清的土路上一群污水般的麻雀，轰地泼到路旁一棵寒酸、朽败的老柳树上。

冬日的乡村是这般邋遢、枯黄，仿若一位病入膏肓的老人。而畏畏缩缩的麻雀们，就是这北国乡村的形象——因贫困和寒冷而失去了生机和尊严。它们卑下地生，卑下地死，仿佛那些刚挨了主人一脚，却讨好地摇晃尾巴的土狗。

谁家的烟囱仍然冒着青烟，有咳嗽声隔着肮脏的窗子传到没有一个人影的村街上。大门口春节时贴上去的春联早破得仅剩下半张残字了。篱笆杖子上也还盘着去年的丝瓜藤。什么都是旧的。在乡下，瓦片也好，屋舍也好，零落的鸡啼也罢，偶尔出来倾倒尿桶、两颊冻红的乡下女人也好，什么都是陈旧的！时光像是一架老去的纺车。而院子里晾晒在冬阳下的一床苦难一样的被子，散发出一股刺鼻的尿臊味儿。

这时候只有两只灰鸭在墙角下的半扇石磨上，屙了一泡屎，还冒着新鲜的热气。

三十四

大舅终于死了。大舅死时，我在外地出差，接到消息赶回去时，八十五岁的大舅早已入土为安了。我和大舅的孙男娣女们喝了一场大酒，虽是丧宴，但在僻远的乡下，喜丧的酒还是异常热闹的。亲戚们的脸上竟没有一点悲戚和伤感。

我喝醉时大哭了一次，泪眼蒙眬中，我觉得死去的大舅似乎就坐在对面，一边嘿嘿笑着一边端起破了口的瓷酒盅。后来我使劲晃晃头，才发觉坐在对面的不是霜白头发的大舅，而是他唯一的儿子，我的大表哥，他们爷儿俩简直像一个模子刻出来似的。

大舅一生共有过三个老婆，生育过七个孩子（六女一男）。现在，七个子女全都娶妻嫁夫，生儿育女，七个变成二十一个啦。

大舅的子女全是第一个老婆生育的。除第一胎是个男孩之外，此后每隔一年，不歇气地连生下六个不带把的丫头片子，仿佛田鼠一般。当最后一个呱呱坠地时，被熬干了血气的那个短命娘儿们腿一蹬，薄纸片似的身子便渐渐失去了温热。

那时大舅还是公社干部，整日忙着开会，忙着批斗地富反坏，忙着搞大跃进，大炼钢铁大鸣大放……

七个吱哇乱叫的孩子像圈里的猪崽子一样四处乱跑，全靠邻里帮忙才吃上饱饭。后来有热心人介绍，来了个干豆角似的寡妇，把好久没尝到女人味儿的大舅稀罕得了不得，二人没登记就钻了一个被窝。那个命苦的女人受尽七个孩子的窝囊气。又是不久，她也一蹬腿，一命呜呼了。

大舅的命够硬的。第三个女人半路夫妻也不过三年，虽说没死，却也狼狈不堪仅余一口气了，病倒没什么大病，只是时常犯些邪症，疯号乱跑，弄得家人难以忍受，终于将其赶出家门，哀哀地不知所终了。大舅那时早已七十有三，老态龙钟失了往日的威风，人也善得像个软心肠娘儿们，见到熟人就抹眼泪。死时儿女们孝心，没让他遭那火罪化为灰烬，好歹大伙凑钱置副棺材，让他老人家入土为安了。

大舅兄妹三人，除了母亲，还有个弟弟，土改前偷了家里唯一一条毛驴去了外省，少有往来。如今也领个妖精似的二房前来奔丧，丧宴上说些不三不四的寡谈话儿，像黄昏时分的夕光，淡淡地抹在越活越相似的众亲戚们的脸上。

三十五

春三月，阳光充沛，地皮湿润，雪化净，土狗掉毛了，猫也开始叫秧子。土地敞开胸怀，像个要怀孕的丰腴女人。山脉向远方旅行，而河水却比冬日涨高许多。

正如早逝的诗人海子说的："面朝大海，春暖花开。"这是一年中最美好的季节，三月的村庄装满种子，三月又使人产生劳动的欲望，人们脱掉棉袄，并把苦难一样厚重的被褥拿到院里的矮篱墙上暴晒。

"三月，连羔羊也会大胆，世界温和，大道光明，石头善良。"这是另一位早逝的散文家苇岸说的。苇岸说这话时，姿态和表情像个圣哲，像个先贤，也像个远古时代的隐者。他不知道大地上的季节会如期而来有如候鸟吗？

即便今年的三月与往岁略有不同，除了人，除了人的心灵，谁能让大地上的事情有所改观，哪怕丝毫？！

三十六

在乡下，谁没听过清幽之夜月亮的轻轻啼唤呢？像母亲种在菜园子里的一棵清凌凌的秋白菜，月亮是饮着苍苍白露或青青谷雨的甘液长大的，那蓬蓬松松的叶子仿佛遍野飘拂的民谣，总是把家园故土的梦境挂在桂花芬芳的树梢。

当然，月亮有时也像一只调皮的家禽，越过篱墙上的瓜蔓爬到田野上空，唤是难得唤回身边来的。偶有一阵风过，月亮这只灵羽纷披的家禽还会躲藏到一朵路过的浮云后面，只把一只银白的脚爪露在外面……

三十七

我常记起这样一个场景，一场滂沱大雨过后，路边的一个池塘里，浮起一头死猪崽。绿头蝇伏到肿胀的猪皮上，遇有动物临近，会轰的一下，不情愿地盘旋起来。

池塘的水是死水——即不会流动的水，所以水色碧绿，美丽极了。塘边长满芦草，草边又是沼泥，散出腥咸的臭气，有癞蛤蟆鼓着肚皮，蹲在那儿捕食飞虫，有一只女人的破鞋挂在朽枝头，像是一个老掉牙的故事的注脚。

女人的天空是低的，羽翅是孱弱的，累赘是笨重的。我再一次路过时，发现水塘边的草棵里，多了一只小孩子玩过的旧拨浪鼓。鼓身上的红油漆，仿若往日的血，孤独地醒目着。

三十八

远看河滩上的集，仿佛挂在树杈间的马蜂窝，闹哄哄的赶集的乡民们辛勤的蜂群一般从田野上赶来，嗡嗡地盘桓一阵，又满足地四散飞去。

母亲去集上抓回一只黑毛小猪崽。说它黑毛，暂时还有点不确切，因为仔细观察，这只刚断奶的幼猪毛发呈现出淡淡的熟褐色，它耸着拱嘴，一边哼哼，一边新奇地四处嗅着。

生活对它来说刚刚开始，犹如春天对于每个乡下的农户。一张犁铧，一把铁锹，一柄弯弯的锄头，一只结实的土筐，乃至一窝刚孵化的绒线团似的小鸡雏。

我无数次走在赶集的乡路上。逢十逢五的集日，对天生爱热闹的我来说，绝对是个顶不住的天大的诱惑。集上不光有各种农用器具，花籽粮种，牲畜活禽，还有美味吃食和鲜得宛如汁浆一般的水果。当然啦，除此之外，还有来自各乡各村，平日难得一见的乡村女子。她们个个打扮得花枝招展，穿红戴绿的，仿佛不是前来逛集，而是要去与情郎哥约会。

我和几个半大小子，双眼贼溜溜，在人缝里瞟来瞟去，嘻嘻哈哈，有时对本村或邻村熟悉的某某大肆议论一番（我们的议论声如果大些，被人家听了去，免不了遭到那女子的白眼），有时又对远乡外地不认识的女子嘲讽贬低一气。

其实，我们这些浑小子的心里，还是渴望引起哪个容貌俊俏的姑娘的注意的，哪怕她悄悄羞红一下脸，哪怕她低下头扭转身，把个美丽的背影留在阳光下。

集成了乡下男女交朋友的场所了。本村李四的老婆就是在集上认下的。李四去赶集，买了邻村女子王彩凤一篮子的鸡崽，钱不够，王彩凤随他回家取钱，进了李四家的家门，人就再没出去屋。

生活有时就是这么奇怪。李四从集上买回一窝小鸡崽儿，捎带也"买"回个鲜活能干的媳妇，而另一个邻居马壮，可就没有这个运气了。

马壮也想弄回个媳妇，他买下了河对岸村子杨四驴子的妹子杨花花的猪崽。也是钱没带够，也让杨花花跟他回家取钱，两个人走进屋不多一会儿，马壮的寡妇娘就听见儿子房里杀猪似的尖叫，杨花花披头散发夺门而逃，手里还拎着一把带血的剪刀！马壮的手被那烈性女子戳了个洞！这还不算，杨四驴子听说后，不依不饶，带了几个汉子把马壮五花大绑送了县上的公安局。可怜那光棍汉马壮整整蹲了半个月的笆篱子，一时成了邻近几村人的笑料。

三十九

马起林家的小凤子被李有钱家的栓柱拐跑了。在乡下，总是会发生这一类事……

老五家的鸡吃了村西马寡妇家的秧苗，就全被毒死了。在乡下，总是会发生这一类事……

村长林大喇叭家的柴火垛被人点着了，从去年冬月到开春，总共被点了三次。

王大牛家的闺女杏花去了城里，据说是干那个的，村长老婆喜凤嫂的嘴说这事时几乎撒到了天上，末了还一边拍大腿，一边"呸"地啐了一口。

到了年底，王大牛家的闺女扭着水蛇腰，浪不溜丢地走在村街上，身上穿的裘皮袄把全村人的眼都晃直了。据说那丫头拿回的钱票票，都得用尺量，把个王大牛喜的。

又到了开春，王大牛的二闺女桃花、三闺女李花和四闺女豆花也全随她姐出去了。王家翻盖了新房，还买了台二手的拖拉机。那铁家伙突突突一吼叫，比村东头吴老四家的驴骡威风多了！村长老婆喜凤嫂的心也突突突地乱跳着。

又到了来年，马寡妇家的二闺女英子，挡子家的大闺女莉红，来财家的老闺女小六子也都去了城里。

后来，连村长老婆的侄女二环也偷偷相跟着跑了。

仿佛传染病似的，在乡下，总是会发生这一类事……

四十

在乡下，苍茫的天是那样寥廓。一条弯弯曲曲的小河在北国莽莽的丘陵群中流过，河边是一个又一个灰乎乎的村庄。

太阳升起来，村子就活过来。太阳照着光秃秃的山坡，山坡上的树被人们一代又一代砍净了，只余下难看的树桩，无声地诉说着曾经有过的绿荫，一个放牛的老头赶着几头丑陋的黄牛攀上了对面的山梁，那儿也是光秃秃的。露着肉的荒坡上盘着几条细绳似的小道，远远瞭望过去，那小道又如牛身上缭绕着的鞭痕，看了让人凄怆得心头落泪。

偶尔地，那个跟在牛腚后的老头会吼吼地唱出几句乡间野曲：

> 李三娘为刘高磨坊受苦，
> 张四姐为文瑞偷下天宫。
> 赵五娘为丈夫大街卖发，
> 王金娥为罗成千里送灯。
> 织女星为牛郎不离天河岸，
> 王昭君为文王黑河命倾。
> 樊梨花为顶山唐营送枕，
> 孟姜女为范郎哭倒长城。
> 刘金定为丈夫南唐挂彩，
> 徐金花为丈夫下过东京……

歌声有如驴吼牛哞，荡荡飘过河岸，引得对山的一只车伙子鸟，也跟着啾啾地接了那么几句。

（写到这儿，我想起一句话：活人的生活，是对死人的回忆。我记不起是谁说过的，我觉得这句话，是对一个村庄现时生活的最好诠释。）

四十一

自从灰蒙蒙的水泥厂砌在了二道村的响水河边，二道村村民的腰包就鼓胀起来。虽说从此村庄上空的天脏得像村西刘傻根一辈子也没洗过的脸，日头像村东李二爷患了白内障的眼眶，但二道村家家户户的日子真是殷实起来了。

一只小山羊在河滩不远处的野坟头上吃草。草儿灰不啦唧的，也早被空气中的粉尘污染了。小河的水泛着黑乎乎的漩涡，臭气随风飘来，让吃草的羊儿直抽鼻子。

它仰起头，望见河对岸一个筛沙子的男人卑怯的面容，汗把他的脸颊冲成几道灰痕，他停下手，呆呆看着石头蛋子从筛网上滚动、跌落，分成大小两堆。

除了山脚下村庄里的一两声狂吠，四周是静得让人犯困的冷寂。而那座脏兮兮的村庄，也像死去似的，蜷缩在水泥厂巨大的阴影里。

四十二

诗人杨键说：在我眼里，一株荒草要比一幢几十层高的大楼珍贵得多，包括傍晚时分那田野的气味，那种被放倒的带着镰刀印痕的油菜秆也要比一个小区珍贵得多。

读到这句话时我哭了。我一个人坐在这座正在疯狂生长着钢筋水泥的城市缝隙里无声地哭了。我低低哭泣着，像一个无望的孤儿般地望着灰蒙蒙的窗外——正是盛夏，乌云厚厚积在天际，老槐树的枝干虬曲盘桓，像老者裸露的手臂；而一群哇哇乱叫的乌鸦，忽地从枝丫间旋起，又如谁不小心泼出去的肃穆的墨迹散落在穹空里。

就这样我放肆地、任性地啜泣一会儿，心情好过一些时，才又把那段话重温一遍。我不是为我一个人哭，我是为大多数丧失故土的人群在哭，为一片马上就要被拆毁的老宅在哭。或者，只是为一小片碎裂的砖瓦而哭，为一小片路过这里无以为倚的云团而哭。

什么都被异化了……什么都在无故地被取消和粉碎了——祖先、梦，早年麦粒般的阳光和爱情，而遗留下给我的仅是这破损了的土地和沉默不语的乡路，在失血似的夕阳下，它们又使我的失声痛哭变得毫无用处了。

谁能把我们的心长久留在胸腔里呢？

有人说，时代高速发展到今天的最大的成就，就是改变了几千年来农民与土地的依赖关系。这话初听似乎极有道理。祖祖辈辈土里刨食的农民，再也不必完全依靠几亩薄地过活了，尤其是富裕起来的一代。可是，仔细一琢磨，我还是觉得怅然若失。如今那越来越少的土地真的正在离我们远去吗？土地不仅是承载我们梦想的摇篮，还是养活乡情乡风和道德祖训的沃土，也是令所有离乡者回归故里和安植遗骸的安息之地。我总固执地认为对土地的遗弃和漠视，就是对亲情故土的遗弃和漠视。土地是人类道德感的母腹，是天下所有生灵爱的产床。没有土地，人脚下的根在哪儿？在哪儿啊?!

站在寥廓无人的旷野里，一种苍茫、宽厚的合唱正从穹隆上隆隆滚过。

辑三：黑水白山

《我的自然母亲》（之一）　布面油画 120-90cm

大 三 弦

弹一曲吧，文化馆的老骆说。春天的阳光厚厚地罩着那位怀抱乐器的民间艺人，他的眼睛微微眯缝着，他结实黝黑的脸颊像山坡上陡峭的岩石，而额顶的白发则像山阴处常年不化的雪洼，有些酥软，又有些灰尘。

弹一曲吧，我热切地望着他。风暖暖地拂动着他有些肮脏的裤子，而他一声不吭，仿佛沉浸在遥远的回忆中，仿佛没听见，独自一人懒散在古镇边缘这破旧不堪的小饭店的院落里。

有个蚂蚁似的黑点在河对岸的沙土路上蠕动，我猜不出那是一头骡子，抑或一头毛驴儿，一个赶集串乡的货郎。但是他分明是向这路边野店赶过来的，他缓慢，靠近，而又不易觉察。

这时一只什么鸟在我们头顶的不远处叫了一声，又叫一声。我的心被这清越、悠长的啼叫弄得有些懵懂，好像身在别处，不知所措。

蓦然，一直抱在艺人怀中的大三弦炸雷般被拨响了，那突如其来的乐音宛如三伏天从石井里打上来的一桶凉水，宛如云缝中落下的一缕刺目的阳光……急遽的，狂放的，马蹄子鼓点一般敲过心尖耳膜的旋律放肆地滚荡开去，像是轰的一下惊炸的俗名驴粪蛋子的那种蓬间山雀，像是……又细又密的雨点儿轻轻啄着我粗糙的皮肤。

弹三弦的老者双目紧闭，盘腿大坐，那微微摇晃的身体如同酒后醺然的步态。而怀中长柄的家什犹如爱不释手的酒瓶。河滩，原野，村落……凡是经历过的，都会重现在眼前；凡是没经历过的也会梦想一样一一展现。它们需要温习，需要引领与抚慰，仿佛失散多年的魂灵，老友一般叨叨絮絮。

我嗅到了一种刚烙好的豆面牛舌饼的馨香，嗅到了刚磨下的粮食颗粒的醇香。浓郁的，稠密的，有些呛人的老旱烟袋锅儿的辛辣。人是弦上最柔软的东西；而心，不过是一汪化开的冰水，清澈，锋利。

三弦不是北国独有的乐器，却是东北大鼓中最主要的伴奏。它的外形浑然相似一种兵刃——铲，而它的音箱——鼓，则是由双面的蟒皮制成的，花鳞斑斓，美妙绝伦。尤其是柄长及过臂的直板，皆是选用上好的铁梨木磨成，沉甸甸，乌亮亮，嵌着三柄做工精致的弦轴；那绷而又紧的大弦，瑟瑟战栗。特别是琴尾端镇弦用的和尚帽，惟妙惟肖。

弹三弦的老艺人在演奏之前一直静默寡言，他眉宇间的强韧似乎是天然的，是性格中沉淀下来的那种坚实的成分，经年逾月，饱尝风霜。而他的目光锐而又柔，飘忽不定。他弹了一辈子三弦，走遍了无数村落屯堡，他的皮肤像草甸子上那棵老槐的树皮，而他的心则如刚生下来的小羊羔柔软的嘴唇。

远处的黑点越来越清晰了，大概是一个疲惫不堪的旅人。他慢吞吞不徐不疾地走着，像茅草屋上笔直的炊烟。

弹三弦的老者是个饱经沧桑的老人，他弹奏的曲调我有点耳熟，却一下子叫不上名字，仿佛村民们土色的脸膛，都是故乡般的亲切。当春天绸缎般的阳光缓慢西移，当一股看不见的热力爬上脊背，我知道又有些什么东西被我们遗忘了；同时，也又有些什么东西被心灵珍藏起来了。苍天厚土之上，人和蓝得沉醉的天穹，一望无际的土地，奔流不息的大河以及半空中盘桓不动的鹰翅相比，简直不值一提。幸亏还有琴弦，幸亏还有歌谣，幸亏还有亮晶晶火辣无比的酒液，有火，有梦，有圆圆缺缺的月亮……当生活拽住了人们的脚踵，是旋律的翅膀带着幻想轻盈盈地飞翔，是回忆的眼眸在闪闪发光。

是啊，阳光下弹弦老者那双青筋暴突的大手愈来愈急骤，他的身体剧烈摇晃着，他的脸慢慢仰向高处，而双眼却越加紧闭，如同害怕被那绚烂的阳光刺穿。他抖战着，好像要奋力扯断那三股金光闪闪的丝弦。蓦然，锵啷一声，他流动的手指拼力一扣，四野刹那沉寂。

我和老骆呆立在那儿，恍如至今没冒芽的树桩。而几步开外那位不知名的旅人，也大张着皲裂的嘴巴，雷击一般望定茫茫远处。

唢　呐

　　唢呐是遗失在民间的一段嘹亮无比的金质噪音。它的喉管干净、曲折，如九曲黄河穿过针眼。它纤细的身体通向粗糙的、盛装着五谷杂粮的强劲的肺——那是苦难的聚集地，是大地的忘却。在那儿，田野宽敞，阳光充沛，河流四通八达，树林郁郁葱葱，而鸟儿则把它纤巧、美丽的身体，弹跳成神灵的音符。全释放出来吧，憋闷了整整一个季节的倾吐；全挥洒开去吧，前世积存的泪水……而唢呐的炽烈不容置疑，仿佛决绝的命定！在婚宴上，在丧期里，在丰收之夜酒盏中月亮的脸上。清郁的，深刻的，安静的，不易觉察的，它比一场疾病来得更快，比拇指弹锋的镰刀更冷冽。它直接就抵达了人们的心灵，并把柔软的心磨砺得千疮百孔无所适从……当抒情性质的吹奏转换成叙旧般的怀念，当呆滞的聆听者瞥见它仰天悲泣的姿态，人和乐器之间的暗存的那种模模糊糊、唇齿相依的关系终于开始清晰凸现出来，仿佛一种梦境。你嗅到了它那无始无终的亡灵般的气味，你的灵魂便会逐渐安详，你的躯体就像一座废旧的仓库，你的血液停止了流淌……哦，父亲！被贫穷掏空又鞭打的人们，万物的孤独的足踵，汉民族领养的女儿。你感到它的忧伤，大喜之下的忧伤；你也感到它的快乐，大悲之下的快乐。像是永不磨钝的一根针，露出了暴烈阳光下的那种尖锐——平民意识里生活的极端部分，朴素的爱与恨的理由，也就是生存的本质，幻想的飞翔。在乡村，在四季轮回的概念里，唢呐是枝繁叶茂的桑园，泥土颜色的村落，田野间奔跑的一只狗，风俗里男婚女嫁的仪式，坟场上青了又黄的野草，寺庙里起起伏伏的诵经和香火……所以，它从一开始就取消了吹奏它的嘴唇，也取消了演奏的乐谱，律动的指尖和记录的年份。它是底层的人们一只经久不息的强健的肺，为倾诉而开花。

炊　烟

炊烟是乡村的纱巾，炊烟是母亲伫立村头呼儿唤女的回音。炊烟是一首古典田园诗的韵脚。炊烟也是流传在土地深处的民间谣曲所省略去的那部分。

像一幅典型的大红大绿的农民画，炊烟里的人物必然是土陶一般的质朴、木讷；炊烟里的器物必然是粗陋乃至简略，却又超越了千古时光的沧桑和厚重。同时，炊烟暗藏着牲畜们的青草气味，暗藏着无边起伏的庄稼们的苦涩、馨香和酒酿的沉醉。炊烟也蕴含着劳动的汗味与安歇的鼾声——它宽阔、明亮，河流一般流淌在村庄的四周。

太阳像一只刚出锅的金色苞米面饼子，香气四溢地挂在天边，而炊烟则是大地之神蘸着树汁一样的阳光草书的诗篇，它的主题是和谐，它的副题是宁静，它挥洒的旋律叫袅袅升腾。

而月亮更似一只空而又满的民窑瓷碗，斜挂在井栏上方，如果没有炊烟这根麻绳，它如何能在千古岁月里盈盈缺缺，辉光四射？

一个人在炊烟里老了，一个人在炊烟里反复看见往昔的日子，祖先的容颜……他哭泣、忧伤，为逝去的亡灵，也为新生婴孩的稚嫩的牙齿。

花开花落，百年一瞬，这是真的！炊烟是粮食的一缕香魂，缭绕在村庄上空，缭绕在青铜典籍和历史册页之间。油灯灭了，电灯亮了，犁铧打了，拖拉机来了；土炕凉了，新房立起来了。炊烟的绳索紧紧松松，仿佛人们饿了又饱，鼓鼓胀胀的腰腹——饥荒、战乱、洪涝、大旱……先人们把炊烟读了又读。当然，在新千年时的我的笔下，炊烟依然是天下苍生们的一根命脉，血液一样写在土地上空。行书，叫温饱；楷书，则叫骨架一样凝重的古训，明明灭灭，昭示千秋万代。

响　器

在乡下，我时常会停下急匆匆的脚步，凝神倾听那一声声悠悠的吆喝。有时在人嚷畜叫的集市上，有时是在槐花飘香的村落里，那蓦然响起的叫卖声，与鸡鸣狗吠牛哞马嘶声一起，构成了乡村音乐中最深刻、最柔情的部分。

而响器则是那一声声叫卖吆喝的伴奏，质朴而独特。人们在田野里、村街上或屋子里忙碌着各自手里的活计，即使没见到那走村串巷的生意人，但是只要听到招徕顾客的响器，便知晓卖什么的来了。

卖油的货郎敲的是一面小铜锣，咣——咣——咣……其声高亢、嘹亮，仿佛一面面小太阳照在人的心里，暖洋洋又麻酥酥的，舒坦得很。人们听见小铜锣声，赶紧准备家什。小铜锣有个有趣的名字，厨房晓。真是恰如其分。

理发匠用的响器叫唤头，也是极形象生动。那唤头其实是两片铁叉，上尖下合，用细铁棍一挑，发出嗡嗡的响声，传得极远。那些急着要剃头的人，便头发根儿痒痒起来，好像不剃剃不行；不剃就头重脚轻浑身不自在，便呼朋唤伴儿，一齐奔那嗡嗡之声赶去……

至于算命先生用的响器，通常为两种。睁眼先生身着长衫，手持两块黑乎乎沉甸甸的梨木板，边走边打，人称打板先生；盲人先生由一小孩儿（大多为徒弟）牵着，手捧一管横笛，边行边吹，一路笛音逶迤，如泣如诉，苍凉得很。

最常见的还是卖针头线脑的货郎用的拨浪鼓。那是一个带把的圆形小牛皮鼓，两边各系一对小鼓棰。货郎肩挑货箱，手摇拨浪鼓，发

105

出悦耳的"嘣啷啷，嘣啷啷"的声音，只要一进村口，姑娘媳妇们听见这熟悉的声音，就会纷纷放下手里的活计，走出院门迎上去，挑些自己喜欢的玩意儿。一时间平静的街巷热闹非凡，仿佛过节一般。那巧嘴利舌的货郎，自然也是人物一样，妙语连珠，春风得意，尽可以招蜂引蝶，卖弄挑逗。所以从古至今，有关小货郎与美村妇之间的暗恋故事，往往被搬到戏台上，恩恩怨怨，流传甚广。

卖日常杂货的货郎中有一种是专门卖闺中用品绣花针与绣花线的，使用的拨浪鼓与其他略有不同。其鼓的上端装有一小铜盘，随着货郎的一声吆喝：卖丝绒绒喽！声调悠悠，掠过云天，好像春天小青驴的一声亢奋啼叫。接下来狠劲一摇鼓，牛皮鼓嘣嘣啷啷，小铜盘叮叮当当，煞是好听。于是，那些村屯院落里一张张粉面俏眉，便一律花一般绽开了。

这种小拨浪鼓有两个别致的雅号："惊闺"与"唤娇娘"。真是一个让人神往的叫法！把本来一种极其简单的买卖关系弄得浪漫活泛起来，仿佛一种暗示，一个眼神儿，一首情意绵绵的民谣……听了叫人品味再三，难以割舍。

至于其他的响器，如锔锅锔盆，弹棉花收破烂儿的，也都各有春秋，恕不一一赘述。总之在乡下，响器在人们的日常生活里扮演过极其重要的角色，即使现在难觅其踪，那一声声抑扬顿挫的吆喝依然珍藏在人们的旧梦里。

最后一位萨满神鼓王

山势并不险峻，潮汐一般缓缓地涌上来，又缓缓地退开去。在晚秋季节灼人的骄阳下，车子像木轱辘的老式牛车，颠颠簸簸蠕动在麻绳般的狭窄乡路上，时常会有亮晶晶的溪流横过路面，叫大家胆虑心惊，怕陷进沙土里出不去；抑或又有突兀的山石磨碰轿车底盘，心疼得司机一个劲儿咒骂。但路程的遥迢曲折依然像渐次展开的国画的画轴，叫人按捺不住要看更精彩的部分，而山川秀色也便在赶路者们骚动的情绪中，一层层地滋润起来。

正是收割季节，焦枯的苞米叶子呈现出深褐的土色，这和沟两边偶尔碰到的乡民的脸庞一样，平实地涂在起起伏伏的坡梁上。孩子们一律脏着小脸，呆立在路畔不动。狗会惊恐地吠叫，做出凛然不可侵犯的姿势。而忽然堵住道路的羊群呢，会像那个一脸和善的牧羊人一样，憨憨地咧开嘴，露出被青草染绿的牙。

路上的石头是越来越密集了，整条大沟却才走了不及一半。我和报社的几位记者已经不知第几回问那位乡里派来的向导了。但黑红肤色的向导总是不紧不慢地安慰大伙，快了快了，马上就到了……直到车子彻底抛锚，众人又弃车而行，翻过一道矮矮的山坡，眺见半山腰几棵密密匝匝的山核桃树下，几间土坷垃似的草房，心才山雀子似的落回窝巢里。

萨满是通古斯语的音译，即巫的意思。在古代，北方——尤其是我的故乡辽东一带的乡民，大多都是旗人，都信萨满教，祛病祈福必请神。萨满跳神在民间也称"烧香"，还叫"滚单鼓"，多在秋后农闲

107

时节，表演形式十分复杂，经过漫长而微妙的千百年间的演化过程，广泛吸收了其他姊妹艺术的营养，如二人转、大鼓书、皮影戏、民歌小调等，已由最开初单纯的求神祈祖的一种祭典，变成了现今的自娱自乐的艺术。香主（亦称坛主，即请神人家的户主）在秋后冬闲请香，往往既不是因了生病遭灾而祈神还愿，亦不是为了敬祖酬神置办红白喜事，简单地说吧，那位一脸平静的香主此番请香，单单就是为了一个娱乐热闹。所以开鼓时，几面大小皮鼓一响，亲朋睦友，街坊邻人，过路的宾客，三屯五里的男男女女，皆扶老携幼赶来凑趣儿。滚小鼓，摆腰铃，翻跟头，拿大顶，抢两截棍，耍霸王鞭，演至高潮时，金鼓齐鸣，灯影憧憧，节奏骤紧时看客和演者会同时爆出一声吼，给平日寂寞的小山村的穹空平添一分神秘。

"来啦来啦。"一行人刚刚走到篱墙外，那位十里八村有名的单鼓王早已迎至门外。我们鱼贯而入，进了屋门，乱纷纷落座，向导一边挨个介绍，大家一边寒暄，主人早端来洗净的山梨、煮熟的花生待起客来。

我趁机细细端详那位早有耳闻的萨满单鼓王，却是一位清瘦、平常的乡下老汉，黄白面皮，旗人常见的单眼皮，眉毛疏淡，仿佛从来就没生出过似的，只是一双鹰眼，在细密如核桃皮一般的皱纹中炯炯有神。

他掏出劣质香烟逐一敬上，连女记者也不例外。又翻出发黄的旧照片给大家看，后来还摸出一个页码零乱的小本本，大概是诸如民间艺术家协会或曲艺协会之类的会员证。

我一直屏息静气地在一旁观察老鼓王那张刀把子般狭窄的脸庞，我知道这样一张脸一旦戴上雕翎装扮的神帽，必然神采飞扬，非同凡俗。

而他胖墩墩的老伴一直胆小地缩在屋角旮旯里不吭一声，他脏头脏脑的小孙子倚在门框上，呆呆看记者架起的长筒照相机的镜头。那时正是秋日的午后，阳光充沛，天气燠热，黄泥草房的木格子窗牖全都敞开着，不断有山雀子的啼唤和蝉的鸣声传进来。

"我是四代传承咧……"老鼓王伸出黑皴的四个手指，晃了晃，开始讲述他苦苦学习单鼓演唱的历史。他那张古稀之年的脸隐藏在下午强烈光线的阴影里，又时常被嘴里喷出的烟雾弥漫住，显得既遥远又虚幻，仿佛是远古的神灵开口言说。

他的父亲，祖父，祖父的父亲都是干了一辈子这一行当的，他也是。他非常喜欢这一神秘而圣洁的职业。因为萨满犹如蒙古人的喇嘛，自称介于人神之间，司二者之联络，善歌能舞，娱神医人，又有防灾驱鬼的咒法，在乡间是极其被敬畏的人，萨满自己也以能得到神灵的告示成为上天的使者而自傲。他是天神和自然之神（如鹰、蟒、虎、豹、蛇、狼等凶禽猛兽）庇佑众生的巫者，他也是原始民族童年时代集音乐、舞蹈和民间传说于一身的土著艺术家。

"他们……都走啦，到山外去啦……"老鼓王辛酸而苍凉的声音又一次响起。他叹息着，开始抱怨他的儿子——那位拒绝他的萨满衣钵的年轻人，以及他屡次离婚的两个儿媳："他们都不再把表演单鼓当回事喽，不孝的东西！"我在那摞黑白照片中寻到一张曝光不足的彩色相片来，我仔细辨认那个穿花裙的女子的神态，竟没能在他们身上找到一丁点老萨满后裔的痕迹来，我轻轻嘘了一口气。

他打开一个麻布包裹，把抖落开的神裙、大褂、神帽、铜腰铃一一展放火炕上；又打开一个木箱，取出大小型号的单皮鼓、台鼓、卡拉器、哈马刀、神箭、霸王鞭……只一会儿工夫，小小的黄泥火炕便堆满了这些器物。我用狍子皮鞭轻轻击了一下单鼓，皮鼓发出"空空"的响声，老萨满说是羊皮做的，他自己亲手做的，我点点头，默默迎着他炯炯燃烧的眸子。

"跳一曲吧。"

他点点头，又说他年轻时，一口气能唱三天三夜。我信，点点头，说就唱一铺，不，半铺也成。

"我老咧，唱不动咧……"老鼓王伤感地说，又沉沉地叹气，他的目光像刀子一样热热地扫过来，我的喉头有些发紧。

"就唱《过天河》，或《亡魂圈子》。"我缓缓地请求，我知道那是一场好戏，我知道老鼓王最终会熬煎不过，按捺不住。

果然，他的黄眼珠亮了，又暗了，他把目光转向他的孙子，那个脏头土脸的小子淌着鼻涕，伸出鸡爪般的黑手摇了摇。我明白了，不禁黯然神伤，有人摸出一张大票递给孩子，老鼓王赶紧羞愧地转过脸，哗啷哗啷地系起腰铃来。

单鼓按民间俗称可分为十铺。在我看来这内容丰富的十铺完全像古老美丽的民间神话传说，有灵童土地，又有各路天兵地鬼；有老少亡魂，又有玉帝灶王；有阴曹地府，又有天门天河与天庭。除此神本之外，民间单鼓在表演的时候还会在某一铺中加进《唐王征东》《排张郎》《孟姜女哭长城》《二八佳人》《盼五更》《茉莉花》《拣棉花》等历史传说和民间小调，使本来就十分冗长繁复的演出变得更加丰富多彩起来。所以某村某屯一旦演起单鼓来，常常是几天几夜不歇口。

"开坛咧！"老萨满在院子里喊，大伙蜂拥而出，乱纷纷站在院子的四角，抬眼望去，一时都惊愕得张大了嘴巴。只见院子正中，全身披挂齐整的那位萨满，活脱脱一副电影里见过的神汉模样。他手持长鞭，舞动头上雕翎，花裙飘飞如散开的荷叶，那神帽边沿下缀的飘带几乎遮住了他刀把子窄的面庞。

好一个神气、傲然的老单鼓王！大伙正自赞叹，蓦地，羊皮鼓响了，震动人心的鼓点像黑色的羊粪蛋子一样，密密实实从天而降，又错落有致地散发开去，那抑扬顿挫高低变化的旋律犹如民间古老的魂灵，在午后西斜的骄阳下隐隐哭诉着。

年轻的记者们感到惊骇和不可思议，我轻轻呼了口气，微微合起双目，渐渐沉浸于那自小就熟识的唱腔里去了。

单鼓的曲牌从第一铺"开坛"起，陆续有请土地、下山东、过天河、闯天门圈子、接天神、闯亡魂圈子、接亡魂、安座和送神等诸铺，由于环环相扣，故事性强，即便成宿搭夜连唱数日，也不令人厌烦。而辅助曲牌《孟姜女》《唐王征东》《隋炀帝下扬州》以及"刘二姐观灯""小两口分家""老鼠告狸猫""蛤蟆韵"等杂调，就更是趣味横生，愈加令人痴迷了。

我曾在文化馆尘封的老式录音磁带中，聆听欣赏过单鼓艺人们精妙的演出片断。单鼓的唱腔素有"九腔十八调"之称，那本简陋破旧的磁带虽然早已损坏，放进录音机里滚动时沙沙作响，但我仍然能从杂乱的噪音里分辨出单鼓所独有的鲜明、流畅的韵律来。

是的，那吟诵性唱腔明显残存着原始宗教音乐的痕迹。那粗犷、朴素的平腔的精妙之处，往往在其尾腔的发展变化上（在一连串冗长的呓语或吟唱之后，突然一个出人意料的五度大跳升至处于高音区的调式主音"re"上，造成前后鲜明的对比，经过一些过渡性的变化，又如落叶归根般稳稳地结束在中音区的调式主音上），使这种具有浓重朗诵风格的唱腔，呈现一种微妙的、摄人魂魄的艺术魅力。

> 当家呀敬沐手来栽上香，
> 七平七平香烟请动神王。
> 鼓响呃一声一合惊动天和地，
> 二声二合哪路神灵。
> 鼓响三声三合大神小将飞马灵神都在空中走，
> 四声四合闯开了天门，
> 鼓响呃五声五合五月神灵朝阳路上跑开逍遥马，
> 马蹄弯弯赶坛场……

萨满鼓王的身影风一般越旋越快，仿佛渐渐虚幻起来的幽灵，带来了阵阵凉意。院子里的人们凝神屏气，静静观看，听见鼓响起来的乡邻，也攀上土墙头，痴痴地眺望。土院西侧的牲口棚里，那条正在吃草的驴骡，仰起好奇的脑袋，放慢了咀嚼的速度。

而日头正在渐渐西沉。

我曾经无数次地体察民间艺人们演唱的精妙变化，我知道他们行腔是主要依靠表演者的演唱经验和心理上的分寸感来掌握的，而这种经验和分寸感的获得又是与一个民族千载万年的自然环境，历史演绎，文化传统，审美意识等诸因素紧密相连的。许多搜集过民间音乐的人都有这种体悟：即那些风格独特、韵味浓郁的民间音调，一旦记录于纸面上，立刻就变得平淡无奇，神韵俱失，即使你使用再多的辅助记号也无济于事。这是一件令人伤心的事情，我对此无可奈何，只能眼睁睁看着那些宝贵的东西一天天遗失，就像眼前的这位凄然吟唱的古稀老者一样，他离开我们远逝的日子不会太久远了。

随着现代文明和时代的变迁，总有一些东西会不可避免地寿终正寝，并在我们身边彻底消失掉，而取而代之的是一种全新的事物，就如日出日落一样。老鼓王的额头汗气蒸腾，他的步伐明显慢将起来，声调也略略沙哑，他在一个"凤凰三点头"的间奏式鼓点之后，慌忙地以一个"煞尾鼓"结束了气喘吁吁的演唱，观者们稀稀落落地鼓掌、叫好。他摘下神帽，无奈地摇摇头，张张嘴想说什么，到底没说出口。末了他嘱咐我们，千万把报纸寄与他看，记者们郑重地答应下来。

我没忍心去看他的眼睛，我知道那双衰老的眸子里再也不会有一星燃烧的火焰了。

当我们翻上山梁时，回过头，血一样艳丽的夕阳中，还能望到一棵老核桃树一般清瘦瘦的影子，动也不动立在一寸寸暗下去的土路旁……

谁能创造出新的神话呢？

母亲年代的大酱

冬月里，寒霜打过枝叶，母亲坐在乍冷还暖的院子里选豆料。

整麻袋的大豆要全部摊在苇席上，像大雪封门前那金灿灿的阳光。鸡呀，猪呀，鸭呀，鹅呀都要圈好，弟弟们也不敢嬉闹造次；院子早早就被一次次清扫，连一根草棍一叶草屑也不剩。母亲蓝袄素发，系一白底碎花围裙，把圆月形的大箩筐和秫秸编的大盖帘儿一一准备齐全。

这是阴历冬月里的一个好日子，母亲一定是暗暗看过黄道吉日。但母亲不说，母亲胸有成竹面蕴微笑，只是那含笑的眉眼间含着庄穆藏着严整，这是一个令人莫名激动的日子。

母亲只选了我这个长子做她的帮手，我自然小心翼翼诚恐诚惶，因为我知晓，来年的大酱好坏香臭全在这番操持上了。

选料时要用我家最大的秫秸盖帘儿做工具。先将它倾斜到一定角度，然后用葫芦瓢舀起箩筐里的大豆，一瓢一瓢倒在直径足有一尺多的盖帘儿上，让圆鼓鼓的黄豆顺着笔直的秸秆儿缝向低处滚动。饱满成熟的黄豆粒儿就会叽里咕噜，顺势而下；而米粒和缺损残破的，不成熟圆润的就滞留在盖帘儿上。它们将被扣除在外，留做菜肴或用盐水腌制成咸菜，那也是乡下人爱吃的一道下饭菜。

豆料选好之后，我要赶快劈好一大堆柴，通常是抗烧抗炼的青柳。然后把我家头号大锅引燃，母亲要一次性地将所有的豆料全部舀到大锅里烀。从早到晚，青烟袅袅，蒸气腾腾。我在柴火垛和锅灶之间奔波穿梭，汗流浃背。一直到傍晚，整锅大豆全都熬成稀干相适的美丽酱色，才撤火掏灰，休憩了事。当然了，大豆是不出锅的，还要放它们在锅内焖着。母亲叮嘱家人，谁也不许掀开锅盖窥视。我和弟弟们从锅台旁经过时，口里鼻里顿时溢满浓郁的豆香。

　　第二天一大早，天刚蒙蒙亮，母亲到柴火垛选一小捆细茸茸的茅草，回到灶房重点一把火，把锅里还在贪睡的豆子们热一下，然后趁热舀到一陶瓷小缸里。太阳刚刚爬上东边的山脊，母亲奋力挥臂，那用硬木做的杵子仿佛衣针一样在她手上灵巧地舞动着，一回一瓦盆，大约正好可成一个酱块的分量。这是凭经验和眼力算好的。捣碎、翻摔，压实，拍方方正正的一个酱块，稳稳当当放在屋中央的大梁柁上等待发酵……就这样从晨光熹微到晌午，再到日头偏西，母亲鬓角上的汗水湿了又干，干了又湿。渐渐地，我家大梁上一排排安放起类似古代城墙的方砖一样结实、芳香、颜色暗红的酱块。

　　寒冬降临了，白毛风在窗棂外低低啸叫，像山野上的狼嗥狗吠。整个漫长的冬季经常是大雪封山足不出户的日子。我们全家拥着黄泥小火炉，盘膝在暖烘烘的火炕上，天南海北，讲古道今。大家似乎忘记了梁柁上沉甸甸的酱块。一直到第二年阴历四月十八，母亲才搬来木梯，净手素面，把那些"宝贝"请下来。经过一冬的烟熏火燎，酱块上已尘落灰积，呈铁黑色，而且坚硬如石。但酱块里面则黄润如膏。母亲掬来清水把它们一一洗刷干净，放在明媚的春阳下晾干，然后在木墩上细细切成薄片，加上适量粒盐，重新放至陶瓷缸里。

　　似乎这时大酱仍处于冬眠状态，仍然没从酣眠中清醒过来。所以母亲非常有耐性，她不焦不躁，用头号铁锅烧开沸水，然后让那熟水彻底凉却，再慢慢把它们加进酱缸里。母亲小心翼翼，一遍又一遍，仿佛侍弄娇皮嫩肉的婴孩，用内心中的爱意呵护着："醒醒吧，小懒蛋，还贪睡哩，天儿暖和啦，春天早就来了，该舒展舒展筋骨喽！"也许冥冥中那大酱真的听懂什么，真的从呆痴境地中复苏过来。就像解冻的土地酝酿出春情，就像不经意间草滩野甸悄然返绿……几天之后，经过重新发酵的大酱，变得稠如米粥，色泽鲜亮醇香迷人。母亲用手一攥一攥，细发发，活润润，母亲知道她的大酱完全醒好了。

　　接下来的一段日子是尤为关键的，稍一不慎则功亏一篑。母亲甚至像对待正要出嫁的女儿一般细致入微。每天，母亲都要选用木制的酱耙打（捣）酱，早打一百耙，晚打一百耙，不多也不少，不轻也不重，柔柔顺顺。而中午则需要打开缸盖沐晒太阳。雨天风天还要细细遮盖，不允许落进一滴生水一粒沙子。另外，母亲在缸口用细布做了一个罩子，以防乱哄哄无孔不入的苍蝇。须知，如若酱缸里被苍蝇下了蛆，那可白白忙活一年喽。

有时，母亲也在酱里放些花椒、姜、大料，但事前要用干净纱布包好。当远远地，一揭开缸盖，酱香扑鼻时，母亲会用系在腰间的花布围裙擦擦手，微合双目深深吸上一口，对我们陶醉似的说："真香啊。"

真香！我在心里说。

……好多年逝去了，如今我们家也由乡下搬进城里，我再也没吃过那么香醇的大酱。

在乡村看二人转《李轱辘铜缸》

　　"铜锅来，铜大缸哎——"一声悠长的吆喝，伴随密集的鼓点儿，舞台上出现了一位以矮子步上场的白脸丑角儿。他叫李轱辘，外号黑铁匠，三十二岁的光棍汉。眼下，他正舞动着肩上那根颤颤悠悠、五尺多长的榆木扁担，一步三晃地默想着心事（当然，他所想的大都是这个年岁的男人最常惦记的，最典型化的东西——肚子和被窝，也就是粮食和女人，也就是千百年来平民式的理想和祈求）。他要去的地方叫王家庄，他惦记的人儿是寡妇王二娘，事情的起因是数日之前，他在这位俏寡妇家铜缸时，喝过人家一顿情意绵绵的疙瘩汤……（寡妇和光棍汉相遇，恰好干柴遇烈火，必然会发生一段古典的传统式的艳情，必然会挑起广大观众浓郁的窥探兴趣。）于是作为物的缸的成分中就更多地融进了暮春的光景、男女两人微妙的心思以及二人转的主要乐器——唢呐、板胡、堂鼓、大锣、镲锅、竹板、甩子的音质。

　　而那位扭腰拱肩、碎步翻腕的王二娘，身段、容貌和气质上的韵味与年画一般的乡村风物相比，似乎更具有一种北方边地特有的妖娆泼辣与热情似火。她是一位弱者，但是她想奋起抗争改变命运；她有孤灯独伴般的悲苦寂寞，然而她也不乏绚丽的梦想和温存柔静的期待。这是以性为中心的中国式戏曲艺术的写照，而成全这一切的唯有时机，唯有对道德框子的挑衅与嘲弄。

　　今天不往别处去，

我一心就奔王家庄。

王家庄我看上人儿一个呀，

好心的寡妇名叫王二娘……

对于那位樱桃小口杏核眼，唇红齿白杨柳腰，左边梳个仙人卷，右边髻一朵海棠花的俏妇人来讲，十八岁过门，十九岁就守寡的命运，恰恰是一部可以流传民间的经典剧情的范本。如果说"寡妇门前是非多"起因于独守空房的孤独与无奈，那么红杏出墙的风流韵事又是青春人性的骚动与不安。贞节牌坊是一回事，肉欲的渴意又是一回事，就像此刻这位一步三浪的妇人，她流波飞眼的媚态与她对一个欲火中烧的青壮男人的婉拒恰成一段风味十足的千古佳话。

而她手中那上下翻飞的手帕招蜂引蝶，超然于道具之上。它是阴性的，是可以在生活中掸尘擦灰，又可以在情郎面前半遮颜面的尤物。如若那古朴浑圆的水缸（乃中国最古老的养育的象征），它清凉的泉水和厚实的形体以及粗大的缸沿都有一种古老、悠远的历史渊源，都有无数个月圆之夜的思念和青砖院落的气息……在漫长的家园之梦中，缸中之水的涟漪会把它炫目的光芒投射到歌谣和丝绸上面，会把男人和女人繁衍的精力隐匿于它饱满硕大的意象里。所以在二人转《锔缸》之中，当那个唤作王二娘的俏寡妇有意将瓦缸打破时，故事的高潮便如期而至了。

东北曲种二人转旧名蹦蹦，属走唱类曲艺，草创至今已有约二百年的历史了。艺人的师承关系可上溯到清嘉庆末年前后。据说，二人转是由河北的莲花落传入东北后，与当地的大秧歌融汇结合，又增加了舞蹈、身段、走场等演变形成的。此外，二人转在发展中还广泛吸收了东北民歌、太平鼓、东北大鼓、皮影戏、喇叭戏、河北梆子以及评剧等姊妹艺术的音乐唱腔和表演技巧，历史上形成东、南、西、北四个流派，板头歌舞、各有所重。曾有"南靠浪、北靠唱、西讲板头东耍棒"的谚语。二人转的表演艺术共分唱、说、做、舞四功。唱腔素有"九腔十八调，七十二咳咳"之说，常用曲牌有[胡胡腔][喇叭牌子][文咳咳][武咳咳]和[三节板][四平调]等。唱功讲究的是"字儿、句

儿、味儿、板儿、劲儿"，高亢火爆，亲切动听。而说功主要是指说
口，丑逗旦捧，风趣幽默，滑稽可笑。做功亦称扮功，是指表演者的
动作和身段，包括手眼身法步的综合运用。至于舞功，则主要指的是
东北大秧歌中的耍扇子、耍手绢和打大竹板等独到的技艺。

　　"二娘你要打，就尽管打……"舞台上那对恩恩怨怨欲爱还羞的
男女，此刻正由开初的打情骂俏转入互诉衷肠，一个走街串村挨打受
骂是经常，一个独守空房十二载几多寂苦，于是男的大动恻隐之心开
始为哭哭啼啼的妇人做开了媒人。先介绍一个小孩经过家门，妇人张
望一番自然嫌小；又介绍一位劳动的老头远在山坡，妇人自然假装嗔
怪，嫌他胡子太长。这样这位胆量渐壮的汉子便夸起一位小伙儿，不
但一身手艺且又心地善良……妇人自然又露焦急状，扭腰翘目一连气
地询问："在哪儿呢？"装神弄鬼的汉子便把指向远处的手指慢慢弯了
回来，定定地指住自己的鼻尖。妇人定睛一瞅不禁粉面娇红却又满心
欢喜，用手绢遮脸时却又响响亮亮唤了一声："郎——"就这么九曲
十八弯的一声，连观众都暗暗答应了。

　　在荒天蛮地的东北，乡民们把二人转看得赛似娘亲，有"宁舍一
顿饭不舍二人转"之说。那逃荒者和流放者的后裔们，野性的躯体中
是比火焰还狂烈的血性，在儒家礼教威重的阴云之下，宽广空荡的心
灵自然需要一种与之匹配的慰藉和尽情施放的天地，淋漓尽致而又生
机勃勃的二人转成全了他们，那万种风情的"浪"把每个人内心的身
世、财产、荣辱和仇杀的尘埃统统一扫而空，像数九寒冬的白毛风凛
冽无边。粉墨之妆与红衫绿袖的虚拟使一个人的角色变成了千万人，
使假定的剧场连通了黑水白山莽莽的北国疆地。什么都可以大声喊出
来——爱与憎、喜与悲、人与鬼、性欲与死亡……所谓艺术的大俗大
雅之分，恰恰是人们的欲念在观赏与聆听时的合理性。当人的情绪随
着演唱者的倾诉进入至喜至悲的绝境时，心灵空间的另一扇门便会豁
然洞开。

暮　色

晚星带回了
曙光散布出去的一切
带回了绵羊，带回了山羊
带回了牧童到母亲身边

————萨福

在萨福的诗里，暮色仍然为我们保持了它最初的明亮。尽管时光过去了这么久，但诗中的画面仍然令人惊讶地重现于如今乡村（你不能不惊叹于这样一种奇迹，而它的神秘仍带有天堂般的安静）。黎明时，牧童和羊群一批批散布到村庄之外的山坡草滩上去；暮色苍茫时分，他们又和羊群一起飘回家中……晨光暮色，中间是甜蜜的回忆，是爆响的牧鞭，是天上地上相似的云朵，是神与人相互问询的应答和凝思。而诗人在默默赞叹，年轻、美丽的萨福深情地注视——她身上拂动的丝帕多像一缕炊烟，她轻盈的步履吹动了花苞，使馨香散发开去，成为一种永恒的景致，嵌入到古希腊伟大的史诗当中……直到如今，暮色依然是诗人们纵情放牧的羊群，安逸地在山坡上吃草。暮色即诗篇。

桃　花

　　百花中最娇艳的一位。她用雪花般轻柔的足尖走路（好似排练厅那位尚未发育成熟的小姑娘的腰肢，轻盈而又纤弱），有时一个动作下来，光洁的额头上会沁出细密的汗珠。她用纤细、苍白的手指揩汗，用围扎在胯骨上的衣衫扇风，那无力、倦怠的动作宛若梦境，而含情脉脉的眸子却透出了无尽的凄美——她的整个身体都像刚刚灌浆的枝条——光滑的腹部，尖挺的乳房，结实的臀部……她用舌尖吐音，用向上绾起的头发散发青草的气息，用嘴角的微笑告诉你愈来愈热火的阳光。她有一间干净的只属于自己的闺房；也有一套粉红色的，芬芳的裙裾。白天，她喜欢展示她热烈的舞蹈；夜晚，她愿一个人躺在床上想心事。她的心情很好。在果园里，在原野上，在江南塞北的沟沟汊汊之间，谁能看不见她那火烧云一样艳丽的身姿呢？只要寒冬的脚步稍稍离开，只要春风以她燕尾似的新剪裁出一对恋人的信笺……她就会送上一个小小的报答—— 一朵不胜娇羞的吻。偏偏她又是一个性急的姑娘，偏偏她脸皮薄，腮上飞霞次第开，叫看见的人疼惜有加。这是春天里的秘密，看见的人，他们不说，他们把药罐里温着的血，煮成青烟一缕，散入寻常百姓家……庭院深了，篝火落了，邻居那新丧寡妇的髻上，又添了一层白绫，而进不得家门的野鬼孤魂们暗暗啜泣。有人在叹息，有人在升腾的地温中怀想起遥远的夸父和那把化为桃林的手杖。但桃花依旧在开，桃花像热烈的忘情的恋人一样，保持着她灵敏的听觉和嗅觉。窗子打开了，溪水泛绿了，草儿长齐了它们的乳牙，蜜蜂像一架架金色轰炸机，嗡嗡地运输着糖衣

炮弹……而桃花则打开了她处女的身体。那里，亮着一盏小太阳一样
的灯，照着她鲜血一样宝贵的家。

  ……美丽是不够的。

  你再也不能用半舒卷的树叶的嫩红

  来安慰和满足我。

  当我在细看番红花的穗的时候，

  太阳照在我的颈上，非常温暖。

  大地的气息也真好闻。

  看上去世界上没有死亡这回事。

       ——密莱（美）《春》

汗

汗是穷人的珍珠，它的蚌是劳动，它的土地是脊梁，它滚动的路途是太阳的光线。在田野里，在工地上，在那海浪一样汹涌起伏的劳动者的臂膀上，汗散发着力量的气息——健康、勃发、昂扬、宽阔……它是向上的，有一个低沉哼唱的金色号子的坡度。它引导人们团结、协作，投入忘我的境界。宛如一架机器上的润滑剂，一架犁杖上套着的两头慢悠悠的黄牛——人和牲畜之间厚道温存的理解、默契，投下感人至深的阴影。汗还有锐利的镰刃。在大汗那咄咄逼人的光芒面前，一切怠惰的、迟钝的、落后的事物都将退至腐灭。汗虽小，却包含天地，犹如一滴海水，腥咸、湛蓝。汗的足迹是白色的——汗渍在粗布衣裳上会留下花斑和光晕。更进一步地说，汗是人体内部筋骨之间的吟唱——是一条古老的、幽暗的河流。"我认识像世界一般古老而且比人的脉管里的血液的流动更古老的河流……我的灵魂已经变得像河流一样深。"（休斯《黑人谈河流》）

自有人类历史以来，就有汗的历史。它在血雨腥风中为我们打开了叙述之门——静穆的，快活的，令人信赖的旋律，仿佛一部交响乐的恢宏的乐章。它是父性的硬朗，像壮士体内的酒，散发着黯淡而雄劲的火苗。从古老的黄河源头，到幼发拉底河和尼罗河的沙岸上，汗像七彩的钻石装饰着不同肤色的人们的歌喉——沙哑的、钝重的，然而更满足的抚慰……"我坐在大地上，看着大地，看着青草，看着蠓虫，看着浅蓝的花朵。你像春天的大地，亲爱的，我看着你。"（希克梅特的诗）这是它的高音区——旖旎，灵活。"我和人们在一起。我爱人们，爱运动，爱思想，爱我的斗争，你是我斗争中的同伴，亲爱的，我爱你。"当嘹亮、震颤的高亢过后，这是它的悠缓的低音——忧郁，宁静，带有一种意蕴无穷的回忆……

童　谣

　　童谣是为两只手掌拍击的脆响而存在的。在更多的时候，童谣也是为了黄昏时挂在屋檐下的叮当响的月亮，为了屋角的一只蛐蛐，祖母手中的蒲扇，也是为了遥远的梦境般的睡意……童谣的音质里藏着世界上最柔软最整齐的脚步。当一阵嬉闹在黄昏到来的远方静默下来，那金色的月亮的触角般的声音就会如期降临。童谣不是歌唱，童谣也拒绝意义，在畅快的节奏中洋溢着掩饰不住的无忧无虑的快乐。短暂的却又是漫长的存留，恰恰是为了铺垫今后的生之艰难，回忆的甜蜜般的苦涩。自然，童谣也有一只顽皮可爱的舌头，它把这种唱诗性质的风格凝缩成透明的单纯，使人生的大部分混浊得以区分和提升。从美学上说，童谣更适合于老人，更适合于一个饱经沧桑之后重返童年的耄耋老人。仿佛心灵中道德和爱情的复苏，从前是苦涩的，现在过滤成单纯的甜；从前是沉重的，现在变成羽毛般的轻（可以飞翔到任何地方的轻）。而一个孩子天真烂漫的眼神，只不过又把那首最初的谣曲，重复了一遍。

　　　　一二三四五，上山打老虎，
　　　　老虎不吃面，单打王八蛋。
　　以及：
　　　　你拍一，我拍一，一个小孩坐飞机。
　　　　你拍二，我拍二，两个小孩吃糖块。
　　　　……

收　割

　　收割使土地重新变得荒凉。在北方九月的阳光中，秋风以金质的指尖铺排下雄浑的乐章。大地更像一架热烈、富足而又浪涛滚滚的钢琴，为到处奔走相告的人们弹奏丰收的喜悦。激情的火焰顺着每一根绵长若弦的垄沟蔓延、飞溅。镰的弯弧，马车的高歌，玉米棒子的堆积和高粱穗上的火势……温厚的土地在开阔的天空下像正在生育的妇女，敞开了她湿润而又成熟的躯体——一切都符合"质朴"的伟大意义。一切都在缓慢地流淌和汇集，像结实的、根须深埋的诗篇。

　　这是天地之间最古老而执着的舞蹈。几千年的农耕史并没因文明的更新和机械化的进程而有所改变。当一排排起伏的脊梁迎向暑烈的毒日，当草帽下铜色的脸膛深深俯向泥土，当丰满壮健的农妇捧起图案古朴的水罐……土地和人同时都呼吸到了醇厚而馨香的粮食气息，土地和人的血脉因为这种劳动所产生的奇异力量让融合与对接成为可能。人更像一颗颗饱满灵动的籽粒儿，闪烁着生命的品质。

　　但收割使土地归于安静。当浮云堆砌在天际，马车和拖拉机的车辙变得深而又深，空荡荡的田野上只剩下一片光秃秃的庄稼的短茬，像是衰老的牲口的皮毛，丑陋而难看。远方的村庄升起了袅袅的夕烟，劳动者的梦幻在场院上沉沉跳荡。这种情形将一直持续到冬季来临之后——那寒风肆虐的大地的狼藉，风雪刮走了收获的记忆，生命在封冻的河床下凄怨地诉说着。这时候即使用三弦和民歌来演奏，流淌出的也绝非欢快和浪漫。土地的哀伤将通过漫长的冬天渗到日子的深处，农人的面孔也注定变为荒凉。

像炉膛中的火苗，荒凉带来的忧伤笼罩着一双双沉默不语的眼眸。谁用拨火棍拨动一下快要燃尽的灰，噼噼剥剥的火星就向四处飞溅，孩子和狗发出梦的呓语，而老人们却回忆起明亮的从前——年轻时幸福的时光，但一阵突如其来的剧烈咳嗽又往往使往昔变得模糊。又是一夜熬过去了。当懒洋洋的太阳在冬日积雪的山梁重新呈现，谁将眯缝的目光穿过空荡荡的原野，又一次投向更为荒凉的远方……

蓝花瓷碗

在僻远的乡下，在农民家里那朴拙的灶间炕头，锅台几案，到处可见的都是那种硕大的粗瓷蓝花海碗——我整个童年时代的太阳和月亮，我母亲粗布衣襟里的饱满乳房，我记忆里最质感的优美纯净的乡下歌谣——它们在黑暗里静静地躺着。光洁的，有过豁口的，打了好几块锔子的，像那盏烟熏火燎的煤油灯，给我们一家子光亮的暖意。我曾用它盛过苞米粥、糯米饭、土豆汤、水捞的高粱米水饭；也盛过煮汤圆、黏豆包、牛舌饼和难得吃一次的白面饺子……那是一年到头三百六十五天的祈盼，是一肚子苦水之后的甘醇——我生病时母亲喂我药前总是在蓝花瓷碗里盛半碗糖水，总是在蒸腾热气的碗边嘘嘘地吹几口，而那碗里的烛光，还会映着母亲的衰颜吗？当然，粗瓷的碗沿上也印着我父亲的唇印，我祖父的咳嗽，和我祖母的缺了两颗牙的悲哀的微笑……它们在漫长的岁月里碎了又圆，圆了又碎，就像清汤寡水的碗里的月光——浸过酱油的略略有些咸味的月光。它们让你的嘴巴舌头忍不住想去亲近它们，抚摸它们，在遥远的很容易让人遗忘的乡下，藏匿着它古朴浑圆的身影。一个家园因此变得更具形象，更简单，也更能把土地那宽广无边的养育之恩化解为普通的象征（我现在仍然能在碗沿上看到列祖列宗伫立眺望以及祈祷上天的身影）。丝绸，房舍，种子，古老的农具和二十四节气的民谚……而与之对应的则是水井、河流、婚丧嫁娶的繁杂仪式，是国人安身立命的道德准则和处世方式。当时间的变迁使蓝花瓷碗缺了又圆，空了又满，我在千年之后的某个夜晚看见的，仍然是窗棂上那只有着一个豁角的梦幻般的幻象——我祖父的，我父母的，和我自己的面容的叠影。

哭　嫂

　　一向好端端的舅母，在腊月二十三小年儿的那天晌午，忽悠一下就过去了，叫听到噩耗的亲戚熟邻们措手不及。

　　平日不言不语的舅母，去的时候也是不言不语的，倒把一个天大的丧事横在了忙忙碌碌的年关前，谁的心一听说不立刻揪扯起来呢？是啊，活在庸庸碌碌的尘世上，在的时候免不了争强斗狠恩恩怨怨，去的时候万事皆空全都化作一腔悲痛一泡浊泪……人，都有这一天这一遭哇！

　　人去屋空，蓦然少了伴儿的舅父瞬间苍老了许多，哀伤的心情自不待说，单是一想到未来凄凉一身的晚境就更添一分痛彻，就越发缅怀老妻厮磨的种种好处……皱纹密布的嘴角抽搐着，猛然迸出火星般的一个字：办！要大张旗鼓排排场场好好地操办一场，对得起辛劳一生的老伴儿。

　　灵棚高高搭起来，鼓乐班子吹吹打打地开进来，阴阳先生跑前跑后煞有介事半人半仙儿，至亲至戚们披麻戴孝昏头涨脑，一会儿对着灵牌焚香烧纸叩响头，一会儿垂首排队，穿过小镇的街巷逶迤郊外超度亡魂送些盘缠，以便让那即将离去的烟魂一路西行直至天国……

　　当夕阳西下，如血的霞霭排满天际，最热闹也最撕心拽肺的时刻终于到来了。棺枢两侧，孝子孝孙抚棺跪立神色肃穆；而数米开外新搭的戏台之上，当地有名的"黄老邪戏团"正拉细嗓音，放开手脚，咿咿呀呀扭唱得正欢。男女丑角相互逗闷，似与这悲哀场面不相配套。不过，这是老规矩，丧家明白，观众也知晓，两厢情愿，就全都伸长脖颈，耸起耳朵，一心一意沉浸到那悲悲喜喜的戏文里。黑压压的人群中不时爆出几声喝彩一串呼叫，声浪几欲惊起死者，震落苍穹星粒。

终于挨到了时辰，颤颤悠悠的唢呐调子陡然一收，全场死静，犹如傻鸭突地被捏住咽喉，全瞠目咋舌向旁睨视。只见灯光闪处，幕帘一挑，影影绰绰的鼓乐班子中蓦地分开一道人缝，从里面款款移出一缟服素面的佳人来，柳腰轻摆，水袖若风，眨眼到了棺前。粉面含怨，杏眼蕴悲，兰花指微跷，京胡一样的唱腔缓缓地从那贝齿朱唇中丝丝缕缕地送出。

她唱的是这个地方流行数百年的老调子——《哭九场》，其韵如哭，其哭如唱，其唱如泣如叹，如潮汐涌动，波波迭迭，连绵不绝，铺天盖地，荡气回肠，在场的听者无不动容。

她，就是远近闻名以哭灵为业的哭嫂！

一唱之下，果然名不虚传高人一筹。只见她屈身长跪，娓娓数道。从舅母生前的善心功德，到勤俭持家的诸般细节；从为人之妻的种种苦处，到做人之母的宽厚慈爱……说得熟悉她的众人都跟着垂泪，也勾引得舅父和儿女们伤心不已。当哭嫂唱念至年节已近，可怜的舅母竟然没有再享一个团圆夜，不能再和家人们同欢共乐，共叙佳话，被撇下的儿女们回家拜年，再也没有母亲为你开门掸尘，絮絮叮嘱时，手抚灵柩的孝子孝孙早已哭天抢地，恸声大作。

再看看哭嫂，亦是满面苍白，双泪直流，捶地拍胸，肝肠欲断，几近气绝，像死了自己亲娘老子一般伤痛。

丧家自然是肯一次次奉上钞票的，哭嫂也就哭得更甚，更畅快淋漓，并把这出人间悲剧一次又一次推向感念无尽的高潮……及至夜凉如水，冷月西移，司仪的口令下了，才戛然而止，退入帘后。

我在屋角的亮处，看见卸了妆的哭嫂，灰衣青裤，一脸的慵淡，寂寂地整理好那套行头，俨然一市井妇人。尤其那手，骨节粗硕，皴了许多黑口子，全失了刚才台上的神韵。见有人打量，就顺过来木木的一眼，旋又垂下，忙活手里的活计，那细密皱纹的眼角，似是盛满苦涩。

129

　　听人讲，哭嫂原是县剧团的一名演员，善扮青衣。年轻时不仅模样打人，唱腔亦是远近闻名无人能比，一出《秦香莲》和一出《牧羊圈》，能叫满场观众涕泪四溅，丝帕衣襟湿了又湿，末了还得焦雷般连叫三声好。不过好景不长，市场经济之后，不善经营的县剧团很快黄了铺，演员名角们也都作鸟兽散。哭嫂虽身怀绝技，还是遭遇了这个年代最无奈最尴尬的事儿——下岗。偏偏屋漏又逢连夜雨，她丈夫突患顽疾，缠绵数年，折腾尽了家底家财，方才撒手归去，撇下一双儿女，一个古稀老娘，和一屁股还不清的冤枉债。哭嫂欲哭无泪，孱弱的双肩不得不担起千斤重担。当用人，做零工，倒腾蔬菜水果，正月腊月里搭帮结伙踩高跷扭秧歌，挣一份流汗又流泪的辛苦钱，好歹维持生计。其间也曾有人做媒，但往往一瞅她那上有老下有小的累赘，就吓得躲出老远，再也不敢登门。也有色迷心窍者暗暗骚扰，示意只要哭嫂肯与之委身，做成个露水夫妻地下情人，就愿施以金钱好处，周济豢养，谁知那哭嫂刚强自重，一概拒之门外，心也不动半点。这么一眨眼工夫，花样年华竟已飞也般逝去了，当门前的脚步稀落下来，哭嫂早成了红颜已褪的半老徐娘……四周邻人们一提起来都叹息一声，吞了鸡苦胆一样扭歪起半张脸。幸亏后来入了黄老邪剧团，但"哭灵"那活儿又岂是一般人能消受得住的？

　　当初哭嫂也是踌躇再三，她知道自己心肠软，泪窝子浅，见不得凄惨伤情之事。以前登台演戏时，只要一入了角儿，一用了心，便真情实意去哭诉去唱念，全无半点虚意。如今做了这等替人淌泪代人恸泣的活儿，虽说也似演戏，但只要一站在一身缟素的人堆儿前，一面对那痛失亲人的面孔，她就忍不住要踏踏实实地号啕一番。团长黄老邪就劝她，说哭嫂啊，你这么着可不行，哭坏了身子骨哭哑了嗓子，岂不连老本都赔了去？这道理哭嫂也懂，可哭嫂就是控制不住，她倒是没哭哑了嗓子，但每一场下来都禁不住有些虚脱有些疲惫，谁叫她是一个不会糊弄的人哩。

　　我能想象到这样一个女人，一个以哭灵为生计的弱女子的千般苦楚，万种难处。不论何时何地，甚至佳节年夜，只要有人招呼，就要殷勤赶了去，掬一捧玲珑珠泪换取柴米油盐。这样的泪似不能以商品来比拟的，这样的女人亦不可称作可怜、卑下或者庸碌，她心中必是藏着大苦含着大痛的。她把眼泪当成财富，她把哭泣——这个人类从降生到亡故普遍感念的表达方式当成代人罪罚的职业，是人类的情感磨旧了，迟钝了，抑或是他们对哭泣这一最能表达心灵碰撞的方法生疏了，荒废了？自然，这绝非哭嫂之悲，也不是死者之过。当亡魂若风，踽踽逖去，是尘世的灰烬遮蔽了未亡人的眼瞳，是袅袅青烟拉长了时间的步幅，是哽咽在我们咽喉中的拳拳话语，凝作了冰冷的石头……

所以人们从来也不会在幸福、快乐的时候花钱雇人代替他们欢笑，在功成名就富贵荣华的时候代替他们享受。这是生活中的一种悖论，我们无法思虑，也不必深究，倒是把哭灵这一行当的独特性又加重了一层。是的，我听说哭嫂自打背了个"哭"字的称谓之后，邻人亲戚们对她是大大地忌讳起来，婚礼祝寿之类的喜庆之事是断不允她到场的，平日里也绝少与之往来。可见哭仍然是一道门槛，一道仰之弥高的门槛；是一层幕帘，一层拂之亦厚的幕帘。尤其是在商品社会，哭更是一把锋利无比寒气逼人的双刃刀子，天地大旷之中，一边对着生，一边对着死，一边对着芸芸苍生，一边对着哭泣者自身。

我不知道什么能使那颗哭泣已久的心灵稍许停歇，得到宽慰和安静。

古　庙

　　古庙也许是村庄的灯吧。

　　在北国乡下这座不足百户的小小村庄里，穿过后坡蚕场矮小的菠萝叶树来到山神庙，心情便不自觉沉静下来。风铃轻轻摇晃着，在宽敞的阳光中把声响传出很远。黑面孔的青石墙壁浸满青苔，仿佛清凉的经文。而在经年风雨中褪色的匾额上的文字，又让那个面容安详，衣着和附近农人没啥区别的老僧更加和蔼可亲。

　　不知是谁燃起了香火，诵经的声音在屋檐下悠扬地缠绕着，像雨水滋润田野的庄稼。一个接一个的红尘中的人跪在地上，叩拜那衣衫褴褛的神，让晨钟暮鼓和木鱼激起心底的涟漪。也许善恶轮回，是人世间最朴素的哲学；也许花朵的香气让古老的美得到了慈悲性的赞颂；也许此刻那徜徉在穹隆上的一朵白云使芸芸众生相信，飘渺的天上也有注视的眼睛。

　　古庙在村庄的后面，千百年来已把村庄中每一户农家的变迁了然于胸。平整的青砖上那只巨大的香炉里的香火千年不灭，就像庄户人绵绵不绝的血脉。朴素干净的回廊上，苍松的手臂散发着清洌的凉意。而庭院角落斜挂的那张蛛网，则在悄悄收集那些断断续续的故事。

　　我每次回乡下老家，都去古庙转转。古庙是村庄的灯吧？我想。有时即便在大风中明明灭灭，但是它依然靠浓浓的香火味道把远远近近，藏在大山褶皱中的农人吸引过来，向那些土里土气的传说中的神灵祷告着，使贫寒的生活重新获得温暖。

不要说乡下人愚呆，也许一块石、一头青牛、一条纠缠在一起的麻绳就成了他们生命中难解的问题。有时，也许一掬微笑、一阵微风、一粒鸟啼或一款月光就成了平生最幸福的幸事。他们会牢记一辈子的。他们都活在尘土中沙粒一样的细节里，就像茂密的草丛里一只激跳出来的松鼠，凌空抓住了一枚香脆可口的松果。

当夕阳西下时，我看见那个慈眉善目的老僧正蹲在院外篱笆里的田垄莳弄菜蔬，他仿佛听见谁的一声低唤便直起腰身，拍打一下手中的湿泥，挎着一筐刚摘下的新鲜的茄子或芸豆回到院里。那儿，又有一个眉清目秀的小僧为他打了一盆清水，当老僧把筋络纵横的双掌覆到水面上时，一轮又圆又大的月亮正痴痴与他对视着。

阿弥陀佛——他双掌合十轻轻叹了一句。

辑四：水墨民间

《精灵之舞》　布面油画100-100cm

十年一觉扬州梦

——我读郑板桥及扬州八怪

一

近读李方的《我最愿意生活的十个时代》，文中第三节提及的便是杜牧时代的扬州。"中国就是这样，衰落的年代，反倒美女如云，而且善解人意，娇柔可喜，不像杨贵妃和虢国夫人那样跋扈。这是一个小家碧玉的时代，扬州就是代表。"正如杜牧的那首著名的诗篇："落魄江湖载酒行，楚腰纤细掌中轻。十年一觉扬州梦，赢得青楼薄幸名。"晚唐时代的扬州，在喜好颓废色彩的杜牧和李方眼里，也确实温柔可人，但我喜欢的扬州，其年代却要大大向后推移，不是苟且图安靖康耻的南宋小朝廷的新都之日，不是荒荡之帝朱厚照撬开百姓家门强抢寡妇、处女的明代中叶，也不是"数点梅花亡国泪"，宁为玉碎的南明重臣史可法英勇就义的城破之时……我喜欢的扬州，是从汪士慎生年（康熙二十五年，公元1686年）到罗聘逝世那年（嘉庆四年，公元1799年）。前后共一百一十三年，这是诗书画印四绝的扬州八怪生活的年代，也是一个封建王朝制度行将解体、一座东方大帝国的巍峨大厦在列强炮口下即将崩塌的时代。如果以郑板桥罢官返扬的时间为准，那么距鸦片战争约八十年，距辛亥革命约一百五十年，八十年和一百五十年，在漫长的历史长河中，不过白驹过隙般的一瞬而已。

那时候，中国画史上里程碑式的人物大涤子石涛正往返于扬州与南京之间。说到石涛，就不能不提到与他齐名的另一位大画家八大山人。似乎也可以这样说，二人对国画艺术发展与创新的功绩至今尚无人可与之相比，以至于二位大师辞世后另一位大画家齐璜齐白石曾在诗中写道："青藤雪个远凡胎，缶老衰年别有才。我欲九泉为走狗，三家门下转轮来。"可见近代公认的这位国画大家对石涛与八大山人是如何的推崇乃至拜服，其至甘愿死后能有幸做其"走狗"！而另一位大画家张大千一辈子都在学石涛、摹石涛、追石涛。这还不算，与石涛、八大山人同年代的，清初画坛居领袖潮流地位的四王（王时敏、王鉴、王石谷、王原祁）也对石涛大加赞赏，这就不能不让人大感惊奇了。按理，以院画为核心的四王与画僧石涛的大写意画风迥然不同，甚至可以说，写情写神自辟蹊径的石涛是潜心临摹刻意求真的四王的劲敌，那王原祁却公然承认石涛是"……大江以南当推石涛第一"。可见石涛其影响之大，感召之深。

石涛和八大山人都是前朝遗民，出身于朱明皇族。石涛原名朱若极，是桂林靖江王之后；八大原名朱耷，为明宁献王朱权九世孙。二人都被迫出家当了和尚，都是当时著名的画僧，都以苦为号——八大自称八大山人，是因为其签名极像一个"苦"字；至于石涛自号苦瓜和尚，就更直截了当了。更重要的是二人都在内心深藏着国破家亡的恨和苦，都蕴含着泪和血熬煎着的旷世的大寂寞。"国富喜闻珠宝贱，民穷怕见火生灰。大家收拾关门坐，免使痴情泪眼开。"（石涛诗）当这种痛楚之情达于极致凝于笔端再落洒于宣纸上时，便成为石破天惊霹雳闪电的大手笔。

二

"在石涛作画时，有一位少年，一边磨墨，一边悄悄地观察老和尚的运笔。他长得清瘦，十分腼腆。老和尚下笔时，他的神情总是十分专注。八怪之一的高翔这一年正好十八岁。"（丁家桐《扬州八怪全传》）郑板桥则是十三岁，正在兴化的学塾里读书，李鳝二十岁，忙着考举人。这时候扬州八怪所处的大背景，是统治局面已经形成，民族矛盾已趋缓和，汉人的头发已经剃了，大多数读书人应举求仕，边疆很少再有大的暴动，工商业都出现欣欣向荣的景象。与此同时也出现了官商勾结，贪污成风，财富迅速向少数人手里集中的腐败。就以清代扬州的盐商生活为例，其奢靡程度，触目惊心。"扬州盐物，竞尚奢华。一婚嫁丧葬，堂室饮食，衣服舆马，动辄数十万。有某姓者，庖人备席十数类。临食时夫妇并坐堂上，侍者抬席置于前，自茶、面至荤素等食。凡不食者摇其颐，侍者审色，则更易其他类。或好马，蓄马数百，每马日费金数十；或好兰，自门至内室，置兰殆遍；其欲以万金一时费去者，门下客以金尽买金箔，载至金山塔上，向风扬之，顷刻而散……"（李斗《扬州画舫录》）

与此同时，在思想界拟古思潮笼罩文坛。知识分子中除一部分人受王船山、黄梨洲的哲学影响外，极大部分仍陷在"理学""考据学"和一无用处的"八股文"里。诗人们引经据典，无病呻吟，画家们拾人牙慧，相习成风，宫廷画师则歌功颂德，粉饰太平。大江南北，宗派门户之争，尚旧复古之气蔚然成风，窒息着艺术领域。而扬州，这个宦商资本膨胀的城市成了骚客雅士争芳斗艳的理想沃土。尤其石涛等艺术大师高唱"法自我立""笔墨当随时代"的锐音，给扬州艺坛吹来了一股荡涤肺腑的清新空气。扬州上层社会思想的活跃以及市民阶层崇尚自由的艺术倾向，使扬州成为各类艺术家喜爱的土壤。况且扬州具有悠久的历史文化传统，与丰厚的民间文化积淀，这是后来形成扬州画派的客观条件，而美丽恬静的园林风光更是吸引了多少封建帝王乃至普通文人对扬州的无限向往。行走在扬州的土地上，处处可以奏响历史的琴弦。大运河，天山汉墓，吴公台，司徒庙，唐城遗址，鉴真纪念堂，文峰塔，瓜洲渡，小金山，二十四桥……是啊，"二十四桥明月夜，玉人何处教吹箫？"这是唐代诗人杜牧的诗句。"楼船夜雪瓜洲渡，铁马秋风大散关。"这是宋代诗人陆游的绝吟，如今仍在历史的尘埃中闪闪烁烁。

此外，与扬州有关玑珠瑰丽的天下名篇更是多不胜数。西汉辞赋家枚乘的《七发》，三国时嵇康的《广陵散》，南朝文学家鲍照的《芜城赋》，唐代扬州诗人张若虚的《春江花月夜》，元代睢景臣的套曲《高祖还乡》，明朝王秀楚的《扬州十日记》……甚至中国小说史上那篇最著名的寓言小说《南柯太守传》（作者李公佐），其主人公淳于梦就居住在距扬州市区十里的郊外。后来戏曲大师汤显祖据此改编为《南柯记》传奇，为"临川四梦"之一。清蒲松龄所著《聊斋志异》中的《莲花公主》，亦吸取了李公佐传奇的内容，可见扬州文化根基之厚。

　　而在民间，扬州又是戏曲之乡。两千年前的汉代百戏，已在扬州演出。此外，扬州还是国粹京戏的孕育地。两百年前"四大徽班"相继进京演出，这是京剧诞生的前奏，在京剧发展史上意义重大。而四大徽班都与扬州有密不可分的关系。有的是在扬州创办（如春台班由徽商江鹤亭创办于扬州），有的是在扬州组班（如三庆班是由徽班名旦高朗亭在扬州组办），有的则是在扬州唱红后进京的（如四喜班进京前就曾在扬州做场）。而其他如香火戏、花鼓戏、扬剧、评话、弹词、清曲、髦儿戏、木偶戏等更是色彩纷呈。诗人王建写道："如今不是承平日，犹自笙歌彻晓闻。"扬州人的茶楼酒肆，诗社画坛，青楼风月，卜夜烧灯……使草民百姓亦都有崇文尚雅之好，这无形中为扬州八怪出现提供了盘桓会友的大背景小环境。据史载，袁枚、吴敬梓、杭世骏、厉鹗、蒋心余、吴锡麟、姚鼐等著名文人都曾在那一时期(康乾以来)在扬州一再出现。有的在书院教书，有的在家中著述，有的卖诗文字画……金农、郑燮、李方膺也是常来常往的熟客。后来扬州诗会发展成著名的三处：小玲珑山馆、绦园、休园。传说诗会集吟时，备有酒肴，招待听曲，诗成之后，立即刻版印发全城。真乃文人幸事也！

三

　　在扬州八怪中，我最喜欢的当属李鱓和李方膺。二李的经历颇有相似之处，皆出身于官宦门第、书香世家。李鱓的祖父曾与明末四公子之一的冒辟疆等人唱和，工书法，善诗；其父李朱衣担任过文林郎。李方膺的祖辈曾做过明户部郎中，其父李玉铉也做到清朝的按察使，所以这二人从小就受到严格而完备的教育，李鱓字复堂(鱓字即猪婆龙，神兽也)；李方膺号晴江，小字龙角，二人的名讳都与龙有关系。

李鱓二十六岁中了举人，接着在康熙五十二年到了北京，以诗画名动公卿，禁苑门前，琉璃书肆，都不难见到这位翩翩青年春风得意的身影了。二十九岁时在口外有机会直接向康熙献诗画，得到康熙喜欢，命他在南书房行走，可谓有了平步青云的良机。康熙还命御前重臣著名写生画家蒋南沙教他习画五代徐、黄风格的花鸟，从此他成为宫廷中的"供奉"。但几年之后他"画风放逸"，逐渐厌弃那种死板的宫廷画风，引起同僚嫉妒和上司不满，遭到放逐。开始了"囊笔卖画"、奔南闯北的浪迹生涯。这样从三十三岁乞归到五十二岁千辛万苦谋得一个七品官职，中间经历整整二十年。"声色荒淫二十年，丹青纵横三千里"，他的好友郑板桥无情地贬抑了他，又高度地赞扬了他。当然这位风流父母官，用艺术家的作风和心态怎能和宦海波涛合拍？虽然清简近民，终免不了革职罢官的下场，前后不过四五年。此后又入宫学画，又"两革功名"出廷，三十年中，三起三落，每次都没有好下场。正如其诗所言："薄宦归来白发新，人言作画少精神。岂知笔底纵横甚，一片秋光万古春。"此时李鱓画风已成，笔底纵横，画面淋漓酣畅，清新动人，充满生活气息。尤其他的行书，笔飞墨舞，个性极强，不愧以如椽大笔纵横千里之说，确是大家风度。"自在心情盖世狂"。李鱓之狂，融注笔端。据说有一回到一富商开的酒店饮酒，酒味不佳，那位富商竟出面要李鱓作画。李信笔画一酒瓶，题道："怨煞渊明，气煞刘伶，把瓶儿痛饮三斤。君若不信，把秤来称，定有一斤水，一斤酒，一斤瓶。"题罢掷笔大笑而去，真真狂态可掬。

在画艺上与李鱓风格相近而又可与之相媲美的，唯有李方膺。

李方膺三十四岁还只是一个诸生，幸亏陪老父进京述职，见了雍正，被破格录用，以生员资格做了乐安县令。虽政治才能非凡，却屡屡惹恼上司被弹劾。后调任兰山，碰上总督王士俊下令盲目开荒，官员们借机勒索乡民，李方膺公然置之不理，抵制开荒。总督一怒，将其下狱，不想竟引起兰山百姓的激愤，虽距青州狱五百余里，却有成百成千的人长途跋涉，前往探视，"钱贝鸡黍"等慰问品隔着狱墙投进狱内，铺满屋瓦……一直到三年之后的乾隆继位，兰山冤狱才得以平反。据传李方膺深夜出狱，赶赴京城。当时的这位兰山知县成为众大臣传颂的英雄，满朝文武都争相一睹风采。

然他那刚正不阿、"笑傲轻王侯"的性格，不久又抵忤了上司，太守安他个赃名，李方膺就稀里糊涂丢了官。正所谓"风尘历遍余诗兴，书画携还当俸钱"。李氏临死时，说了这样一句使人伤心的话："吾死不足惜，吾惜吾手!"是的，李方膺过世，从此画坛再无画梅之高手矣!

秦岭云编著《扬州八家丛话》上说："晴江的身世和性情与李复堂、郑板桥如出一辙。有抱负而不得施展，经过宦海风波，最后不得不以丹青逃世。平生喜作松竹兰菊，尤爱画大幅梅花，信手挥洒，不拘绳墨，脱落纵恣，很有意趣，大幅竹兰，可与板桥媲美。"无怪乎当年(乾隆六年)李鱓在济南见李方膺的画，曾惊呼道："近见晴江梅花，纯乎天趣，元章、补之一辈高品，老夫当退避三舍矣!"郑板桥也赞道："晴江李四哥……一画梅，为天下先。"我想，李方膺之所以达此神境，是与他艺术观念之高有关，他认为梅也是人，人也是梅，"予性爱梅，即无梅之可见，而所见无非梅。日月星辰，梅也；山河川岳。亦梅也；硕德宏才梅也；歌童舞女，亦梅也。触于目而运于心，借笔借墨，借天时晴和，借地利幽僻，无心挥之而适合手目之所触，又不失梅之本来面目。"可谓说到画梅之诀窍了。

扬州八怪中也善画梅的，还有汪士慎与高翔。有趣的是二人性情相投，常在一起吟诗作画，成为挚友。只不过汪之画梅喜繁枝，高善疏枝，全以韵胜。另外，二人也都一生贫寒，郁郁不得志，致使二人都"瘦肩削玉"，汪士慎冷僻高岸，很看不惯崇尚浮华的扬州，就把自己藏于幽巷之中，焚香品茶，吟诗作画，"茗饮半生千瓮雪，蓬生三径逐年贫。"由于嗜茶如命，有"汪茶仙"的雅号。晚年左眼失明，却一点不灰心，仍摸索着大写狂草独目著梅花……在这一点上高翔与之酷似，虽坎坷不遇，却孤僻顽强，令后人和同行赞叹。另外，高翔为人也特仁厚，其师石涛死后，他能年年清明前往墓地扫墓，至死未断。后人有"苦瓜传人，深巷高贤"之誉。自然，高翔吸收了石涛的纵放，造诣不凡，尤善治印，在扬州八怪中当属第一。当年曾为郑板桥制印，虽误将板桥其号"克柔"错成"充柔"，却仍为板桥珍藏入册，可见印艺之绝。晚年高翔右臂病废，曾以左笔代之，不久亦寂寞而殁。

四

扬州八怪中诗书画三绝者，首推郑板桥。

板桥先世久居苏州，他却生于兴化。二十六岁考中秀才，过了几年塾师生活，三十岁后去了扬州。"三二知己，碰在一起，虹桥下吃吃茶，平山堂喝喝酒，月夜到莲花桥划划船，有时又蹓跶到古玩铺里。"（秦岭云《扬州八家丛话》）但日子久了，板桥也心生烦恼，因为卖画并不能维持生计，于是"座有清风，门无车马"，一心读书，准备应试。雍正十年考中举人，乾隆元年中了向往多年的进士，此时他已四十四岁矣。"一枝桂影功名小，十载征途发达迟。"候差四年之久，于乾隆七年春，得以在山东范县做了七品县令。据说那范县很小，县城只四五十户人家，隔衙墙能闻百姓家中织布读书声，且民风古朴，人性淳厚，一片和平安乐景象。板桥政简刑轻，终日无事可做，"日高犹卧，夜户常开"。于是他亦画亦诗，时常穿草鞋下乡赶集，真正感到了为吏之乐。五年之后，又调潍县，他仍是老作风，弄得案无留牍，狱无冤民，县衙役吏亦闲来无事，甚至监牢里都空了好久。板桥有首题画竹的诗尤为著名："衙斋卧听萧萧竹，疑是民间疾苦声。些小吾曹州县吏，一枝一叶总关情。"

若不是胶东一带连年天灾，灾民卖儿卖女，背井离乡四处逃亡，板桥为救民于水火之中，查封富户存粮，以工代赈，开设粥厂，安定人心，得罪了富豪地痞们，也许这位七品芝麻官仍然会把这顶乌纱帽戴下去。但官途蹭蹬，官场腐败，岂能容得下"一枝一叶总关情"的正德清正？乾隆十八年板桥六十一岁高龄时，因荒年请赈惹恼大官，终于丢了早已无意干的"傀儡官"。理想破了，抱负灭了，"吾家颇有东篱菊，归去东风耐岁寒。"1754年春天，板桥雇了三头毛驴，驮着他的琴书字画，直奔扬州去了。潍县百姓，倾城相送，依依不舍。至今不少人家仍挂板桥画像，逢年过节，焚香拜祀。

晚年板桥，鸡犬图书共一船，文名遍及扬州。不仅民间，不仅官场，就是乡间老妪，红粉佳人，也甚爱慕。传闻有一次，板桥无意中闲至竹树围墙之民居，见一老媪，捧茶一瓯，其墙上竟贴着板桥诗画。问之："识此人乎？"答曰："闻其名，不识其人。"告知，"板桥即我也。"老媪大喜，唤其女儿曰："郑板桥先生在此也。"其女艳妆而出，再拜而谢。板桥又为她题《西江月》一首赠之。"……梅花老去杏花匀，夜夜胭脂怯冷。"母女皆笑领词意。不久，这饶姓女子竟以十七岁之芳龄嫁与板桥为妾，一时成为画坛佳话。

板桥以竹兰叫绝天下。板桥画竹，着眼点全在一个"活"字，不泥古法，信笔挥洒，脱尽俗习。他曾说我之似学古人之不似，极力追求写神写意，抒发自己的内心世界，甚至把纸窗上的竹影用当描画，"画至悴目情飘没处，更无真像有真魂"。似乎可以这样说，古今画竹者不乏其人，但尚无人可追郑板桥矣。尤为今人叫绝的是板桥的字——六分半书，遒劲古拙，另具高致，把隶、楷、行、草融于一体，字如画，画如字，亦是古今奇绝。板桥曾自题曰："掀天揭地之文，震电惊雷之字，呵神骂鬼之谈，无古无今之画，原不在寻常眼孔中也。"此文虽属自评，但不自夸，长久以来，谈起扬州八怪，人们首先想起的便是郑板桥，看来绝非偶然。

在扬州八怪中以诗书画三绝著称于世的还有二人，即金农和罗聘。金农（冬心）作画，无师自通，只是开始较晚，花甲之年方才画竹，之后又学画梅，不亚于汪士慎和郑板桥，但流传于世的还是他的漆书，字法奇古……众毁不独赏。可以说在艺术上，他属一意孤行的自我创造，也确是八怪之中最怪者。他的学生罗聘罗两峰是扬州画派后期的佼佼者，画路很宽，人物、写真、山水、梅竹都有很高造诣。近人黄宾虹曾说"罗之人物，绰有大家风度"。冬心早年即绝念仕途，一生从无正式职业，日子过得清苦，往往断炊。而罗聘也无意功名，一介布衣，靠卖画为生。这一点与八怪中的黄慎（瘿瓢）如出一辙。只不过黄慎是以人物画见长而已，这在扬州画派之中，无人能出其右。另外，他的晚年书法，尤其是行草，造诣非凡，可追二李（李鱓李方膺），后人评赞其人物"笔墨纵横，风驰雨骤，能将人之体态于数笔中传出，斯亦奇迹"（葛金烺《爱日吟庐书画录》）！

五

古时，有四人相聚一起，各人表示自己的愿望。一人说"我愿任扬州刺史"，一人说"我愿有众多财产"，第三人说"我想骑鹤成仙遨游上空"，最后一人则说"我求腰缠十万贯，骑鹤上扬州"。他的这句话，将以上三人的愿望全都包括在内了。因为古人有"骑鹤上扬州"的诗句，曾在扬州建过一座骑鹤楼（见《太平广记》《扬州府志》）。其实，这则故事的寓意在烟花扬州。

如若我有幸往前生二百余年，必扬帆破浪，或驴蹄扬尘，日夜兼程赶往扬州——闹花灯，放风筝，赛龙船，盂兰会，斗蟋蟀，重九登高……歌吹是扬州！我也会直奔那马曰瑄马曰璐的"小玲珑山馆"，雅集联吟，与汪士慎、郑板桥、金农、高翔等风流骚客们一起，成为"邗江吟社"的座上客，"意气凌海岱，谈笑轻王侯。"这是何等人间快事！

或去陋巷汪宅，与那彻夜苦吟的汪巢林茗茶赏梅；或去晚年板桥家的院墙外，种上千万竿翠竹，怡然自乐，两袖清风，与那脾气颇大的倔老头儿一块儿骂人："达官贵人不卖，生活够了不卖，老子不喜欢不卖。"如此狂傲，笑煞人也。还可去与那黄瘿瓢饮酒，"心地清，天性笃，衣衫褊襶，一切利禄计较，问之茫茫"。然后"一瓯辄醉，醉则兴发，濡发舐笔，顷刻飒飒写了数十幅"。随意送友，再倒头大睡，一觉百梦生，仍是快活。又可与金冬心一起，目接神会，剪秃了笔尖，专写那生、冷、顿、拙、丑之又霸悍的"擘窠大字"，置宠辱喧嚣于不顾，风雨雷电，狂呼"我是如来最小弟"，吓杀王侯翰林。再可与李复堂李晴江一起，"锦衣江上寻歌伎"，然后"泼墨蕉叶，走笔如风……自在心情盖世狂"，亦是诗矣……

如果我早生二百余年，也必然爱梅，爱竹，爱兰，爱松；也必然自取一大堆字号，自题三二堂名，自制百二十印鉴，废画三千，诗稿盈尺，墨水半池，草屋三间半，毛驴二条，妻妾各一，儿女七八个，弟子数十，粗茶淡饭一生，足矣。

瓦

　　一位诗人朋友说："瓦是房子的眼皮儿。"如此说来，那檐头淅淅沥沥的雨水必是房子流淌的眼泪了。但这种说法仍显牵强。瓦，是广布于民间最质朴，也最易被人们忘却的先知，是泥土的另一种形态，是土的精魂，也是贴近人类头顶最矮的天穹。它是天地之间无数隐秘的收藏者和拥有者——它收藏过阳光、月光；也收藏过雨的裸足和雪的羽毛。更多的时候，它收藏过大面积的黑夜和黑夜的翅膀——梦幻。所以瓦是房屋的外套，也是梦的布衣。从古至今，瓦的身份一直没有变。它通常是青灰色的（喜欢像鱼鳞似的细细密密镶嵌在一起），闪烁着沉实的忧郁的光芒；但近代也有极艳俗的砖红，类似花花绿绿的农民画。瓦沉默寡言，像父亲们的脸。在我们被庇护的生活里，瓦是一种大爱，所以轻易不被看重。当无数日子逶迤而过，当时间以皱纹的方式遍布于我们的肉体，瓦仅以苔藓现于瓦缝。因此人与事易老，家国和河山易老，而青瓦不老。当老屋摇摇欲坠终于坍塌倾覆，灰尘散处，零落的瓦片仍在废墟上诉说着历史的漫长与湮灭。……瓦，着青衫的母亲，更多更普遍的，是泥土深处的布衣百姓；瓦当则是质朴的民间艺人——其简洁、粗陋的线条类似金石图谱的放大，写意和篆刻的韵味儿自然而悠长。至于现时流行的琉璃瓦，早已尽褪当初皇家的森森风范，在无数高楼大厦的肩肘处，翘一角时髦或流行。

笛　子

　　我似乎更愿意称呼它的古名：横吹。我似乎更希望它的材料是竹质的，是那种上了一层清漆的，笛身上有着天然竹节的那种（其他的材料的也可以，但必须像曾侯乙墓出土的那管，笛管均髹黑漆，并饰有朱漆彩绘三角云纹和陶纹）。在一个清丽的早晨或静谧的黄昏，乡村的画面上总是有着湿漉漉的雾岚抑或提早升起的夜露的，总是有着一阵嬉闹蓦然沉静下来之后那浓郁的青草气味。狗的远吠和水塘小溪边蛙的响亮，依然是一个炊烟般的日子。就有那支横在牛背上的笛，就有一个剪纸花儿般的慢慢晃悠的身影。明亮的，年轻的，快乐的，婉转的，金质的曲调更像莺飞草长的心事，更像欲说还休的倾诉。所以在古今诸多的乐器中，笛子得到了最大的普及，得到了下层百姓真正的喜爱。与胡琴、钟鼓和琵琶相比，笛子更具有民间性，更质朴、随和与平易（它的单调里那种天性的率真成分更像一个少年顽皮的眼神）。当然笛子其实是一种非常古老的乐器，汉代时的大音乐家李延年作有《汉横吹曲二十八解》。它的歌词《乐府诗集》中保存有《出塞》一首："侯旗出甘泉，奔命入居延。旗作浮云影，阵如明月弦。"它具体描写的是汉武帝为抗击匈奴骚扰，派兵急速出征的威武阵容。正如魏晋文学家陆机的《鼓吹赋》对它表演所形容的："顾穹谷以含哀，仰归云而落音。节丕气以舒卷，响随风而浮沉。"听的人无不泪湿衣襟。不过，我对这种管乐器的喜爱依然是牧童手里的那支，是一顶竹笠两手泥的那位。他悠悠然不经意地吹着，把涧水吹得清澈见底，把杏花的花瓣吹得颤颤巍巍，把一轮新月吹得又白又大……"谁

147

家玉笛暗飞声，散入春风满洛城"（李白诗句）以及"斜日半山，暝烟两岸，数声横笛，一叶扁舟"（秦观词）。当然，对于生活于二十一世纪嘈杂拥挤的人们来说，那种纯净的乡土气息的笛声无异于天籁。人们两耳整日塞满的是令人头疼的市声，是各种车型的噪声。人们的耳朵迟钝了，心儿磨旧了，感官像一台废旧的机器，沾满了油污和锈蚀。除了在戏院，在人头攒动的音乐厅；或者，除了隔着一层满带静电噼啪作响的电视屏幕，我们到哪儿才能见到它那靓丽的身影？

烈　酒

　　与其说"酒在瓶中沉睡着"，倒不如说是"火在瓶中沉睡着"更贴切。当然，我指的是烈酒，不是那种温吞吞又酸溜溜的黄酒，也不是如今流行于世掺兑了大量白水的低度酒，尽管它们的广告和包装是如此富丽堂皇或洋气十足！我指的是像烈火一样一点就着的烈酒——从某种程度上说更接近于血液的成分：灿烂、壮烈，甚至让人感到不安和害怕。当它们平静地待在酒窖、酒缸、酒坛里时，是那种宽厚的安于淡泊和隐忍的类似于北方农民似的"大静"品质，停滞的生活和宽厚的土地，乡下人的朴素和突然迫近的苦难，都将在他们高大骨架的身躯上与那种内在的刚强混合在一起。而时光是漫无边际的，似乎有一种弥漫开来的暖融融想稳稳地大睡一觉的念头，但是那猛然爆发的敲击声，使人在一刹那产生大祸天降的恐怖，因为这世上一切传说的故事都行将发生——从你打开瓶塞时起，那清澈的晶亮的酒液就缓缓苏醒了，你听到了它的呼吸，也嗅到了它浑身散发着的芬芳。酒中之神开始苏醒了，它需要你唤它、爱抚它，也需要"天将降大任于斯"的使命，当这液体的火慢慢地爬过你的口腔、舌头、咽喉、胃……如同干柴被填进炉膛，先憋一会儿，闷一会儿，然后轰的一声，爆起冲天的火势。这时候火舌舞蹈着，从你的眼睛里，头颅间，骨缝里……通红通红的火焰从你全身到处都冒出来——烈马、烈妇、烈士以及所有流传于民间说唱和历史册页中的无头之躯滚滚而出，像出鞘之剑肝胆相照。耻辱就是力量，就是硫黄和毒药，就是两肋插刀的万丈豪气，就是透过时间、年代、事件而呈现出来的英雄气节和儿女柔肠。所以烈酒是最能充分体现中国历史上的那种牺牲之美、绝望之美和血性之美的音乐，它把"世代如落叶"和"壮士一去兮不复还"的大丈夫的沉醉意识推向极致。从帝王、美女、江湖术士到手无缚鸡之力的清贫读书人，都在一部浩繁辉煌的酒文化的壮丽画卷中得到各自的鲜明角色。当我们推开千年帷幕，坐在"今天"的年号之椅上放目观望时，我们除了被他们有滋有味的情爱所感动之外，还有对眼下的"烈酒难寻"的感慨和惋惜。我们不知道兑过水的酒对我们骨子里的血液是否具有稀释的作用，"当你满怀希望打开它的房门时，它是否还会苏醒？"它是否还能被称为火？如果火焰被取消了燃烧的资格。

蜂　巢

　　小时候在乡间，常听到人们谈论有人被毒蜂蜇死的故事。据说有一种俗名叫"地雷蜂"的尤其厉害，乡下常有采蘑菇或捡野菜的村姑无意中触碰到树枝间的蜂巢，惹动那黑色旋风般的蜂群集团出击，用不了一刻钟就会将人体上每一寸肌肤蜇叮个遍，即使有些人在遭到袭击时不顾一切一头投进山涧里也不能幸免于难，因为愤怒至极的蜂群即便遇到冰冷的涧水也决不松口。当然，我们不便因此而去谴责蜂群，我在此想要述说的仅仅是，作为大自然中所有家庭成员之间的相互敬畏与和谐相处，以及对暴力和强权从反方向的理解与宽容。这就相当于人类因强权而一再暴发的战争，或种族之间的血腥仇杀。太多了，不是吗？我们因此而得到的远远小于我们因此而丧失的那一部分——博大的恨和狭隘的爱。由此我想到在过去的几十年中被爱尔兰的人们反复吟诵的叶芝的伟大诗篇："……一个人被杀，或一所房子遭焚／但没有事实可以说得清／快来筑居在燕雀的空房里。"以及"有更多的事件在我们的仇恨／而非爱意之中：啊，蜜蜂／快来筑居在燕雀的空房里"。这深藏于诗歌中的勤劳、和谐、养育的社会理想的力量，使七十多年后又一位爱尔兰的伟大诗人谢·希尼站在1995年诺贝尔奖的领奖台上发出更加强烈的声音："一方面需要说出真理——那将是严厉的报复性的，另一方面需要不使心灵硬化到否认其自身对美好的信任的向往地步。"这样我在越过了时间的冷酷感和对当代的许多野蛮行径与麻木不仁的危险之后，倾听到了"说明"和"恳求"的警醒。它既是谬误的证据，也是证据的谬误；它既是引导也是后退——相对于社会进化史来说，与我们所熟知的一切无法容忍的事情相呼应（倒像是悲哀的世界历史背后的窃窃私语）。于是我从这"一石激起千层浪的"荡漾里看到倒映在我人生经验的另一重投影—— 一个幼年阶段所赋予的趣事（哦，当衰老的你对年轻的你侧耳细听时，就会发生这种可笑的景象）。那时我刚上小学，每天都要翻越一座小山坡，那小山坡上树丛下有一大窝土蜂，淘气的同伴在大家路过时总会出其不意地捅一下那蜂巢，然后拼命先逃。在气喘吁吁逃得慢的孩子们当中总有"幸运"地被蜇伤的面孔、眼皮、下巴或腮帮。当然，第二天肿胀的丑陋一定又会成为大家取笑和揶揄的对象。这种人性之中恶的部分被波动之后引起的小小骚乱，尽管它是赢弱的，但是某一天某一年也许会膨胀、长大、滑行到蜂巢的幻梦之外去，像一位悲恸欲绝的母亲，在遍地瓦砾废墟的战场上为她刚刚阵亡的儿子恸哭，我此刻充分地感觉到了那位母亲的眼泪淌过我们孤独和忏悔的面庞时，一定有那种被蜂针刺疼的肿胀感。

埙

　　埙是所有乐器中最让人感伤和哀泣的一种。埙天性中那种长歌当哭的气度不可模仿。如同唐后主李煜的词《乌夜啼》和《虞美人》，人生长恨，春红无奈，往事不堪回首，而雕阑玉砌仍在。"问君能有几多愁，恰似一江春水向东流"却朱颜无泪……埙的发声也不像笛箫，埙从外形到发声都似人的内脏器官，当吹奏者双手紧捧，运气丹田，徐徐而送，埙如本来就长在人体上的胸腔，聚情敛意，歌天地之爱憎，叹世事之无常，节奏舒缓，单调苍凉，如佳人对月低诉，时断时续，飘渺若风。埙的古雅的音调除了伤恸之外，还有宽厚的辽远的成分，这得益于制埙的材料——泥土。埙是土地的乐器，因此从某种角度来说，埙的声音其实也就是茫茫土地的声音，因而也就更加荒凉和苦涩。在经历了朝代的更迭和鲜血的迸溅之后，埙一直保持着它独有的质朴和平易，如同城垣上那些年代久远的笨重青砖，如同老式屋脊上苔藓重叠的黑瓦。"誓扫匈奴不顾身，五千貂锦丧胡尘。可怜无定河边骨，犹是春闺梦里人。"（陈陶）埙在兵燹战乱之后独自哽咽，在天灾人祸中暗自叹息，埙像戍边将士或闺中怨妇咳血的肺，腥气弥漫却又艳丽如梅朵，在历代如雪的宣纸上绽放。埙的音色是阴性的。埙是地狱的冥晦之音。像六月里的一场大雪，听埙的人除了感动之外，还出得一身冷彻骨髓的透汗。埙非埙，埙的内部装着无数喧嚣不已的冤魂。

八大山人

　　中国画家中最有趣的人物之一。如果抛开他伟大的绘画作品，单评其作为个体的人本身来讲，八大山人更像一虬曲盘旋、疏枝横斜的树桩盆景，美则美矣，然而却是病态的。潘天寿著《中国绘画史》介绍，八大山人乃江西人，俗姓朱氏，名耷，字雪个，有驴、个山等字号，明王室后裔。十九岁时明亡，剃度为僧三十余年，后又参禅修道，寄情书画。"尝持《八大人觉经》，因号八大山人。襟怀纵恣，不泥成法，而苍劲浑朴，悠然无俗韵。"（潘天寿语）可见后人对其艺术评判之高。似乎可以这样说，在他身后的三百年里，八大山人的画作依然是空谷绝响。所以在这位大师辞世后约两个世纪（1902年）湖南湘潭诞生的另一位大画家齐璜齐白石在《老萍诗草》中曾记道："……恨不能生前三百年，或为诸君（指雪个等）磨墨理纸，诸君不纳，余于门之外，饿而不去，亦快事也。"不久又作诗道："青藤雪个远凡胎，缶老衰年别有才。我欲九泉为走狗，三家门下转轮来。"可见近代公认的这位国画大师对八大山人是如何的推崇乃至拜服，甚至甘愿死后能有幸做他的"走狗"。我想白石老人的这种寄情方式绝非偶然和盲从，纵观八大之书画与性情，确实足以令后辈同行激赏和折服。据传他极嗜饮酒，平民百姓请他他就去，又往往喝醉，醉后兴致大发，淋漓挥墨，画得格外好，随手就送了人。而有些达官富贾索画，"欲以数金易一石，不可得。"有一天，忽发疯病，一会儿哭一会儿笑，还撕碎僧衣点火焚烧，又狂奔到街肆之间，光着脚跳舞，行人莫不围观。以后忽然自己写一大大的"哑"字，贴在门上，从此对人不再说话。即使有人请他喝酒，他也缩着头抚着掌，黯然哑笑了之。可见郁闷之深、苦痛之深、性格扭曲之深。这时他画的鱼鸟，亦都是白眼向人的。另外，八大山人虽以他奇特的绘画惊骇世人，但他何以如此，他我行我素的艺术思想是什么，他自己是从来不谈不定的，反映在他作品上的清寒荒率与诡异，都付与世人评说，这一点又与和他同时代的另一位伟大画家石涛不同。这样有关八大的艺术个性之发生和发展似乎又成了中国绘画史上的千古之谜。"老来可喜，是历遍人间，谙知物外。看透虚空，将恨海愁山，一时挼碎。免被花迷，不为酒困，到处惺惺地。饱来觅睡，睡起逢场作戏。"（朱敦儒词）八大山人这位明宁献王朱权九世孙，且不说他会怀恋旧日奢华，单就他遁隐空门的那种青灯黄卷残钟暮鼓的僧侣生活，亦会使他生来就有的抱国理想化为灰烬。可以说他的剃度为僧是不得已的，更不是甘心的。所以当他还俗成亲后，很快又婚姻破裂了。他曾刻一"何负"方印，意思是"何负于汝"，显露了他另一方面的真实——愤世的迂腐和顽皮的可爱。1693 年他在友人的扇面上题下一段近乎内心独白式的话："静几明窗，焚香掩卷。会心处，欣然独笑……"我一直认为这是一种彻底绝望后的平静。归隐是旧时文人理想中的一种闲散生活——沽酒、题诗、采药、对弈……然说起来容易做起来难。古往今来很少有人情愿过这种闲散生活。客观条件不允许是一回事，主观上摆脱不了功名利禄的羁缠才是主要缘由。从李杜到苏东坡、辛弃疾，中国传统的文人生活的背后，是其内心深处的愤激和对倏忽即逝的人生的看破，尤其是险恶黑暗的现实社会，更引起了他们的绝望情绪。抗争是一种反抗，疏狂也是反抗的一种形式。八大山人这"狂"与"哑"，便是典型例证。当他这种郁结反映到他的书画中时，自然就带有极强的个性和气度，排奡奔肆，亦悲亦狂。"使学者，每觉可望而不可即。"无怪乎矢志不渝学了大半辈子的齐白石之画仍然缺少八大的苦味、怪味、绝俗味，这是因他二人截然不同的生活境况和天生脾性使然。"墨非蒙养不灵，笔非生活不神。"（石涛语）八大山人其实是一棵打破盆壁，将根须深扎沃野之土的孤傲的老梅，猖狂蔑俗，临风怒放，虽逾千年而不凋。

蝙蝠的记忆

　　蝙蝠是哺乳动物，喜欢夜间在低空中飞行，吃些蚊、蛾等昆虫。这是词典里有关蝙蝠的简短解释，并不能满足大多数人对这种奇异的，喜欢倒吊着看世界的飞行动物的神秘向往，尤其是顽皮的孩子们。我小时候就对蝙蝠充满兴趣和幻想。我家附近有一条大河叫艾河，艾河上有一座日本人修建的水泥大桥，每当夏季的傍晚，天黑下来时，总有数不清的蝙蝠飞行在夜空中，有时甚至飞到附近的村子里。孩子们雀跃着一人拖一条树枝追逐扑打，刺激非凡，后来竟成了黄昏时分孩子们的一项最富情趣的游戏之一。有时在白天，我们也到附近大山中的一条幽深洞穴里捕捉这种丑陋、腥臭的家伙。记得那时，我对于这种有着老鼠一样的脑袋、不长一点羽毛却暴满血管的翅膀，倒吊在树干上的东西既害怕又喜欢，它那种被弄疼时吱吱的叫声，它暴露在阳光下笨拙的飞翔和它不可理喻的怪模怪样的身体，都是我们四处捕追和研究的目标，甚至可以这样说，蝙蝠是童年的一部分，黑夜的一部分，它构成了蜿蜒在乡野的孩子们那有限幻想的窟窿中弯曲、古朴的象形文字。

　　至于后来在中外故事中听到的有关吸血蝠的恐怖轶闻，只不过将这故事引向记忆的更深处而已。因为在我的理念中，蝙蝠往往是恶的一小部分，是丑陋的同类，因而也是冒险和乐趣的源流之一，所以至今提起来还让人感到快活，不是吗，一只不是鸟的鸟，一只不是地鼠的鼠，当它盘踞在我的幼年，使它的飞翔影响到我的飞翔——那仰望的童稚的目光的飞翔，还有什么能够把善与恶，美与丑截然分开呢？

　　我记得小时候在邻居家看过一本有关动物科普知识的小册子，那上面有一些与我们人类的生活密切相关的动物，比如青蛙、蜜蜂、麻雀、狼、狐狸、蚊蝇、猫头鹰、喜鹊、燕子、乌鸦等等，当然也包括这种孩子们喜欢的家伙——蝙蝠，似乎有关它的嗅觉、听觉、飞行速度，一个夏天能吃多少蚊虫的精确数字都已忘却，却能清晰地记得书中那幅粗陋的插图，因此也就对它倒挂看世界的形态大感兴趣，所以曾经偷偷撅起屁股从胯下向后望去，感觉果然大不相同——天、地、人、山、路、水皆颠倒了位置，立即呈现出迥然不同的异趣来，现在想来倒是令人好笑，但当时屡屡试之，不厌其烦。

　　现在我已人到中年，我是断不允许我儿子去玩蝙蝠的，即使我知道那里面有儿童时期巨大的乐趣。我因为能准确无误地分辨出万事万物的好与坏，优与劣，安全与危险，利益与弊端，所以我衰老。

月　光

　　月光在古人的诗篇中反复出现。月光尾随过花间独酌的李太白的影子；月光也在大江东去惊涛滚滚的岸边，打湿过苏东坡激昂的袖子。当然，月光在李清照的淡酒、孤雁、黄花、梧桐和细雨中，多么像那个茕独悲凉的老人的鬓髻！月光也化作了不堪回首故国的南唐后主的一腔愁怨……而到了今人的笔下，"三十里外更白亮的月亮涨满了头颅。"（西川语）

　　当然，这周期性奔涌的月光似乎更具有童稚品性。它像个病态的少年的眼神，挣脱了睡眠的怀抱。其中印满指纹的部位是旧屋中老式家具上一只青花瓷瓶的釉彩，像祖先的亡灵，总是在黑暗中不远不近地跟随着我们。从厅堂到仓廪，再到蛙鸣声声的田野，其间的小河更像老祖母的纱头巾……月光有苦菜的味道（在漫长的日子里，月亮更像一枚洁白的止痛药片）。它经常用压低的噪音嘟哝和窃笑，让我们想起松林间和河滩上的鸦啼。

　　像多年前的一段轶闻，在月光中总有不寻常的事情发生。迟缓老人谈吐之间脱落了牙齿，而醉心于亲吻的年轻人会因为神情专注归于静默。这时候谁先说话谁就灵魂附体，谁就会在不经意间打开身体上原先就有的伤口，任激情汨汨而出……而此刻月亮更像一个泥瓦匠，修补拾掇着尘世间毁坏和缺失的一切——家国近了，因为月光的羽翼如此丰满；恨事远了，因为眼前的清辉模糊了双眸……月亮成为一尊盛载千秋万代悲喜功罪的巨硕器皿，既可败火又可添乱。而更多的时候，月光是一件清雅素淡的丝绸长衫，谁穿上谁都迷茫忧伤。

　　而当黎明迫切，乱梦止歇，月亮在窗外淡成一滴淡而又疏的水墨——几乎更像女人腮边的半干泪痕。谁还会重温昨夜情景？月光收敛自身，旷远苍冷，与我们拉开了距离，又像从未相识……人在如此高邈的穹隆下清醒过来，审视内心，仍觉其浊，暗暗惊惑。可见人既非月，月亦非人。人与月之间，只有曾经有过的那虚幻之影！人在月亮上寄托的情与事，早已随风飘散，有如渺茫的歌声。短笛，流沙，拍遍栏杆的手掌和遗在江岸上的鞋子……对于苦难一生的死者来说，月光更像盖在遗容上的那幅薄而又薄的、安魂的白绫。

无上清凉李叔同

一

前几日回故乡岫岩清凉山寺庙的客房小住，闲暇时便找来一些佛学经卷研读。时值盛夏，山色葱茏，溪水丰沛；青灯黄卷中，我几乎夜夜都是枕着涛声入睡的。到了翌日凌晨，又是在悠扬起伏的钟声和或疾或徐的鼓声里醒转过来。梳洗之后，便随着僧侣们一起吃斋饭，平日里那颗在烦躁都市中落满尘埃的心便逐渐安静下来。

这时蓦然想起一个人来，一个在近代中国史中最有趣最传奇的人物——弘一法师李叔同！

多年来，我曾拜读过多种版本的李叔同传记，也精心研习过我所能收集到的大师生前所作的有关绘画、诗文、书法、篆刻、音乐、艺谈书简乃至书画题跋等诸多资料，即便我从未有幸目睹先师的真迹，但仅从影印件亦可充分领略那元气淋漓的文化底蕴和魅力四射的人格修为。

二

李叔同法号弘一法师，近代著名高僧，幼名成蹊，学名文涛，字叔同，清光绪六年庚辰（1880年）10月23日（农历九月二十日）出生于天津河东区地藏庵前陆家胡同2号一名门望族家庭。其父李世珍，1865年曾与李鸿章会试同年，中进士后曾任吏部主事，不久辞官经商，主营盐业，晚年又大力兴办钱庄，成为津门巨富。李叔同生母王氏，系李世珍的三姨太，她略通文字，笃信佛教，对幼年李叔同的影响极大。叔同五岁时父亡，李家操办丧事请来僧侣普济法事，并做了一场热闹的"焰口"，小小叔同见到僧侣举动，竟十分感兴趣，并屡屡带领邻居小孩模仿，还让人称之为"大和尚"，不想竟成谶语。

父亲亡故后，其生母寄厚望于小叔同，精心栽培，严加管教，七岁即开蒙教育，除习四书、五经、《千家诗》之外，同时学诵《大悲咒》《往生咒》等，后又习训诂学，临摹篆帖《宣王猎碣》、魏碑《张猛龙碑》《张迁碑》和《龙门二十品》。至十五岁时，李叔同已打下坚实国学基础，已能吟出"人生犹如西山日，富贵终是草上霜"诗句。十七岁时又师从天津名士赵幼梅学词，又从唐敬严学篆隶并刻石，并广交京津艺林名士。1898年8月，康梁变法失败，李叔同因涉嫌"康梁同党"，携眷奉母，避祸于十里洋场的上海滩。才气横溢的李叔同马上就赢得许幻园等"城南文社"名士们的尊重，大家常在一起诗词唱和，风流倜傥。李叔同还与其中四人结成金兰之谊，号称"天涯五友"。

正值风华正茂的李叔同文思泉涌，热情满腔，创作了《李庐诗钟》《李庐印谱》《辛丑北征泪墨》等许多佳作。然而对内忧外患，国势衰败，请缨报国无门的黑暗现实，李叔同空怀一腔热血，满腹经纶才华，却无用武之地，其内心之苦闷真是难以言表，即便寄情诗书画印，亦是自取郁抑。因此，他也曾依红偎绿，酒醉红楼，与沪上名妓缠绵交往，只是希望借此放浪形骸，以解心头愁苦，怎奈"借酒浇愁愁更愁"，往往是杯盏狼藉之后更加惆怅和落寞。

1905年农历八月，李叔同东渡扶桑求学。除习油画之外，还广涉音乐戏剧，并男扮女装饰演"茶花女"一角，取得巨大成功。1911年，三十二岁的李叔同经五年苦读，学成归国，任教于上海城东女校。与柳亚子、苏曼殊等文人雅士交往颇频。后又主编《太平洋报画报》《文美杂志》。1912年秋受聘浙江两级师范学院图画、音乐教员，与夏丏尊、马叙伦等共事。此间他首开室内室外写生，西洋美术史、版画、器乐等课程，进行艺术启蒙教育，其言传身教的教育思想和教育理念独树一帜，历时六载，直至1918年出家。可以说李叔同兢兢业业首倡中国传统绘画改良运动，培养了诸如丰子恺、刘质平、潘天寿等一大批优秀艺术人才，在浙一师广受欢迎。

但囿于人生诸种困顿，李叔同在物质、精神生活都践行过之后，为了探究人生的至高境界——灵魂的来源及漠漠环宇的根本，他于1918年阴历七月十三日，披剃于杭州虎跑寺了悟法师，正式出家，法名演音，号弘一，并于阴历九月入灵隐寺受比丘戒，开始了长达二十四年的佛门生涯，并把全部精力都投入到对佛教经典的深入研究当中。经过无数次的闭关修持，再加上大师原本就有的渊博学识和高超悟性，使他在佛学上取得了极高成就，成为近现代中国宗教史上一位最著名的高僧。譬如大师为重振南山律教，毕生研律弘律，编撰数部律学著作，还点校了大量佛学经典，又在福建泉州开元寺创办南山律学苑，闽南佛教养正院等，培养了大量青年僧才。

1938年，大师在厦门自己的居室上题额曰"殉教堂"，针对强敌入侵，他反复书写："念佛不忘救国，救国不忘念佛。"还在自己六十寿辰时作一首诗以表自己不忘民族安危的信念："亭亭菊一枝，高标矗劲节。云何色殷红？殉教应流血。"

1929年弘一大师与李圆净、丰子恺三人联手创作了一部《护生画集》，以"人道主义为宗趣，以画说法，提倡护生，反对杀生"。

1928年夏，弘一大师又在温州庆福寺完成了一部含义深切，韵味悠长，具有极高艺术价值与欣赏价值，足可代表大师出家后音乐创作最高成就的《清凉歌集》。（上海开明书店出版）

1942年10月13日晚八时，这位"以出世精神做入世事业"的艺术大师、一代高僧在妙莲法师的助念声中，于福建泉州温陵正院安详圆寂。辞世前，赠与友人的诀别之言曰：

"君子之交，其淡如水。执象而求，咫尺千里。问余何适？廓尔亡言。华枝春满，天心月圆。"

这里面没有半点悲伤。"华枝春满，天心月圆"是种不可言说的境界，一切已臻圆满和喜悦，言语变得多余。

三

我见过李叔同先生的遗照：宽广而睿智的前额，隆陡而端正的鼻梁、细长且微笑的凤眼，以及短须下紧抿的扁平唇角。这样一副相貌大概用温而厉、威而谦来形容是再好不过了。

李叔同先生戏剧性的一生充满了艺术的元素。即便他后半生出家——诸艺俱废，唯书法不废——也是艺术性的僧侣生活（甚至，他更像一个真诚执拗地饰扮自己的演员，直到圆寂般的谢幕）。

有一次，有人曾大胆地问他："法师呀，你虽是一个出家人，但在我等心中，始终认定你还是一位杰出的老艺术家啊。"

弘一大师听罢，很客气地回应道："不敢当。"那人又继续问："我总是从艺术的观点来瞻仰法师，法师在所著《佛法十疑略释》一书中，论佛法非迷信，非宗教，非哲学等等，独未说到佛法非艺术，可不可以这样理解：佛门中的生活，就是艺术生活呢？"

弘一大师居然这样回答："各人观点不相同，也可以这么说。"

如果按照丰子恺先生的解释，宗教是艺术的最高境界。那么弘一法师皈依佛门钻研律宗的生活俨然就是艺术家的艺术人生了吧。

四

1924年夏，浙江上虞市驿亭镇的白马湖畔，微风习习，碧波荡漾。"风来不禁倾耳到屋后的松籁，雨霁不禁放眼到墙外的山光。"一大群文人雅士簇拥着一位稍稍有些清瘦的出家人，频频在这个风景旖旎的世外桃源露面，他们或高声吟诵诗篇，或低声探讨实施教育救国的方略与理想，那位外表和蔼，总是眯着一双凤眼的出家人就是出家已然六载的弘一法师。

白马湖畔的"春晖中学"，是那个年代在近代中国教育史及文学艺术史上书写过绚烂一笔的地方，朱自清、经享颐、夏丏尊、丰子恺等一批文人志士都会集于此，成为春晖同仁。当他们得知行无定所云水萍踪的弘一法师在宁波七塔寺挂单时，便力邀他来白马湖小住。大师的到来令大家欣喜不已。那是一段多么美好而又难忘的时光啊！大师的谆谆教诲对各位艺术观念的形成起到了无法估量的启迪作用。到了1928年冬天，白马湖的精英们风闻政府有灭佛毁寺逐僧之议，又听说弘一法师因四方说法旅途劳顿，健康每况堪忧，丰子恺等七人便集资为恩师在象山脚下建草舍三间，以供大师云游到此闲居。这便是后世的人们多次提及的"晚晴山房"，草舍坐北朝南，依山傍水，很是优雅。传弘一法师五十生辰时曾来此小住，并以李商隐的诗句"人间重晚晴"为据题名"晚晴山房"。大师在这儿青灯黄卷，闭门学佛，还时常为友人书写佛经佛号，心境十分惬意纯净。遗憾的是此草舍不久即毁于战火，后又易址重建，至今尚存。如今又是许多年过去了，哪位朋友若有意去山房追听法师遗音，依旧清心。

五

佛教有三大法门：一戒二定三慧。"戒"是守戒，最高限度为十戒。后又有和尚戒、尼姑戒、居士戒。从戒生律，是为律宗。"戒"后为"定"，就是禅，也就是古代瑜伽传下来的方法，使人们的心能安定不动。第三部分为"慧"，即用知识上的了解，帮助人们"心"定。如果说禅就是打坐，那就把禅说浅了。因为要用"慧"来帮助"定"，"定"来帮助"慧"，是故有人合称"慧定"。在中国禅宗，"慧"包括"定"，"慧"的成分多，甚至"慧"还包括"戒"；而在印度，则"定"包括"慧"，"定"的成分多。

我是读过一些讲禅的书的，禅境也好，佛法也好，我觉得其根本是"清凉"二字。所谓佛法清凉即是此意。记不得曾在哪儿读过这样一副对联："千佛光照九界蒙恩出苦轮，万木垂阳三类云集得清凉。""佛法清凉"四字从此便记在心上了。

言及清凉，那是很禅意的一个词。在《金刚三昧经》中，就有一句关于何为"清凉"的真正本义："若失本心，即当忏悔。忏悔之法，是为清凉。"当然。佛法清凉，还可以引出许多语词：如"清凉净土"，是指静谧的名山宝刹；能使人静心安宁的佛乐被世人称作"清凉音乐"，"清凉法音"。修佛之人往往把寒舍称为"清凉小居"；还有人把精妙智慧的短文称为"清凉小品"，而弘一法师更是于1929年8月，在浙江温州福庆寺作下一首《清凉歌》。

清凉月，月到天心，光明殊皎洁。
今唱清凉歌，心地光明一笑呵！
清凉风，凉风解愠，暑气已无踪。
今唱清凉歌，热恼消除万物和！
清凉水，清水一渠，涤荡诸污秽。
今唱清凉歌，身心无垢乐如何？
清凉，清凉，无上，究竟，真常！

《金刚经》中所说的"忏悔之法，是为清凉"，并不是要求俗世之人都去悔过以求清洁自身，而是希望我们能不遗失"本心"。可以说，人人都有一颗渴望安详与清凉的心，但在滚滚红尘的现实生活中，却往往欲念难耐，又如何能安详清凉下来呢？

六

1925年的一天，如仙鹤般云游四方的弘一法师到了宁波七塔寺。得知消息的夏丏尊便迫不及待地前往拜望，在云水堂夏看到约有四五十位云游僧挤住在一起，而且大多睡在大通铺上，弘一法师就住下层。老友重逢，二人便坐在廊下的板凳上交谈起来：

"来这儿几天了？"

"到宁波三日了，前两日是住在小旅馆里的。"

"那旅馆不十分干净吧？"夏问。

"很好，臭虫也不多，不过三两只。主人待我非常客气呢！"

这样交谈一会儿之后，夏便诚邀弘一到上虞白马湖小住。鉴于夏的诚意，大师便答应了。

　　白马湖距市区仅十里路。早在二十世纪二十年代，绍兴至宁波的铁路线就从湖边经过。那时有一驿亭站，从那里下车行不多远，碧波潋滟景象清丽的白马湖即呈现眼前。白马湖其名的来历有两说，一说出自《上虞县志》，晋时县令周鹏骑白马坠入湖中不出，人皆以为地仙，故名。还有一说，因为登高鸟瞰此湖，在蒸腾弥漫的云雾霞霭中，此湖颇似长鬃飘飘凌空驾风的白马。看来湖名总与白马有关。白马湖的美就美在它的天然野趣，还有那桃花源般摆脱了俗世红尘的清凉宁静的世界。

　　据传日后成为我国著名教育家的夏丏尊见到往昔风度翩翩的艺术大师，如今无限珍爱地打开自己随身携带的用破席子包裹的简陋铺盖，又摊开被子，把衣服卷卷即充作枕头，然后拿出一块又黑又破的毛巾到湖边洗脸。夏终于忍不住，想要替他换条新的，但弘一大师马上说："哪里！还好用的，和新的差不多。"

　　之后弘一大师津津有味地吃着送来的白菜萝卜，穿着木屐在雨地里行走……尤其是大师用筷子郑重地夹起一块菜蔬时那种惜福的神情，令在场的夏丏尊感动得流下泪来。

　　在弘一大师看来，这世界上没有一样东西不是好的。小旅馆是好的，尽管有几只臭虫；云水堂的通铺是好的，破席子铺盖也好，旧毛巾也好，咸苦的萝卜白菜是好的，穿木屐打赤脚走路仍然是好的……夏后来曾对别人说："琐碎的日常生活到此境界，不是所谓生活的艺术化了吗？别人说他受苦，我却说他享乐，我常见他吃蔬菜时那种无限喜悦的光景，我想，萝卜白菜的全滋味，真滋味，怕要只有他这样的人才能如实尝到了。"

　　弘一法师的另一个得意门生——音乐教育家、文学家和画家丰子恺先生也曾说：我崇敬弘一法师，因为他是"十分像人的一个人"。但凡做人，当初其本心未必不想做一个十分像"人"的人，但到后来受环境、习惯、物欲等阻碍，往往不能做得十分像"人"。其中九分像"人"，八分像"人"的，在这世间已很伟大；七分像"人"，六分像"人"的，也已值得赞誉；就是五分像"人"的，在当今的社会里也已是难得的"上流人"了。像弘一法师那样十分像"人"的人，古往今来，实在少有。

弘一法师又有歌《月夜》：

　　纤云四卷银河净，梧叶萧疏摇月影；剪径凉风阵阵紧，暮鸦栖止未定。万里空明人意静，呀！是何处，敲彻玉磬，一声声清越度幽岭。呀！是何处，声相酬应，是孤雁寒砧并。想此时此际，幽人应独醒，倚栏风冷。

　　是啊，茫茫银河逶迤清静，玉磬声声，众人皆已昏昏睡去，唯幽人独自清醒着，品味着彻悟之后的快乐……

七

　　某一酷暑夏夜，我于灯下欣赏弘一大师的"无上清凉"四字，仔细观摩，品味再三，只觉一股清风扑面而来，又似一缕若有若无的幽香伴随其间袅袅而至，令人不禁精神一爽，睡意暑意顿消。

　　佛家四大吉花之一的莲花，常被引作佛画或者禅机中（观音就坐在莲花座上，袈裟也被称为莲服）。观弘一大师的字有如坐在莲池边看那荷叶莲花，清凉之感油然而生。这是普通尘世中的书家难以达到的境界。

　　弘一法师出家后，诸艺俱疏唯书法不废。他抄写了很多经书，他还在写经中有意识地将自己积攒数十年厚功的碑碣书风着手调整，"拙书尔来意在晋书，无复六朝习气。"他的书作中有一种碑帖交合、欲放还收的意味，如《行书地藏经偈轴》《楷书楞严偈页》和《行书先德法语轴》等。及至有一天，印光大师看了弘一书作后说："写经不同写字屏，取其神趣，不必工整。若写经，宜如进士写策，一笔不容苟简。"此话对弘一触动极大，不久再看弘一所书时，印光大师便有了"接手书，见其字体工整，可依此写经！"的赞语。弘一友人叶圣陶曾评价弘一法师中晚期的佛书："就全幅看，好比一个温良谦恭的君子，不卑不亢，和颜悦色，在那里从容论道。"

可以这样来说，弘一法师的字，疏处不嫌其疏，密处不觉其密，既天真又成熟，尤其到了晚年，虽似下笔迟缓，几近瘦硬，但字字清正心手合一，其不食人间烟火的进修梵行之气，使书体中映现出的淡泊宁静不落一丝尘埃的白贲之美，确是达到了一般书家难以企及的精邃玄微的天籁境界。

八

清凉慈悲是弘一法师的最恰当的生命写照。1942年9月，是大师生命中的最后一个月，虽身体虚弱，却仍在为弘法做着最后的努力。至于9月25日，大师在讲经时，从语调中已微露苍凉悲悯之声，令听众无不默然神伤。不久大师即已病重，他拒绝医治，一心念佛，并告诉身边的妙莲法师："你在为我助念时，如看到我眼里流泪，这不是留念人间或挂念亲人，而是在回忆我一生的憾事。"

接着，大师又以平静的口吻嘱咐："当我呼吸停止身体停龛时，要用四只小碗填龛四脚，再盛满水，以免在焚化时伤及爬上来的蚂蚁。"

1942年10月10日下午，弘一大师用尽最后一丝力气，庄严写下四个行书大字"悲欣交集"。不久即安详往生西方，他那清瘦的脸庞上的眼角，沁出两滴晶莹的泪花。

妙莲法师在《晚晴老人生西之后种种》一文中向世人讲述了大师火化时的情形："老人于九月初四晚八时入灭……至次日八时焚化……四众皆见多色猛烈之火光。十二日晨拾灵骸，装满两坛。当时拾得舍利数颗，其余碎骨炭火，弟均包起收藏。……至百日捡去碎骨炭灰三分之一，得舍利一千八百余颗……"

弘一大师1942年2月15日在晋江福林寺试笔，书写明代高僧蕅益大师警训偈句："以冰霜之操自励，则品日清高；以穹隆之量容人，则德日庞大；以切磋之谊取友，则学问日精；以慎重之行利生，则道风日远。"

同年，他又书寒山大士诗赠郭沫若曰："我心似明月，碧潭澄皎洁。无物堪比伦，教我如何说?"

九

行文至此，秋已深了。风过处，叶子一片片飘旋下来，红红黄黄，斑斓至极。耳畔听得山谷中荡漾的寺院里做晚课的钟声，心下十分坦然。

而月亮更似一面饱满的金铸明镜，悬于水色天穹。

人生苦短，但若"我心似明月"，不是同样可以满盛这万古忧愁吗?

不由得记起早年的一首短诗，现抄录如下：

我看见的是落日，不是苍山。
我看见的是一只披火的凤凰，
驮着众多欣悦的灵魂，熊熊归巢——
我是看见了活着，但我不说出!

我看见的是英雄，不是悲叹。
我看见的是装满胸腔的沸血，
不是沉入剑鞘的光芒——
我是看见了圆寂，但我不说出!

我看见的是越走越高的神，
并没看他逐渐微茫的背影。
我看见的是现在，并非来世——
我看见并说出的辉煌，
正是我说出却没看见的幽暗!

马

有一匹马的梦想始于儿时，属于周游天下建功立业的初衷，而对于一个生活于二十一世纪初的信息化时代的人来说，马的遐想无异于白日做梦或癫狂之举——滑稽、奢侈，甚至有些不可思议。你可以拥有一辆车却不可拥有一匹马，尤其是对蛰居于拥挤的城市之人而言。马乃天之骄子，驰骋于大野，听命于天庭。马是自然之中的灵长之物，是离我们最近的神。马昼夜疾行，马的蹄音落满寒霜，当它扬鬃嘶鸣，雷电所携带的致命的火焰倾巢翻滚，牵动了骑手从心灵涌出的辽阔原野，使白昼无日，黑夜无月。在狂奔中，马与骑手交换身体，而万物则从马腹下消逝，成为冥冥中的狂想。

因此盛唐之时国势隆兴，皇家贵族养马之风盛行。据传宫廷马厩中最多时存马四十余万匹，其间以从西域大宛来的马最为有名，于是出现许多赞颂和记录名马的传神写照。韩干就是活跃于中唐之际以画马著称于世的画家。我曾仔细欣赏过他数幅作品，其所画之马皆膘肥体壮，俊逸异常。其中有一幅名叫《照夜白图》的，奋蹄扬鬃，咴咴长嘶，绝俗出尘，俨然神物。另一幅是现藏于台北故宫博物院的《牧马图》，画面上一骑白马的牧马官与边上的一黑马并辔缓行，两匹马于静穆之中显示着内在的力量，牧马者虬髯纶巾，神态自若，右手挽住缰绳，腰间插着马鞭，与那骏马极其相配。

稍晚一些的北宋时期的白描画家李公麟，也是画马高手。他很小的时候曾去江西鄱阳湖附近观察野马，后又在河南开封皇家马厩的"骐骥院"仔细研究过一些诸如"好头赤"、"锦膊骢"、"满川花"等有名的御马。他流传下来的《五马图》线条洗练、流畅，所画之马神采矍奕，近于我们当今的审美习惯，形象逼真，用笔写意飘逸，呼之欲出。

"马的消逝由来已久，高蹈者无迹可寻。"马离我们的生活越来越远了，从乡村、草原到战场，"马穿过人体使之成为乌云。风暴刮起一些屋顶作为马的碎片。"（欧阳江河的诗，上同）仿佛一种器皿，一支离弦之箭，一首唱过即忘的歌……马的眼睛里，永远有一种哀伤的隐忍的神情，永远有一种让人激奋的冲动，永远有泪水——代替大地与奔驰的泪水。

"它的双眼白光一闪，像手指一弹。那瞳孔更是令人畏惧。""黑夜的窟窿也比它四脚明亮，它无法与黑暗融为一体。"（布罗茨基的诗）是什么能让我们仍然能感受到马群那宽阔起伏的肺活量？连火车司机都免去了征尘之苦——那抛尸沙场的枯骨再也不用马革裹还，再也不是马鬃一样的风、马肺一样的月亮和擂鼓一般的马蹄。马与骑手分离，人类无法理解大地。

这是冷兵器时代的风景。对于那些马背上的民族来讲，亦是一种无法言说的悲哀。马并非如布罗茨基所说的那样"来到我们之间寻找骑手"，也并非如刘禹锡写的那样："马思边草拳毛动，雕盼青云睡眼开。"马，像思想者那样把头垂下来，把手搁在心口上，面对普天之下所有的亡魂，将马骨里的汗与铁、铁与沙、沙与血逐渐聚拢，又逐渐平息，如同冷却下来的火焰退往呼吸的深处，孤独和忧伤的深处。

马在浪漫主义艺术家的手里变成一件古代精美的艺术品，变成罕见的《马踏飞燕》的回音，变作相马师的样品，变成墓穴深处不见天日的一件挽车的出土文物……它身体上的锈斑宛若它的无言——时间的无言。它既是石俑、铜俑、木俑和陶俑，也是观赏家眼中大量的厚积的灰尘。不是吗？"马行十步九回头"（元，高朋唱词）。当月亮高悬，幻为明镜；当马头下垂，化为落日……当更多的朝代成为马骨；更多的寂静，成为群马焚烧的渴望，谁能使马重新现身？！

171

沙　粒

　　古人以沙漏计算时间的做法在今天看来似乎还有另一层说道，或另一层寓意——沙与世界的本质性关系。印度哲人奥修说："这个世界是一个沙漠，绿洲只存在你的幻知当中。……生命的河流要继续走下去的道路就写在沙子上。"据传那海纳中西文明的古楼兰王国的消失最根本的原因就是风沙的侵吞。而到了2000年的春天，已经高度科技化的首都北京仍然饱受沙暴的袭掠之苦。可见沙与人绝非人与世界的关系，如果更深刻地剖析，沙粒已经渗透于人类生活的每一层面，甚至人之自身。是的，沙粒在我们的齿缝间滚动，沙粒在我们的眼睑里疼痛，沙粒在我们的大脑沟壑中漫涌，沙粒在我们的骨缝里咯咯吱吱尖叫……即使高明的医生用锋利的手术刀把我们身体深处的东西诸如胆结石、肾结石取出来，那长年累月的淤积和膨胀也会伴随终生。而百科词典上有关"沙"的解释是这样的："沙——岩石碎片的集合。有时含有磁铁矿，锡石，甚至还含有少量的沙金。直径2-1／16mm。"另一本地质学著作则做了如下的说明："……根据流体的作用，沙是岩石破碎物中最容易使之移动的粒子。"既然大地上有风，有水，有流动，那么沙漠的形成也就在所难免了。日本作家安部公房曾写道："沙子从土壤中生出来，简直像活的东西一样，不择地势蔓延开来。沙子的流动决无休止。"因此这位被誉为日本文坛的异端天才的荒诞派大师，在其代表作《砂女》中，描述了一昆虫学家误入沙洞中的绝望经历，人与沙的艰苦搏斗不仅寓喻着人在混乱社会中巨大的孤独感，实则更描述了人沙共生共存的精神运动。"沙子拒绝了所有生物。"同时，"沙子甚至灌满了肌肉的内侧。"当然，在无所不在的沙粒面前，我们无法拒绝房屋、道路、桥梁、墙壁、土炕，乃至长于沙土中的粮食；我们无法把沙砾中的黄金轻易分离开来，我们也无法将一条大河从患于流失的沙丘中巧妙地引开……在阳光下，一粒如此细小的沙粒集中了世界的全部智慧。小而散使它们独特，小而群集使它们庞大辽阔，当一粒沙子从古代飞行到当世，它并没失之单纯，亦未成为衰老，这是沙粒之所以仍为沙粒的最为独特的神象。沙子是永恒的，流淌是它的表象，宁静才是它的内心。人类在沙粒面前除遭受打击之外，别无所获。我们曾有过的"大浪淘沙"实则是一种自欺欺人的伎俩。即使你深悟其道，凌空一握，除了一掌烟雾之外，那指缝间淅淅沥沥零落的，仍然是时间一般的沙粒。

173

二　胡

非关病酒

不是悲秋

但是红泥小火炉上

是苦药

——周粲《二胡》

二胡如同中药，安抚着每一个中国人苦难深重的灵魂。二胡的音质委婉柔美，深远静穆，在如唤如歌如叙如诉中浸透着人生的苍凉和苦涩，呻吟和无奈……二胡曲中最著名的两首独奏曲《病中吟》和《二泉映月》皆是那种柔肠欲断、感人至深的内心独白，如同杜甫"国破山河在，城春草木深。感时花溅泪，恨别鸟惊心"的诗句。而二首佳制的作者刘天华和华彦钧（阿炳），前者其时正遭失业、丧父、贫困的命运和积郁成疾的折磨；后者自幼随其父华清和当道士，习音乐，后又沦为街头流浪艺人，饱受苦难，双目失明……"太阳离开了无锡后／郊外／那块最冷的石头上坐着一个人／是瞎子阿炳……"（梁晓明诗）。对于我们这些后来的倾听者来说，一个饱尝人间辛酸和苦痛的盲艺人的感情流露，不仅把我们引入夜阑人静泉清月冷的音乐意境，而且还让我们陪伴他度过那坎坷、挣扎的一生。

曾有金发碧眼的老外对二胡只有两根弦却能拉出如此优美的曲调大感惊奇。其实，这种看似简陋的乐器却最能代表古老的东方大国的传统音乐之精髓。无论天涯海角，每一黄肤色黑眼睛的华人，只要一听到那种熟悉的亲切如乡音的二胡之声，则定会立刻驻足垂首，如痴如醉，继而泪流满面，如遇故人书信，慈母音容……

　　二胡之于盲艺人，真是再恰当不过了（对于瞎子阿炳，二胡如同那根探路的竹杖）。我在聆听《二泉映月》时，只要微合双目，就会瞥见那个刚直顽强的盲艺人的模样——继短小的引子之后，他蹒跚艰难的身影凭借旋律由商音上行至角，次第在徵、角音上稍作休憩，再以宫音作结，呈微波形曲折迂回的流浪线，仿佛瞎子端坐泉边沉思往事……在所有听过的曲子中，即便像《良宵》《光明行》《听松》《寒春风曲》这类节奏明快、感情奔放或者乐观自信的曲调，其音质中亦有不易觉察的天然流露出的苦涩。

　　也许，这与中国五千年的苦难史有关。那个独自去郊外，坐在一块冰冷的石头上拉二胡取暖的瞎子阿炳，集中体现了天下所有遭受劫难的文人雅士的命运境况。从屈原到陆游，从辛弃疾到曹雪芹，再到穆旦、昌耀……不幸和困厄像颤抖的弓弦，忽强忽弱不离左右。而"人和天一样／转眼就老了／老而且贫穷"（周粲诗），他们个人的郁郁不得志和前途渺茫的愁绪都倾注到乐曲之中，并渐渐荡漾开来，弥漫成非个人性的情怀，微吟幽咽，激愤高歌，淋漓尽致。

　　是啊，黄昏之后，秋风渐紧，落叶纷纷，温一壶老酒，偎着黄泥火炉，隐约听着隔壁喃喃低诉的二胡曲，口里不觉吟出李贺的"晓月当帘挂玉弓"或"文章何处哭秋风"来，就什么都有了。

青　铜

　　青铜是旧世的武士，它灿烂的光辉透过朝代更迭的山峦遥遥地投射过来，宛如黉夜月光，清冷、宁静、神秘。它仿佛就在我们身边，但是当我们长梦初醒时，它圆寂离去已经好久好久了。对于行迹匆匆举止轻浮的我们来说，若寻觅它那雍容华贵的踪影，就只有到阴冷可疑的博物馆，到破损残缺的古籍黄卷中去重温那美丽的时光、王者的气度——三羊尊，虎食人卣，夔纹大钺，兽面纹方鼎，乳钉纹平底爵，秦始皇陵一号铜车马……那鹰符上鳞状的羽纹和出自《诗经·大雅》的"时维鹰扬"之铭文，让人如聆鹰击；而火焰灯上的九个灯盘，造型新颖独特，意趣盎然，有着迷人的艺术魅力；至若那套战国编钟，黑漆彩绘的笋和木架，共分三层八组悬挂，每层均为三个佩剑武士双手承梁，立于雕龙座上，计六十五件，恢宏壮观，即便静置，如闻其音。正应了那句"钟必成编，鼎必成列"的对礼乐器的赞叹。当我们的眼波偶然浏览到越王勾践剑时，越过剑身满饰的菱形纹，和剑格两面的蓝色琉璃镶嵌花纹，我们懒散的目光仍要被那至今仍极锋利的剑刃所伤，仿佛阳光闪烁的霜枝在寒风中颤抖，那卧薪尝胆历尽磨难，终于灭亡吴国报了会稽之仇的故事，使后世的平庸之辈浮想联翩。青铜的脚步远了，但是我们仍能感受它那似怨似艾的苍凉之音，那是车辚辚马萧萧的春秋战国与两汉王朝覆灭的尘埃和绝响。我们在六山纹镜细羽状纹地上有幸读到，我们也在师趛鬲之回首夔纹和云雷纹中大为震惊地领略……那雄奇瑰丽和精工华美如若天籁，如同鬼魅，让人匪夷所思。我曾对那斑驳锈蚀的铜镜感到迷惑不解，我不知道峨冠博带的古代美人是如何在镜前梳妆打扮留下倩影的，因为那纹饰繁缛的青铜镜面如何能比得上水银镜清晰、逼真！当然这是我儿时的一种愚笨和可爱。正如伟大的梅特林克所说："我们所忘记的为何不如我们所回忆的同等重要呢……亡魂的回忆对生命有什么影响？……亡魂的回忆难道不是我们命运那冥冥未知的要素吗？"曾经完美的青铜如同"清静无为"的思想一样稳定、静止、永恒和死亡了。渴望完美，或许是它最可怜的思维弱点。尘寰之中，物质失落的一切将被精神取代；而精神摒弃的又将返还物质。这是一种类似于新旧秩序似的循环往复的链条，无论你承认与否，它都将永远存在。而青铜——当它每一次不同凡响的出土和发现，我们都在重沐它星月般的幽冷辉光，并感到不可思议和如坠梦里。像是千年呈现的木乃伊古尸，那安详如睡的面容、悦人的微笑和真挚、笃诚的目光神秘地浮升起来，像是昨日的生者，更像未来的岁月……我们若能像远眺昔日那样，远眺未来，那从未存在的乌有就不会像消失的生命一样令我们颓丧。因此在我看来，青铜更像朗照渊博的华夏艺术宫殿的一盏灯——它用它璀璨夺目的烛苗舞蹈过，歌啸过，辉煌过，然后——静静熄灭……

177

清凉山上的塔

　　陪友人去清凉山游览，走马观花中却唯独对那三幢辽代古塔留下了深刻印象。记得当时正是暮春季节，阳光如瀑，兜头浇下，但石径两畔山坡上的野梨花和香达花，却正开得灿烂。这似乎正应了当地民谣所唱："清凉山呀真奇怪，六月深沟冰不化，炎夏夜里把被盖。"人顶着烈日行至山阴处，仍觉凉风沁骨，暑意顿消。

　　清凉山位于岫岩东北部汤沟镇和朝阳乡境内，主峰坐佛山海拔一千余米，乃辽南第一峰，山高峰奇，谷深石怪，泉甘溪冽，确是访古寻幽、回归自然的好去处。尤其那绵延数十平方公里的原始森林，遮天蔽日，瑰丽神秘，藏有许多稀有的动植物，弥显珍贵。

　　我们一行数人，看了藏马石，又看卧象石；赏了龙凤崖，又赏大刀刃……四周绿荫匝地，森凉静穆，生满了高耸过丈的杂树。鸟虫在枝丫间啼唱，却难得见到它们怡然的踪影。几乎没有什么风，除了呼吸和心跳，除了草的清香和塔的寂寞。

　　我屏气凝目，生怕惊扰了沉睡着的一切。

　　塔乃石塔，共有三幢。塔高不过六七米，中间那尊已毁为半截，实为可惜。石塔的结构形式应为覆钵式塔，据说这种塔的造型乃为印度佛塔的造型，元时由尼泊尔传入，成为中国寺塔中数量较多的一种。因喇嘛教建塔常用这种形制，故又称之为喇嘛塔、藏式塔。覆钵式塔的塔身部分是一个半圆形的覆钵，其上安置长大的塔刹，故特征特别明显。覆钵之下建一高大的须弥座承托塔体，半圆形覆钵基本上保存了坟冢的形式。明、清以后，这种塔成为高僧、和尚、喇嘛死后墓塔的主要形式，俗称和尚坟。

据佛经载，释迦牟尼灭度后百年，阿育王以佛舍利八万四千塔以示尊宗，佛寺建塔之风遂开。"塔"原为梵文 stupa 的音译，意为坟冢，本为保存埋藏佛教创始人释迦牟尼的舍利（遗骨）的建筑。塔在印度有两种形式：一为埋葬佛舍利的，属于坟冢性质；一为没有舍利的"支提"，属于塔庙性质。我国现存的寺塔多为前者。

塔的形制传入中国以后，与中国固有的建筑形式与文化传统结合产生了很大变化和发展，形成了楼阁式、密檐式、事阁式、花式、覆钵式、金刚宝座式、过街式、宝箧印经式等等艺术造型与结构形式。唐代诗人岑参登西安大雁塔时有诗赞道："塔势如涌出，孤高耸天宫。登临出世界，磴道盘虚空。突兀压神州，峥嵘如鬼工。四角碍白日，七层摩苍穹。下窥指高鸟，俯听闻惊风。"足见此塔气势雄伟，挺拔绚丽。

但清凉山的塔却是简朴甚至孤陋的。仿佛被遗忘在屋角旮旯的青铜烛台，尽管花纹精致而美丽，但它却是来自那久远年代里的器物。月升月落，春去秋来，它们经历过肉体的坍塌和岁月大片的寂静，淡然地泊在风里，泊在死亡里，泊在千年之后一个凭吊者的无端怀想与敬畏里……

我似乎能听见死者诵经般的低语声——那些有着松脂香气的亡灵，他们的骨质是否已变成琥珀一样晶莹的舍利？他们烟云一样的手指拢起了怎样的秘密？时间，禅意，虚空，铭文，香火的飘浮与木鱼的泡沫……我久久沉浸在对古塔的冥思境界中，感受着那些孤立而安静的禅心。对于那些被尘世污浊过的躯壳来说，无论怎样的试图交谈和叩问都是徒劳的枉然的，我能觉察到一丝明显的敌意，像风把整座青山吹得空旷山响，像我这来自铜臭世界的肉体碰到石塔的坚硬棱角，它们是愚钝至极的石头和土块，除了簌簌松散开来化为尘埃，化为那每一根松枝上透明的呼吸。

而外界的噪音是难以深入到这一片领域的。当我周身温热的血液迅疾地从我的血管里撤离，那一瞬间我羡慕起出家人所选择的这种死亡方式——塔，相比黄土一堆的凡世坟包而言，塔那美妙绝伦的身姿

179

确实使肉体的消失得到了升华，仿佛被重新点燃的蜡烛，放射着耀眼的光芒。而我乃世间一普通凡人，自然不配拥有塔这种超凡脱俗的死亡形式，想想不禁暗暗有些惆怅。

塔林泊在林荫里，在炎炎暮春的午后，孤独的气息罩住了我，宛如斑驳阳光下塔基上那些苍绿的青苔。

这过滤般干净的空气里有一丝淡淡的天女木兰花的芬芳，缭缭绕绕，像一位白眉青袍静气禅心的高僧，独自说着苍凉……

老人与钉子

这是小镇上最司空见惯的风景：一个老人，一把锤子，和几只旧木箱……在宁静的阳光下，一件毫无深意的活计。

如同大多数闲不住的老头儿一样，现在，他要把这些旧木箱一一拆开，像打开尘封已久的记忆，这需要耐心，需要对往昔的爱意和一颗易于伤感的坚强的心。

而那把冷酷的钳子是多么强劲、有力。它轻易就能钳住那些锈迹斑驳的钉子，从回忆深处，从事物结痂的伤疤里残忍地拔出……

那些寒光闪闪的钉子啊，那么结实地埋在木纹里，多少年过去了，至今还把两块毫不相干的木条紧紧连在一起，直到木质腐朽了，木头和木头之间拆裂开一条触目惊心的缝隙。

而钉子不腐朽。钉子即便完全烂成锈斑一点，它仍然是钉子，留在木头心上。

是的，木头在叫作木头之前，人们管它们叫树——杨树、柳树、槐树、樟树或银杏树，但是当它们被刀锯斧头砍伐之后，这些生长在高山谷壑之间沐浴千年风霜万年雪冰的巨大身躯就被无情地换了一种说法：木头。如同人死之后，被称为尸体。当树木倒在大地上，被截去庞硕虬曲的根须，卸去细密繁茂的枝丫，变成光秃秃的丑陋的一段时，它就成了任之随意剐剖的东西。大卸八块，锯成木板、木棱、木线、木柱……然后胶粘火烤，钉铆榫钩，制成柜箱床椅，各种器物。置于民间，一代代传承下去。木头这时候又不叫木头了，它换成另一个耳熟能详的名字，流传不息。

这是木头的史话，对于钉子来说，木头仅仅是它的载体，钉子是木头与木头之间发生过的故事，掩藏在岁月深处——声音、笑容、语气、眼神儿，以及生死不渝的情感……在时间的河流中，钉子死死地抓住了什么，又似乎什么也没抓住。如果那些曾经被强硬地钉在一起的两块木头突然分开，钉子必然两手空空。

这个下午，阳光依旧是千年之前照耀过小镇的阳光，老人也依然是千年之前就曾有过的老人。但在大街旁的这个小小院落里，几只旧木箱，一个老头儿和一小堆钉子却构成了这个世界的核心。

分不清木箱装过些什么，如同人们通常猜不准老人的年岁。木箱旧了，可以把它们慢慢拆掉，引火，煮一锅粥饭，或温一温土炕取暖，但是拆木箱的老头儿呢？那满头雪白的鬓发，那层层堆砌的皱纹，那浑浊的眸子和零落的牙齿……除了衰老，无助无声的衰老和无穷无尽的记忆，老头儿什么也没有。

但是现在他有了一垛木条和一小堆残损不全的钉子。木头可以烧火，修补篱墙，但那些弯曲、锈蚀的钉子能用来做什么呢？老头儿呆呆地坐在那儿，不由得一阵慌乱。

他不知道该拿它们怎么办。是扔掉还是当成破烂儿卖掉？他迟疑地举起锤子，小心翼翼地把弯曲的部分一根根砸直。

阳光碎成齑粉，往昔变得模糊，又空荡成荒漠般的死寂。有什么在僵硬的躯体里尖锐地疼痛起来，又噩梦般扩散成一片。老人猛然呻唤一声，扔下手里的家什，塑像般僵在那里，耳畔枪林弹雨，眼前呼啸一片。

他觉得几十年前，一枚断了帽儿的钉子，依然埋在他干涩的骨缝里，灼烫着……

舌

如果把人体比作灯盏，舌头是它旋舞跳跃的烛苗，光芒则是那言说的歌唱的部分——我不知道人们是否留意过话语和旋律是怎样离开口腔展开飞翔的翅膀的，在连环画、漫画或卡通画作中，我们会看到画家们做出的夸张的、爆炸般飞散的话语擦痕。而在英文课上，老师第一次指出舌头因发音做出的奇特姿势，特别类似于歌剧演员的训练——那帕瓦罗蒂的舌头与我们到底有何不同呢？在日常生活中，如果我们伸出舌来，一定是站在那些望闻问切的老中医面前，他们会根据你舌苔的颜色、气味或苔面的细微变化判断病因……这时候这些正常的普通人才会注意起自己身体上的这一物体，可见舌是人体上比较隐蔽的器官。从动作的灵活性、技巧性和频率上，舌绝不亚于眼睛，而且舌还具有两种功能——发音和进食。这是人类绝不可缺少的精神性和物质性的需要。舌在动物进食的时候特别类似于建筑工地上的混凝土搅拌机，无论粗、细、甘、苦，舌总能巧妙应付并神速地将味觉反映给进食者。（有时我想，舌跟牙齿的配合真是神妙无比，一个柔软如蛇一个刚硬如铁，但是二者在如此复杂的运作中却能舒展自如天衣无缝，足见造物有神上天有道。）所以一个拥有优美、健康的舌头的人是幸福无比的人。一对恋人在甜蜜的接吻中以舌相抵以舌相绕则充分体现了两性之悦的心心相印，舌在其间的角色又成了动物性的第二性器，除了繁衍和生育，舌能传达爱意的一切方式。（我曾对陈逸飞的油画空发怅惘，那位在黯淡的光线中横笛徐弄的美人如此动人，她如水的舌尖是如何舔舐着笛孔里的火苗。当优雅的旋律灌满房间，她脸上的光芒为何又慢慢熄灭……）舌作为语言的制造者自然也有对言辞的看护作用。如果一个人想保持沉默，就只有让他的舌头僵持不动。是故古往今来许多强权者为了一份秘密或阴谋，而残忍地割断了知情者的吞吐之舌。这是人间惨剧，亦是舌之悲剧。我对那些断然咬下自己的舌头而拒绝泄密的决绝者感到胆寒——那空空荡荡的口腔如此丑陋，我不知道他们今后如何咀嚼？但自残者的勇气值得赞颂，而舌头却成了背叛的替罪羊，这是言说的悖论。舌，是躯体之大地上的青苗；舌，是烟囱上的炊烟；舌，也是老树上活力乍现的蓓蕾。在人类发展的历史中，舌的进化和完美体现了人自身的文明程度——因为语言代表了人类文化的努力。据说鸟类——主要是指鹦鹉，是由于被训练者修圆了舌尖，才能粗略发出人语，从而备受豢养者宠爱的。这样，语言的飞翔也便具有了鲜血的腥味儿。

屏　风

　　无法确切考证屏风的产生年代，但它是中国传统的审美情趣和心理习惯的产物。从宫廷到民间，从前庭到后院，各种材料制作的屏风不仅阻隔了企图窥探的目光，也极大限度地保证了那条"家丑不可外扬"的古训得到实施。

　　帝王将相、后宫佳丽、富贾乡绅以及流浪艺人那戏曲舞台的一角，是旧时国人最富想象力的地方——它有儒家的哲学在世俗生活中的投射，也有民居家室中的伦理观念散发出的最富情趣的诗意，还有道家宇宙观那种镇定自若的美。丝绸、纸绢、木雕的几架，高贵的瓷器，竖排版的线装书，雨夜颤抖的琴声，剑匣、灯笼、太师椅，墨砚的暗香，装模作样的咳嗽以及古板肃穆的面孔……远去的朝代在矗立的屏风上停顿下来（你能听见低低的耳语），宛若光线下静积的灰尘，星座里微微晃动的阴影。有多少稀奇古怪骇人听闻的故事隐藏在貌似平静的屏风内啊！"云母屏风烛影深"（李商隐）。"织成步障银屏风"（白居易）。据《太平广记·奢侈》记载，汉成帝时，皇后赵飞燕向以挥霍无度而闻名于世，有一次臣下向她进献了三十五种贡品，其中就有云母屏风和琉璃屏风，价值连城十分豪华。更为荒唐的是唐代杨贵妃的兄长杨国忠，因寒冬怕冷，竟无耻到命宫女在其床边围起来挡风，谓之"肉屏风"。而最杰出的当属明代陈老莲为《西厢记》所作的插图《窥简》，那是一幅十分杰出的版画作品（他那简繁老到、出神入化的白描线条与宏阔、精致的构图令人叹服，而画面上占绝大面积的屏风以及屏风上的花卉图案更是美到极致）。画中刻画了莺莺躲在屏风隔断内，全神贯注偷读张生来信的情景。屏风边上为莺莺与张生传递书信的红娘正悄悄观看莺莺的反应，她一只手指吮在嘴边，一手背后，喜悦调皮的表情流露出助善嫉恶的性格。这是在中国流传得最广的爱情故事，而屏风起到了关键性的作用。

这是在民间，当它到了皇宫则变成了"垂帘听政"的道具，阴谋、篡权，民族之间的血腥杀戮以及朝代的频繁更迭……屏风把权臣们最阴暗丑恶的东西掩盖起来，给后人们看到的只是屏纸上配着的诗、词、书、画，张旭的草书，边鸾的花鸟，李阳冰的篆刻，张藻的松石的轮番展示，也是雅客匠工们浮雕、编结、彩绘和镶嵌粘贴手艺的集大成者。小中见大，藏而不露，随机应变，动中取静，暗伏杀机……美超越了平和忍耐的东方哲学从而使史籍上的杀声更富戏剧效果和惊心的魅力。而光宗耀祖的梦想与信誓旦旦的爱则被安置得更深，更接近于温存、柔静的韵味。当月光下一张模糊、苍白的脸庞浮上一层不易觉察的毒鸩一般的笑意，更辽阔的疆域将在这闭户不出的青砖飞檐的庭院内渐次呈现。

岫玉畅想

如果生在古代，我必然会遍身玉佩，漫步于厅堂之上，左宫羽，右徵角，按规行礼，排除一切杂念和慌乱，让那玉饰铿然碰击，发出轻轻的、有节奏的鸣响……所谓"古之君子必佩玉"，实则是以玉比德，达到自我修身的至高境界。

如果生在古代，我也会像神话传说中的那样，饮玉还童，食玉成仙，耀武扬威执玉钺，长袖飘飘舞玉剑，即便撒手人寰，也当金缕玉衣，长睡百年而不朽……

相对漫漶的时光而言，能使天人感应的古玉似乎更能寄托先民们祭天礼地的祈求，生生死死，洪福灾祸……在几千年悠悠岁月的民间，笼罩在古玉之上的，总有一些解辨不清的谜面和一层神秘莫测的光晕。古人不仅相信玉有辟邪压惊、护身安宅的作用，甚至还有代人受难和替人挡灾的奇功异效。正如《周易》所说："干为天、为圜、为君、为父、为玉……"玉者，性刚且阳，是光明正大和坚毅温润的象征。故真古玉自有一股正气，使人信其能令群魑辟易，小人退避。

事实上，隔着时间的栏杆远眺，我们说不清楚什么东西会苍然而老；我们也无法把沉积在古代文物皱褶里的尘埃一一擦拭干净……在广袤的寂静里，一尊雁鱼灯，也曾跳动着荧荧的光辉；一件漆耳杯，也曾盛满芬芳的琼浆；一枚青玉蝉，更是负载过再生的幻想……它们都曾是历史大戏中活生生的角色，辉煌或黯淡，阅尽了人间沧桑。

而对于久居玉乡的我来说，从冷眼观玉到孜孜求玉，再到深深沉迷于源远流长、博大精深的玉文化中，这中间有过几多惊喜，几多无奈，几多忧伤和几多敬畏哩。

岫岩古称大宁镇，其采玉的历史可以上溯到汉代以前。在著名的东北红山文化和太湖流域的良渚文化中，玉斧、玉铲、玉刀、玉璋、玉钺、玉猪龙、马蹄形器、勾云形器等都大量出土。可以说，岫玉在新石器时代和青铜时代之间的"玉兵时代"里，就已登上大雅之堂，充当过重要角色。在数千年的烽火狼烟中，岫玉仍为历朝历代所珍重，殷墟周王武丁爱妃妇好墓中的岫玉佩饰和器具，战国中山国王墓中玉器以及西汉中山靖王的岫玉金缕玉衣，便是最好的例证。至于到了清代，玉器的发展愈加完美，岫玉更是风行于市，以至"好古之家，常雅意购求，往来士夫，余必充囊盈箧"。所以温润而色泽鲜明的美玉，在古人心目中代表一切美好和有德行的东西，象征纯洁、高尚和温和。《诗经》也说，"言念君子，温其如玉。"故玉向来为君子所珍重。

我想，这大概与五千余载华夏文明熏陶之下的国人那温文尔雅的性情息息相关吧。

在漫长的历史岁月里，中国玉雕逐渐形成南北两个流派。而素有格调粗犷、跌宕、挺拔、雄浑之称的岫岩玉雕，则明显属于北方流派。据《岫岩县志》记载，早在明清之际，就有大批北京、河南、河北和山东的玉雕艺人慕名岫玉而落户岫岩琢玉，其中有的甚至还是宫廷中技艺高超的玉匠。新中国成立后，当地政府又从北京、河北等地聘请了大批玉雕老艺人来岫岩带徒授艺，因而岫岩玉雕受京派影响较深。同时，它又受到地方民族民间文化的滋润，吸收了地方民间木刻、石雕、泥塑、刺绣、剪纸、影人、彩绘艺术等方面的精髓，融合渗透，逐渐形成了具有浓厚地方特色的艺术风格。

岫岩玉雕题材广泛，表现内容也丰富多彩。花鸟、山水、人物，以及模仿商周秦汉以前的炉、瓶、塔等，林林总总，无所不雕。其工艺以立体圆雕、浮雕为主，辅以线刻、镂雕、透雕，兼以钩花、顶撞花等精做工活，尤以擅用剜脏去绺、巧用俏色而见长。

其实，世间并没有百分之百的无瑕之玉，这就好比一个人总归会有一二样缺点一样，从不犯错的人一定也是极不真实的。天缺地阙，天地之间的缺憾必依附于完美。不过细品玉之疵斑却又别有意味，宛如佳人面腮上的"美人痣"，凭空又添了几番韵味。玉之瑕痕更需细细玩味，日久天长，心追眼慕，自然会有沙岸逶迤，秋水寥寥，孤帆独去，野禽数点之意。

是故民间有"金银有价玉无价"之谚。钻石可以一克拉一克拉地计算，金银也可以按计量单位一分一毫地照价付款，而玉则完全像待嫁闺中的女子一样，全凭你对她痴迷与喜爱的程度。即便其大小、缜密、硬度、颜色、莹润以及做工皆可探讨，但这些却像女子的嫁妆一样可有可无，绝非决定因素。

《说文解字》上这样解析："玉，石之美者，有五德：润泽以温，仁之方也；腮理自外，可以知中，义之方也；其声舒扬，专以远闻，智之方也；不挠不折，勇之方也；锐廉而不忮，洁之方也。"从国之玉玺到民间的一块小小玉佩，从深宅大院里的博古架再到市井弄堂里的庸常器具，玉既可以做祀天之璧，亦可以做示绝的玦；既可以用其象征富贵吉祥的"如意"，亦可以不无卑贱地做成"老头乐"的搔痒笆……有时甚至连镶嵌也不用，只需一根编结的丝绳，千回百绕地系住并挂于身上，即可神定心安。

商周时的六器，是为祭祀自然神的圣物。以玉璧为天，黄琮为地，以青圭礼东方，赤璋礼南方，白虎礼西方，玄璜礼北方。可见玉也是人与自然交流的载体。在山岩没有年代的时候，古玉保留下了峻拔的精华；在河流没有年轮的时候，古玉蕴蓄住了流水的品质；在泥土失去记忆的时候，古玉成为她最坚贞的见证者；在湖泊失去个性的时候，古玉将为其重新命名！

我曾对陪葬物中那小小的玉玲蝉产生了浓厚的兴趣。亡者入土为安时含在口中的温碧器物，莹洁透明而又欲飞欲鸣的灵虫，是生者的哀伤还是死者的复活？而冥冥之中无法参透的符咒又似乎全凭这枚缠绵之物升浮为美丽的故事。

文学大师曹雪芹先生在他的不朽名著《红楼梦》中把故事的因缘定位于一块注定要莅临人间来一场情劫的通灵宝玉（甚至书中主要人物的名字都统统嵌上一个"玉"字——黛玉、宝玉、妙玉、红玉……）。据红学家们阐述,"玉"实则是一个"欲"字,所谓人之本性是也,可见雪芹大师用心之苦寓意之深。

神话世界往往是人为自己编织的一个无法实现的美妙幻想,而现实生活中的岫玉却一次又一次为我们带来神话般的惊喜。首先是"玉石王"的横空出世,其次是"巨型玉体"的举世震惊。

1960年7月,岫岩玉石矿的几名矿工在瓦沟东场子采玉作业时,偶然发现了这块罕见的玉石。喜讯传开,矿区一片鼎沸时,当晚的一场暴雨引发的山洪又将这块巨玉冲滑至采场底部,于是,一块质地细腻、艳丽夺目的"玉石王"便蓦然呈现在人们眼前。据史载,当时的许多国家领导人——包括周恩来总理都非常重视这块国宝,也都做过重要批示,但由于受运输、技术、设备和资金的困难阻碍,从六十年代直到八十年代,便一直困在山中无法利用。1992年10月,这块重达二百六十多吨的世界上最大的玉石,才乔迁钢都鞍山"二一九"公园,立地成佛,被雕琢成佛教人物中最著名的二位——正面释迦牟尼,背面观音菩萨,二佛合一,堪称天下第一玉佛。而成佛后的玉石王"王宫",也依山傍水建起一座重檐雕柱彩画长廊的玉佛苑。

仰望着结跏趺坐于莲花宝座上的释迦牟尼大佛和身穿天衣、手持柳枝净瓶,仪态优美洒脱的观世音菩萨,我不禁遐思悠悠浮想联翩。普天之下的芸芸苍生,即使在科技如此发达的今日,得到这种举世罕见的国之瑰宝,首先想到的仍然是将其雕成宗教中那主宰万物的神,以求得其庇护,可见人之心灵其实是极其脆弱的,在生老病死及其种种大自然的祸灾面前,先民们的无助是真实残酷的,抗争则是有限和悲剧性的。人,不能没有精神上的靠依,亦不能没有献祭和敬畏的偶像。正如施勒格尔所说的:"神是我们看不见的,然而,我们处处都能看见神一样的东西,而且最先、最重要的,是在一个明智人的心中,在一个活生生的人为作品的深处看见它。"所以神话不是作为一种艺术形式提出来的,而是作为一种人的存在方式摆在面前。而玉,则是激活我们这种想象力的最美妙的道具。

1995年5月18日,随着一件据称总重量可达六万余吨的巨型玉体的出现,又将为人们提供一个怎样的想象空间呢?让我们静静等待吧……

佩玉的人总相信玉是活的，他们常说："玉要戴，戴戴就活起来了。"我们不能说，这只是爱玉人的一种传说或臆想。从手镯、项链到价值连城的宝物，几辈辈数十年的肌肤相亲，摩挲把玩，我猜想这冰冷的石头一定也会重新有了血脉和呼吸，一定也会和爱着它的人们心心相印同喜同悲。

哦，青山不老绿水长流，如果跨过时光的藩篱祈求奇迹，我知道永存于世的定然是那吸收了天地精华和人之骨血的古玉，清洁致密，宝秀温润，它和安然活过一世的哲人一样，千年之后依然清声远扬，纹理斐然，像夜空中那块玉璧般明澈的月亮，散发着如水的清辉……

马致远意境

马致远其实是一种情调。在中国，马致远并非代表一个古代诗人的名号，而是混同于那首名叫《越调天净沙·秋思》的小令，成为一种萧瑟、苍凉的意境——马致远意境。换句话说，马致远就是枯藤，马致远就是老树，马致远就是昏鸦；而背景则是小桥、流水、人家。当然马致远还是古道，马致远还是西风，马致远还是瘦马……当夕阳西下，马致远还是那个远在天涯的断肠人。

但天涯又何尝不是马致远？夕阳也是。对于在暮色苍茫中，那个骑着瘦马、远离家乡、羁旅漂泊的人而言，他的形象凝聚着典型的中国落魄文人气质——潦倒失意，惆怅无奈，鬓先秋，泪空流，等待江山都老，颓唐带愁归……这样一幅年代久远，画在那种宣或绢上的水墨国画，具有天然的颓废之美，很适合骚客雅士乃至达官贵人的口味。

无怪乎清末民初最有艺术眼光的王国维，推马致远的《天净沙》小令为元人令曲之最佳者，是"天籁，仿佛唐人绝句"。也无怪与马致远同时代，生活年代稍晚的周德清誉之为"秋思之祖"了。

其实马致远这首小令的成功之处，还在于用一种鲜明、开阔、辽远、逼真的形象境界，使游子情思和天涯沦落人的苦楚充实其内，笼罩其外，使景的世界与人的情感融合，达到了古代诗词曲令的极致。

张锋有诗云："一两马致远的枯藤老树昏鸦 / 三钱李商隐的寒蝉 / 半勺李煜的一江春水煎煮 / 所有的春天喝下 / 都传染上中国忧郁症……"

时至今日，马致远依然是秋风肃杀、黄尘漫漫、红日西沉时那条天涯归路，大多数中国人都想上去站一站，使疲惫无羁的灵魂稍稍休憩。

回望唐朝

一

早已不是抒情的时代了。在今夜，我一直想把内心的光芒还给月亮，把歌声还给羌笛，把珠泪还给伤别，把花朵还给春天或明镜，把如此凌乱的大地还给梦中的朝代……把我还给那位鸣鸾佩玉的王。

星移物换，这雕栏砌玉的楼阁烟气缭绕，像一位漠视苦难的老者，梦幻又怀旧。浪子啊，如果你在今夜凌空而降，如果你披发若风，如果那风将星月的光芒和我的仰望吹遍……该怎么放纵这被忧伤吹拂的肉体？该怎么放纵这被江陵两岸的猿啼轻飏的灵魂？

而那双放飞的手不是翩翩仙鹤就是一缕缥缈的霞霭！

就这样，在今夜，那吹彻幽州古台和黄鹤仙楼的风呼啸着扑面而来，从我遥遥怅望的头颅贯穿而过，像一座盗空的仓库！血，忧患，尘埃和古老汉字的底蕴徐徐上升，雁阵般等候于悸动的天边。说不尽那无韵的悲欢一去不返，说不尽一阵战栗笼罩着一种命运，说不尽那神明般的大鸟在辽远的国度里飞翔着，悠然千载却永不下落。

二

这天下午，我听到从破损的《全唐诗》中竖排版的水声正簌簌落下，像老去的时间或剥落的记忆。许多日子倏然远去了，遗下一种阒寂回声在四周经久弥漫，像花瓣的幽香若有若无。独坐空谷里的隐士正在进入那种禅境。他焚香抚琴面容安详，而沉浸的样子仿佛一块苔石，体验着内心的孤独。

没有人知道他的存在。我想借着盛唐的阳光细细端详，青苔早已浸上了他虚幻的苍颜，两缕如烟的长鬓缭乱成杂草的情致。鸟儿误以为这真是一块恬静的好去处，它们叽叽喳喳啁啾着，把那人心里的桂花都啼落了。

当我有朝一日在地层深处蓦然与他打个照面，我自己也被苔衣重重覆盖了。

三

高于仰望的天空多么寥廓！登高远眺，思绪无边无际，那被人误以为仙的诗人常常把自己误以为鹏，上摩苍苍下履漫漫，斗转天动山摇海倾……多么虚无！尤其是在酒后的良宵，灌了一肚子愁味浓浓的月光怎能不醉？怎能不舒臂揽月直上青天问个痛快？

这是一群被苦难的盐水淹泡过的鸟，高贵，结实！散发着青铜的光晕。在水一般的流萤中是黄鹄还是玄凤？像一座耸入天庭的森林，昼夜吐纳着鲜活的嫩叶和氧气。在它们四周，青草摇曳多姿，江河环佩如链，亡灵流连忘返，颂歌恢宏悠远……而脚下那座繁华殆尽的故都，在月色里纹丝不动。

四

我是如此熟识那种浓郁的温馨的书卷气息。像一家老中药铺的醇厚香气，在历史珍贵的细节里袅袅浮动，使人联想到书斋中空洞摇晃的朗诵和音律整齐的咳嗽，我知道这是一座青砖砌垒的老宅，那幽深曲折的甬道像一条条畅血滋气的经脉，笼络着我们，使我们难于逾越。……尽管这些方形文字上早已有了磨砺的痕迹。当我点亮蜡烛时，我们仍笼罩于这些大师的阴影下，像一棵草生长在高耸的塔下，除了聆听和接受，我还能拥着什么？

　　而风铃和鸟声百听不厌，像一首安魂曲。故土之上的河流啊，你们给予两岸风景的绿色，又目睹了发生过的一切，我们不知道将来的某一天某一瞬间，我卑微的生命会不会被你重新映现。

　　——我不知道我会不会被天籁一样的钟声接走。

　　整个夜晚我都在做梦。我梦见长安城外一个瘦弱的老者正在数着骨头，浔阳江头骑着琵琶的人飞回了天涯。难于入睡的幽魂没有歌词，必须醒着熬煎着，必须恨着不知道恨谁。一种对于黑暗的恐惧使我无望，却让我必须在这一时刻学会熄灭灯盏。

　　有时候想起就是遗忘，忘却就是牢记。仿佛什么也没发生，长城古道的驿站里，旖旎的余晖把一些山谷的影子映照得那么美丽，穿越了这么久的黑暗年代，它们亘古不变，它们是盘踞于心灵城堡中的帝王，我们向它们屈膝、叩拜、慢慢衰老……今夜我倾尽一生精力也无法到达，却不遗余力地搬运着这些沉重的石块。像一只微小得近乎不存在的蝼蚁，忙碌着把它们安放好——那些神秘而险绝的汉字！我听见有无数灵魂在里面喧嚣。

昆虫的灵性

　　全自然的努力在于生长的快乐。它使草木萌发，花蕾绽放，百鸟啁啾，大河流淌。它造出泉水以使游鱼洋漾活力，它安排阳光以备花瓣得到亲吻，它让萤火虫在夏夜里持灯探路，它给丑陋的虫豸穿上花衣蜕变成蹁跹蝴蝶……这是大自然的魔法，也是大自然的美妙。正如法国伟大的昆虫学家法布尔在其《祖传影响》一文的最后得出的一句惊人结论"本能就是天才"一样，在复杂、微观的大地深处，昆虫们为严酷的生存环境所表现出来的妙不可言的、惊人的灵性，正反映出其坚忍不拔地为个体与族类而斗争的昆虫本性。

　　这是"晦暗多于光明"的生命哲学。当我以非昆虫学家的身份把我人性的目光放低、放低、再放低时，我会有办法使自己成为昆虫界中的一蝇一蚁、一蜂一蝶、一蚤一蜕……我用这种渺小动物的灵性获求它们那不易觉察的快乐。我还必须拒绝长期以来已有的道德而去接受各种欲望，各种怪诞的章法。似乎只有如此我才能"以虫之心"得到大自然的宽恕和爱戴。

　　昆虫是大地上的先知。如果说人类想飞的欲念来源于鸟儿的话，那么鸟儿的飞行本领却归功于昆虫。据说，二亿年前，昆虫就是地球上唯一能飞的动物了。虽然鸟类以其娴熟的飞行技巧逐渐超越了昆虫，但"无弦之箭"蜻蜓的飞行速度却可以和男子百米奥运冠军相媲美。若以体长倍数来计算蜻蜓的飞速，就连最新式的超音速飞机也自叹弗如，因为时速2000千米的喷气式飞机，每秒钟也只能飞越机长的五十倍距离，而蜻蜓每秒钟则可达到体长的二百倍左右。可见昆虫之飞，已达到了造物之神的极致。

而最让我们匪夷所思的则是昆虫类的跳技。如果说撑杆跳的世界冠军，前苏联运动员布勃卡以横杆的每一次些微上升来提升着人类有史以来最大限度地克服地球引力所做的努力得到展现的话，那么头小无翅、体长仅仅1~5毫米的跳蚤的22厘米跳高世界纪录，却足以使任何善跳的高等动物们心虚和脸红。因为看起来毫不起眼的22厘米，却是跳蚤自己身长的上百倍！况且它不借助助跑，也没有利用那根制造精良、弹力极大的撑杆。

记得散文家周涛有篇文章的题目就叫作《虫子，爬吧》，可见人类对于昆虫的直观认识大多停留在一个"爬"的态势上。这是一种丑陋的形象，完全区别于走、跑、跳以及飞的轻盈和自由。当我们把"飞"的优雅赋予鸟类时，我们会不无由衷地说："鸟在头顶，注定要我仰视。"（周晓枫语）

但昆虫在大地的深处。昆虫纲也是动物界中最庞大的一纲。大约四亿年前就在地球上出现了。目前，全世界已知的动物约有一百五十万种。所以昆虫之"昆"字，乃众多之意。据我国昆虫学家朱弘复教授查考，"昆虫"两字正式运用到科学上来，虽出于日本学者之手，但他们也是根据中国古书上的来源。

动物学家们的研究结果表明，自然界没有一成不变的生物。在长期演化过程中，会不断出现新的类群，而各个种类之间的千差万别，主要决定于不同的遗传物质。因此生物的进化，实际上就是遗传、变异与选择了多种因素综合作用的过程。而昆虫在漫长的进化过程中，比其他任何动物在生存上具有更多的"长处"。除了它们的躯体本身具有既轻又坚韧的"外骨骼"和胸部发育出翅膀（大部分昆虫），能够自由翱翔于空中，求偶觅食，躲避敌害，选择栖息场所之外，昆虫类还往往具有"变态"的本领。从"爬"到"飞"，从"穴居"到"筑巢"，从相貌丑陋的"虫豸"到花衣丽裳的"天使"……这种奇特神秘的"双重生活"特别类似于人类在古老的梦想和宗教传说中的三种境界——天堂、炼狱、地狱——神、人、魔。

我小时候对《西游记》中所描写的故事深信不疑，并且暗暗祈盼自己某一天也能具有孙猴子的那种上天入地、变化多端的非凡能力。甚至现在，当人到中年的我一遍又一遍阅读但丁的伟大史诗《神曲》时，我也身临其境地跟随古罗马时代的大诗人维吉尔游历了地狱和炼狱。人类因为具有傲慢、嫉妒、愤怒、怠惰、贪财、贪食、贪色这七种大罪，所以需要死后将灵魂在炼狱中一级级洗濯，然后逐步升向山顶——那是一座地上乐园——直至到达九重天而大彻大悟，从而抵达了真理和至善的光明之境。相比之下，人类的"变态"何其惊心动魄！与虫类相似，但比虫类更艰难、痛苦乃至残酷。"在那些火里的是幽灵；每个幽灵都卷在燃烧他的火里。""哦痴狂的阿拉克尼，我看到你已一半变成了蜘蛛……"这是超越生命之上的一种重构，所以生命使我敬畏。

其实古人对昆虫的见识就已达到很高的境界了。"庄周梦蝶"一直就是我们所津津乐道的。那个在梦中大觉大悟的人乃是生与死的大觉大悟，更是"梦"与"觉"的打通。而"究竟是庄周做梦变成蝴蝶，还是蝴蝶做梦变成庄周"更是千古之绝问。如果我们至今仍把这故事在理念上割裂成梦与醒两部分，则大错而特错了。庄子的意义在于打破人为的"觉、梦"之别，而达到那种"梦而不梦，觉而不觉"的天性要道。这和但丁的"神曲"是不一样的。庄子认为：人必须自觉人的存在，是和无限时空中大自然的有机运作息息相关的。人必须用自然观察一切。这也是庄子哲学与诸子百家的最不同之处！

在庄子《天运》第十四篇中，有这样一篇有趣的文章，叫"鸟虫的风化"。其中老聃曾对孔子说："……有一些奇异的鸟叫作白，只要雌雄对看一下，眼球都不必动，雌鸟就会受孕。还有一种虫子，雄的在上风叫，雌的在下风应，雌虫也会受孕。这种受孕叫作风化。"当然，庄子写下这段话的意思是：只要有道，怎么做都行。而我想说的是，古人对如此渺小的昆虫类的感应与认知。

至若唐代小说家李公佐的《南柯太守传》，则把人与虫之关系推向更加真切直观的极致。小说中主人公淳于梦得到大槐安国国王的宠信，贵为驸马，出任南柯郡太守，加封赐爵，有宰相之尊，荣耀显赫，不可一世。但醒来却不过是倏忽一梦，身子仍然卧于厅堂之上，仆童仍然在廊下用扫帚扫地，而东窗下没有喝完的酒还在那里清亮地放着……当淳于棼得知那大槐安国乃一蚁穴时，不禁"生感南柯之浮虚，悟人世之倏忽"。于是绝弃酒色，隐遁空门，似乎一辈子都过完了。

我对这样一则故事深信不疑，亦如长久以来我一直相信动物中的许多奇异之事一样。那只不过是人们迄今为止尚无法证实和发现的动物科学而已，绝非迷信与邪说。人对昆虫持有的童心与惊奇，恰恰体现了昆虫自身的神秘性、价值性和趣味性。苍蝇停落在垂直的玻璃上却不会下滑；跳蚤能跳超出自身的一百倍的高度，而不至于跌断了腿；蚯蚓被切成两段又会重新生成两条完整的蚯蚓；水黾在波平如镜的水面上兴致盎然"闲庭信步"如履平地……以及蟓象放屁、屎壳郎推粪球，蜻蜓点水，青菜上的乌壳虫装死等等。

我们在夏日里有幸倾听过蝉的优美歌喉，也会在繁星满天的夜晚欣赏到蟋蟀的迷人琴技，而蝼蛄"喔喔"的哨音何其清脆，叩头虫"哒哒"的撞击又常令我为这可怜的小家伙会不会一不小心撞破了头骨而暗暗担心，至于蝗虫的"唧唧"声可远没有蜜蜂的"嗡嗡"声来得让人欢喜，而苍蝇和蚊子那恬不知耻的哼唱则完全令人厌恶和痛恨了。尤其是蚊子，在偷喝别人的血液之前还要喋喋不休地强调一大堆理由并发出令人浑身不舒服的腔调，更是让人恨不得立刻拧断它那纤细的喉咙而后快。所以诗人余怒在他的诗里忍不住要发出一声咒骂，并发誓要在"12点30分取消你"，然后像一滴药水，滴进睡眠。但钟敲十三下，"苍蝇的嗡鸣：一对大耳环仍在我的耳朵上晃来荡去"。

当然，昆虫没有声带，发器部位也不在口腔内，它们的发音实际上是躯体上特殊的发音部位来完成的。如果说雄蝉以"知了、知了"的洪亮鸣声而成为昆虫世界的大音乐家的话，那么雌蝉却是一句话都说不出的哑巴！同样，如果蝗虫在把腿节内侧做"弓"，前翅纵脉当"弦"来尽情演奏优雅的"田园弦乐曲"的话，那么蟋蟀的"二胡独奏曲"不过是用右翅的锉子摩擦左翅的摩擦缘而发出的靡靡之音而已。

不仅如此，昆虫也没有"鼻子"和"耳朵"。若是你捉到各种昆虫仔细端详一下，就会发现它们头上都有一对触角。虽说有的细长，像一对鞭子；有的生着许多分支，像二把刷子；有的非常短，更像两把锤子，但它们却能和鼻子一样，起着闻气味的作用。甚至有的昆虫（除去蜜蜂和蝴蝶）还要用它来寻找食物和配偶。假如一只蚂蚁被截断了触角，它不仅不会辨认回家的道路，不能识别自己的蚁后，还会因为误入别人的家而惨遭咬死的厄运。昆虫的耳朵也很奇怪。如蚊子的"耳朵"生在触角上，蟋蟀的"耳朵"生在小腿上，飞蛾的耳朵却是生在胸部。虽说如此，它们的听力反倒特别灵敏。它们不仅能听得见每秒钟几十次的节律变化，科学工作者还发现不少昆虫能够听到超声。例如许多飞蛾因为能听见"死亡之神"蝙蝠发出的"超声波"而迅速逃离危险区域，才不至于成为那个模样凶恶的怪兽的口中美餐。

边寿民看雁

古代淮安城东北隅梁陂桥畔溯水而南，有一草亭叫苇间书屋，这里芦花掩映，凫雁出没。有一人每天都静静地候在这里，看雁群起落，嬉戏欢游，不知不觉之中竟看了三十余年。此人就是被誉为"扬州画派"的代表性画家，诗书画三绝的边寿民。

我曾欣赏过那幅水墨纸本十开册页的《芦雁图》。秋水澄明，芦花似雪，雁羽如墨，一派苍茫。尤其四只芦雁的处理，更是姿态各异，安闲自得，充分体现了画家的深远心境和纤尘不染的气度。无怪乎后世之人或画史甚至直接称其为边芦雁、边苇间。

我在这里深究的不是其画技的高低优劣，更非艺术界对画家的赞誉或定论。我在这里极感兴趣、极力想探求的是画家与入画物之间的关系，也就是绘画之人与自然的关系，这是一个秘密，是留给后世者的一个千古难解之谜。

不是吗，一个人可以坚持不懈地看雁三十年，用去了他人生最宝贵最成熟阶段的二分之一！一个人把他全部的情感和志趣全都用在了小小的野凫芦雁身上，我不知道是什么力量使其能够矢志不渝默默交流，最后达到物我两忘痴迷至深的境地，仿佛天地之间只有芦雁而无其他，茫茫大旷只有那起起落落的雁群是大美大真的风景而再无其他……可见人之专情竟至如此！在这个名叫边寿民的人的眼里，雁已非雁，而是他自己；他的心随着雁翅的拍打而扑腾，他的灵魂在雁群的飞翔之中得到了提升从而得到满足。这是真的，他把芦雁当作他生命的另一种态势，这也是真的！所以他在《忆江南·苇间好》词中说:"苇间好,却好是侬家。或集或翔图雁影,和烟和雨画芦花,对景便无差。"他的朋友程晋芳在《淮阴芦屋记》中描述边寿民作画时的情境时这样写道:"……雁拍拍,循徐鸣,掠檐回翔,影与画乱,荻风萧瑟,若驶苇声也。"

与他处于同一年代的清初"四王"之一的一代大师王石谷,暮年回归故里常熟虞山,建一草宅名耕烟草堂。"宅临流水,门对青山,花鸟追随,烟云供养。"老人作画草堂,一天又一天。有时与画友恽寿平论笔谈墨,一谈竟达几十昼夜,前人当世,空对销魂,醉酒歌呼,得意忘形,全无半点俗气,似乎生命中的一切全都凝聚于翰墨淋漓的书卷之中了,全都在那雪白绢宣的铺洒挥染之中了——人与墨、与笔,与数册山水搅和在一起,浑浑噩噩,天昏地暗;又乱云飞渡,日月重现……

叙写至此,我又想起同在清初的号称画坛四大高僧的苦瓜和尚石涛的话:"搜尽奇峰打草稿"及"妙在似与不似之间"。"尽搜"与"不似之似",讲的是精神,是超越,是一种情随笔墨,神凝画幅的境界。是"无法而法",是"无物而物"也是"不画之画"。无怪乎近代的吴昌硕、齐白石、张大千、傅抱石等大家对他那么尊崇。也无怪乎那位也极崇尚笔墨艺术的康熙大帝在第二次南巡时,在扬州平山堂见到石涛,因慕其才,竟口呼石涛,而忘了帝皇之尊……是故扬州八怪之首郑燮郑板桥的竹,近当代齐白石的虾,徐悲鸿的马,黄胄的驴,李苦禅的鹰,陈大羽的公鸡,吴冠中的江南水乡等等,不一而足,都是俯拾可举的佳例。

郑板桥曾有这样一段画跋:"江馆清秋,晨起看竹、烟光、日影、雾气皆浮动于疏枝密枝之间。胸中勃勃,遂有画意。其实胸中之竹并不是眼中之竹也。因而磨墨展纸,落笔倏作变相,手中这竹又不是胸中之竹也。总之,意在笔先者定则也,趣在法外者化机也,独画云乎哉?"

板桥的"胸中之竹并非眼中之竹,手中之竹又非胸中之竹",恰恰道出了人竹之间的关系。而"意与定则,法与化机",则是这种关系的表现、喷发和升华,是画家心灵的极度自由。这样这位大画家所说的另一段话："掀天揭地之文，震电惊雷之字，呵神骂鬼之谈，无古无今之画，原不在寻常眼孔中也。未画以前，不立一格，既画以后，不留一格。"则成了我们永远要尊奉的真理了，所以红尘之中，理应毫不迟疑，收拾行囊——看雁去。

墙

　　最宏伟的墙始于数千年前的一个傍晚——某人内心一次小小恐惧般的幻觉——仿佛一种无比坚硬的东西正从他的身体内部轰隆隆向外扩张着，膨胀着……他立刻意识到那由来已久的胸部内的旷野上正在生长的墙壁已经填满了他的整个身体。夕阳在铜镜上映出他的影子，夜晚的烛光在宫殿的墙壁上又投出更为怪异的虚幻的"魔影"。他又一次感到那棱角分明的青砖和石块正杂乱无章地从他身体的各处挤压而出——已经不是人的模样了。在那个孤独、无助的夜晚，他正成为一望无垠的旷野中静静的、永无休止地生长下去的墙壁。当然时至今日，后世的人们称"他"为最伟大的帝王——秦始皇，称那旷野中的墙壁为一个民族脊梁的象征——长城！这是有关墙壁的最经典最绝妙的佐证。而上述这段颇具象征意味的荒诞手法的描写特别类似于日本存在主义作家安部公房的杰作《墙——卡尔玛氏的犯罪》那篇小说。人求助于墙的庇佑，墙成为世界的主宰。这不再局限于中国，还通晓于金发碧眼的洋人洋国。而在更广阔的背景下，人类对于墙壁和宫殿的依赖除了反映人自身的文明程度和后天智慧之外，更多的是折射出人本性上对洪荒宇宙的恐怖以及人对人的防范。人类虽然喜欢群聚，但人更像沙粒一样流于孤单，这也是他们生来就惧怕的缘由。而墙成全了这一切！正因为有了墙，人不仅看不到旷野，最终也将看不到自己；不仅看不到过去，当然也看不到未来。大多数人都拘泥于这种园囿里从而沾沾自喜心满意足地生活着，仿佛井底之蛙。人对墙的建造多于对墙的拆控。而每一次，哪怕是小小的拆控事件也可能被称为革命从而进入浩繁的历史典籍。当然，这种挖掘有可能会触痛某些保守者而引发战争和厮杀，当成千上万条生命成为高墙下的碎沙瓦砾时，牺牲者的鲜血就会成为装饰那一页历史的最瑰丽的霓霞……人在一刹那会透过缺口看到光明之源的通衢大道（这是少数的少数），人会因为"看到"以为梦幻唾手可得就在眼前，但是他们错了，他们会因为这一瞬间的"看到"而使生命付出惨痛代价——死亡乃至更多的死亡！这是追求的一种悖论。当更多双盲目的双手将一线光明的缺口尽快地填充、修补，黑暗就会再度降临，人们就会再度安居乐业安于平静。无论帝王和百姓，在墙投射过来的浓重的阴影里，人们才能站稳脚跟祈祷或咒骂……所以法国著名作家、哲学家、存在主义文学创始人让·萨特在他最具代表性的作品之一，短篇小说《墙》中通过巴洛克伊比埃塔从生到死，又从死到生的曲折经过，反映出在现实生活的"肮脏世界"里人们心理状态和处世哲学。萨特认为生命就是存在与虚无的摩擦点，死亡与生命之间所存在的这道"墙"并不是不可逾越的。然而他忽视了逾越者付出的惨痛代价！我想，当巴洛克伊比埃塔重新"复活"时，死亡之墙消失了，而痛苦之墙却在尖锐地生长着。在未来的日子里，他伤痕累累的身体会被那堵无形的墙切为两半。

棺　材

　　棺材是死者的房舍，活人的记忆，是亡魂遨游天穹的航船。在数千年流传下来的民间墓葬文明的传统中，它是盛殓死亡的唯一，是形式与方法的金缕玉衣。但如今它是化饰在死者脸上的一抹晨曦，一道月影，几段干柴烈火式的唢呐悲调。而在北方丘陵群中的村落或幻觉乡镇里，它仍然是逶迤地行进在荒凉原野上的送葬队列——披麻戴孝的亲子们手执灵幡儿，满目疲倦，与阴阳先生空洞的叮嘱形成对比，只是他们的眼瞳中浮现着同样茫然而不知所措的神色。但杠夫们的脚步是沉重的，棺椁板材的厚实标志着未亡人的家境之殷实和孝道之虔诚，这是不能有稍许怠慢的。古人对棺材赋予种种神秘色彩的规则和说法，在今天仍然使普通百姓们奉若神明，以至于一个濒临死亡的人口中喃喃呼唤的仅仅是：儿啊，给我准备一口棺材吧……是的，连伟人都不能免俗的长眠之物，在倡导火化的焚尸炉前，势必更为通灵，所以在古人千奇百怪的墓穴中，不仅把那遨游之舟——棺材埋入地下，还往往也把它们置于悬崖绝壁的高处（"谁把死举得那么高？"《悬棺》汤养宗诗句），来承受风霜雪雨和高天风云的激赏。这是更加接近自然的死亡观，也是将易朽的肉体竭力追随四散飞扬的灵魂的努力。而地下墓室的阴冷仍在持续，暗藏的机关和殡葬的俑器旁的奴隶们仍在窒息前的夜色中闪露星光——从始皇到孙中山，从恺撒到林肯，从古老的黄河文明到雅典神庙，尼罗河畔的大金字塔，法老的木乃伊，化作尘土的残垣断壁，阳光下无比明亮的塔碑以及最后一座皇家陵园前那石像上的阴影与气息……它们是地下石棺的光线的折射，是那位长寿的哲学家的一句箴言的翻版，是一座存在过几千年的伟大、瑰丽的城市的缩影，也是一本散发着霉味的史书的封底部分——生活在科技时代的人们的惊讶与赞叹。不是吗？大多数正在生活的人对生的要求何其简单、将就，而对死则极尽其奢华，这是人对生命理念的一种悖论。生的麻木和死的警醒，往往又被更加荒谬的生存麻木所替代。所以生命会愈加被漠视，而死亡则愈加被推崇、通灵，成为凌驾于鲜活肉体之上的神兆。"不可抓住生命不放，不要把生命视为财产。"这是佛祖、耶稣等已经反复指点给人们的途径，可惜大部分人并不能懂得和理解。正如西方哲人所说：死亡就是不在，而死亡在时，我们就不在了。（《向死而生》贝克勒编著）也告诉人们畏惧的根本原因是垂死之前的苦难与疼痛，抑或是我的朋友西川在一次演讲中所说的——害怕暴露那丑陋的尸体。但火焰和棺柩解决了这一切，时间将在漫漫无期中使一切恢复原样。当你在树丛中看到枝头一只破壳而出的丑陋的虫子慢慢抖开身体，在微风与阳光下慢慢长出一双美丽的翅膀，然后快意地一闪，就变作一只追花摄粉的蝴蝶，你的心就会蓦然轻松起来。

蜗牛之慢

雨后去小巷散步，留意青苔遍布的墙基上爬行着的小小蜗牛，背着它那小而精巧的屋子——带有螺旋花纹的壳，那近于透明的两只小小的角在清亮亮的阳光下伸张着，探寻着。它慢慢爬行着，不知从何而来，亦不知为什么爬，爬向何处？只觉得它好玩，便轻轻拿下放在掌心。它把角缩回去了，顷刻又隐隐地探出，软软的，湿湿的，仿佛没有骨头。想起儿时的歌："水牛水牛，先出犄角后出头……"心下顿生许多温馨，便不忍再打搅它，小心翼翼放了回去，看它慢慢地爬，安静地生活，一点声音也没有。

蜗牛的最大秘密就是缓慢。这和高科技时代人们的观念正好相反——现代生活的宗旨就是提速、提速……在加速的运转中忽略了生活的细节，也丧失了人与自然的情趣。人在这个世界上好像不是在生活，而是在奔跑；不是在感受，而是在遗忘。速度使人从生疾驰向死，中间的过程一闪而过，可以忽略不计，从而使生命本身索要到了结果——死神！使爱得到了抛弃，和谐受到了冲击。

不是吗，你有了一套高级豪华的楼房，你将自己密封在装潢考究的房间里，充分享受电器化的优越，和作为现代人的生存理念；你把自己当作宇宙的主宰、万物的主宰，只要一动手指，你甚至立即可以在网上日行万里，得到一切……但那不是真的！网上没有风霜雨露，网上没有日出日落，网上也不会有蛙鼓蝉唱和唧唧虫鸣。万物静观皆自得，而时间在网上几乎不存在。

这样生活的节奏之慢，也就成了检阅生活质量的一个标志(有趣的是它同时也是发展的悖论)。吴宓先生有诗曰："半生绮罗梦，细语鸟虫惊。"古人喜好的田园隐居的生活，恰与现代人追慕的繁华都市生活成对照。(陶渊明之"采菊东篱下，悠然见南山"亦是现代人心向往之的，只是如今已无山可依，也无菊可采罢了。)生活中不能承受之快恰恰是我们无法罢演的悲剧。而人，何尝不能变作蜗牛，背着一间螺旋花纹的房子，四海为家，浪迹天涯呢？

　　只是那行走的过程，不必坐火车，不便乘汽车，更不能贪图省时爬上那架比音速还快的"银色大鹰"！这是真的，慢下来，比呼吸还慢，比心跳还慢，比一只从枝头到枝尾整整爬行了一天的蜗牛还慢。

　　你有这样的性情，从此便是神仙了。

初读张爱玲

对于我来说，张爱玲更像一张偶然得之的旧唱片，散发着银灰色的光泽。它的音律是纤细而悠缓的，并伴有磨损过的干涩的噪音。它适合一个人在下午一边呷一口略带苦味的雀巢咖啡，一边独自品尝字里行间的寂寞——故事的热闹总是离不了男欢女爱，而青春的易逝完全在于激情消隐之下那对男女主角的心境——苍凉如落日，辉光又如燃剩的烟蒂……《红玫瑰与白玫瑰》也罢，《沉香屑：第一炉香和第二炉香》也罢，我总是对那张傲然的面孔心存疑惑。

而她是乖僻的，乖僻且自恋。当童年的狂想逐渐从细而弯的眉梢褪尽，当上世纪四十年代初的上海文坛因一位女子的笔触稍稍震颤。她又是锋利的，锋利而刻薄。我们不能让这位带有某种传奇色彩的女作家与她身后的背景相剥离——那阀阅门第或名门之后，那前朝的奢华与后世的悲凉。当那个抽着鸦片的朝代在枯黄的辫梢下坍塌，一个古怪女孩的花蕊显得那么孱弱！

"我发现我除了天才的梦之外一无所有。世人皆原谅瓦格涅的疏狂，可是他们不会原谅我。"我不晓得张爱玲的断言是否在诉说她自己的秘密，而世人所读到的张爱玲仍然是梦幻的张爱玲，拥有前半生的张爱玲，二分之一个平面折射出的一千零一种爱情的张爱玲。（至今她那位早已不喜欢了的前夫胡兰成，则是一个意象暧昧的词语，在岁月的细节里浮动。）

冲破美丽的江川，飞到无际的天空，那辽远的、辽远的去处，或者降落到海水极深之处，低低絮语……我愿意把经典之中的这位才女的黑白倩照轻轻挪移到月光之下，让一百年之后同样落寞的月亮和我一道，重读这个懂得了孤独的女人，即便在她傲冷的目光里，融合进了太多太多的孤星的清冽。

二胡曲《听松》

　　这是人们全都知晓的掌故，我不说它也存在。但我不说不能表现琴弦呼啸的质地，不能把运弓之手那种颤动传送到纸面，使纸上的文字感受到一丝哭泣般的忧郁。但《听松》确确实实应该叫《听宋》，这是作者瞎子阿炳的原话。我们即便不相信舞台上正在演奏的那个面容苍白的二胡手，但是我们不能不相信二胡，不能不相信曲子本身。它确实再现了那个金戈铁马忠骨黄沙的朝代；它确实是金兀术狼狈逃到无锡的惠泉山下，躺在听松石上心惊肉跳地倾听宋朝兵马震荡山谷的声音；它也确实是豪迈奔放的岳飞狂草的《满江红》词的气魄和胸怀……"怒发冲冠凭栏处，潇潇雨歇。"瞎子阿炳在赞颂民族英雄岳飞军威的同时，也倾注了他自己刚正不阿的性格和坚定自信的意志。这是一曲犹如松涛一般起伏而跌宕、自由狂放的旋律，在主体对称中以微弱的颤音和断奏引出强劲的号角音调，仿佛两军阵前的格杀和呼号；而到了第二段，乐曲慢起渐快，力度从弱到强，节奏复杂多变，经常连续使用大跳音程和切合音，好像浩浩荡荡的长风摇撼那兀立的奇峰和苍劲挺拔的青松翠柏。尤其到了后半部，全曲的速度和力度倏忽而变，一字一弓，酣畅淋漓，一气呵成，就像短兵相接，电光火花，鲜血飞溅，鬼神惊变。啊，乐曲行进到超乎寻常时充分消解了作曲者、演奏者和乐曲本身，器曲此时甚至消解了琴弦、琴箱、琴弓以及它在空气中的颤抖，只遗下慷慨激昂的情绪，只遗下一份最趋势、最直接的情感——它是虚现的，因此它使眼下我们平庸琐碎细致的生活得以拯救——不，是得以原谅、宽宥，得到那种让人无言的静谧，好像被雷霆震聋的耳鼓刹那的失聪。在这种光芒万丈的乐曲面前，人，抑或称之为人的动物看见了内心中的真我。

怀　旧

怀旧，人类情感庭院里的一盏烛灯。触碰是它颤抖的大提琴，忧伤是它孪生的姐妹——温柔而虚弱，羞于见人却又异常美丽，常年栖居在灵魂闺房的布幔深处，像往世的一段缠绵悱恻的故事。即便不易流传，它们也会轻易地叩动人心。这种因缘不仅在于那佩戴颈间的宝石钻链——珠泪，还在于飘曳在旧乐谱的微风薄雪——衰老的鬓发和悠长的叹息。当你已不再拥有青春，当人类共有的品性和美德遭受遗失或重创……怀旧是蝙蝠们绣织在某个黄昏近于燃烧的苍穹上一篇弯曲、眩晕的文字，是一封无地址无来由莫名其妙的信札。它用失血过多的嘴唇告诉你一些含混的事件。它面容苍白如正在失意的长发艺术家将一杯浊酒泼到一个穷困潦倒的年代里——中国历代文人的特殊癖好。也许这样说过于刻薄，但怀旧又何尝不是使一代人的群像褪色腐蚀的药剂哩。（从草芥庶民到帝王将相，这也许是历史上朝代与朝代的惊人相似吧。）墓地或茶杯，或疼而又麻的心病，一只雕花大椅在灯影下摇晃着，一册秘不外宣的家族史捂不住的肺炎或烂疮，早年夭折的弟弟，泛黄的地契或借据，溅在结婚证书上的墨滴与唾沫，时间，家庭，纸牌，悲愁无奈的调子里一点点暖意……"而你总是没有人给你写信。"你是被时间遗弃的一块骨头，磷化了，在黑暗中替代月亮孤独地亮着，世人将它当成乖谬恐怖的鬼火，而"怀旧"是弥漫四周的夜色。它亮着亮着，直到悄无声息地熄灭。

灰　尘

　　灰尘也许是这世界上最令人忽视的东西了。像空气一样，灰尘它无所不在。这就构成了人类生活无法回避的事实——当你呼吸，如同灰尘在浮动；当你交谈、唱歌或咳嗽，犹如灰尘在微微震颤。这么多年，我甚至一直这样固执地认为：一个没有灰尘的房间是不真实的、模糊的、令人怀疑和不安的居所。难道不是这样吗？当你在下午的阳光中，懒散地坐在书桌前，透过宽敞的窗户看到外面冷清的小城街道，烟囱的投影，鳞次栉比的房脊，树丛，空中滑翔的鸟儿……你什么也不想惊动，宛若一片蓬松的羽毛毛茸茸地舒展开。而书本远远躺在几案上，最好是上面蒙有一层灰尘的，你读或没读过似乎无关紧要，只要你的目光恰好能触及，只要你不想印上粗鲁的指痕。就这样长久地默默地想着心事，什么也不说。仿佛那些乡村中最常见的粗瓷花瓶，蹲在烟熏火燎的红漆木柜上，传统的雕饰隐含着的故事如同泪水浮于盲人的眼眶，这就是灰尘的理由。也就是诗歌、绘画或世界上一切事物被替代的缘由，但实际上又何尝不是如此哩。灰尘，不能不让你感到时光、气味、亲人们逝去的面容……而一个落有灰尘的房间不能不让你感到亲切和舒适——某种充满了宿命色彩的寂静方式。它是珍贵的，不可多得的。它就存在于你的内心——当你在人生的旅途上过于疲惫时，偶尔回转头，茫然地有些不敢相信地注视着那曾经拥有的一切，这里你多么想对人们无所顾忌大声说：让灰尘落满我的心房吧！因为你知道有灰尘的地方就是那个被称为"怀念"的家园的方向，是你自己呼唤自己的回声。你的灵魂最终将因为灰尘而得到安息和宽恕。

雨中睡莲

　　雨是那种酥酥麻麻的牛毛细雨，若有若无，若万千针灸的针尖儿。而远处山峦上的云雾则汹涌舒卷，大有摧山撼岳之势。院子里，层层堆砌的假山前，水晶做成的舞台上，一着粉衣的女子正在静静起舞，那微微打开的纱裙中露出一双纤细的、小巧的足。几乎没有什么风，也几乎听不见伴奏的音乐，但是你能感觉到湿漉漉的空气中，有一缕若断若续细若游丝的旋律来。

　　而舞台上四周翠青似的玉盘中，则是大颗小颗饱满的、透明的珠子。它们随着粉衣女子的舞步而滚动，闪闪烁烁，散射着纯银的、钻石般的光芒。

　　这时又一位着白裳的小女子也翩翩起舞，她跳的是刚烈、快速的印度舞步，她高高旋起的裙摆如同芬缩聚利花（白莲），而空气中隐隐地袭来一股浓郁的暗香，仿佛谁燃着了寺庙里祭祀的香火。

　　但先前那位着粉衣的女子依然寂寂地跳着，她似乎不受干扰不为所动，那挺起的细直的颈和高昂的小小的脸庞充溢着端庄的，又略微有些严肃的神态。尤其那双亮亮的眼眸，蕴含着圣洁高傲的光彩，让人不敢有丝毫冒犯和亵渎。

　　这时辰雨渐渐大起来，音乐似乎因了这雨也宽敞、繁复许多。四周的光线越发明亮，而水做的舞台上，又有更多的女子投身到这水上的芭蕾。

　　那镜片似的水面上，一刹那间汇集了数不清的水蜘蛛的忙乱，又像有密密的白漂鱼的柔唇探出换气——涟漪如麻，如织，如撒开去的平展展的丝网。暗绿色的网眼里时时掠过的，是水晶宫差来打探消息的鲤鱼们的黑红脊影。有人在烟岚中吹响了小号，金质的嘹亮直冲天宇，使近处玉楼台上正在咏诵的那首《满江红》，又被重新传唱了一遍。而写词的诗人因凝神谛听，笔端的浓墨滴入了莲池……

这时舞台上恰好有一位妙龄女子在临风而舞，加上脚步踉跄的小醉仙，再加上闻讯飞来的鹤顶红，水晶台面上有十三团长衫君子的影像倒影和灿烂，有十三轮水月得意于氤氲暴雨中的幽香。而铺展于周遭的玉盘亦自香矣。

这是来自于民间的赤足的佛，这是佛经上一种称之为"吉祥"的慈悲之花，它在说尽了生命中的死生烦恼之后，又用了一句意味深长的谶语将那令箭菡萏射向人间，谁是那处世不惊的静客？谁又一盏盏拨亮了这水上美丽的荷灯？

当雨脚渐歇，风裳渐远，当四周歌声慢慢渺茫，舞台上仍然是那穿粉衣的女子在静静起舞，雨仍然是那种酥酥麻麻的牛毛细雨，仿佛点彩派画家修拉的一幅作品（印象派的芭蕾，那足尖的滑动是如此轻巧，像蜻蜓点水）。而水做的舞台，又是那么适合她柔若无骨的腰身和裙裳啊。

火　鸟

　　斯特拉文斯基的代表作《火鸟》讲述的是一个古老的俄罗斯的传说——王子遇见一位善良的公主以及除掉害人魔王的故事。当然啦，勇敢的王子依靠的是一只被他救过的奇异的——火鸟。王子捉住了火鸟又动了恻隐之心将其放生，而火鸟为报答他，便从身上取下一根金灿灿的具有魔法的羽毛……在这出著名的舞剧里，鸟被夸张为非鸟，从而使神灵得以呈现和歌颂，也使平凡的东西变得非凡进而焕发出超人性的美丽。这种情形非常像国人对凤凰的崇尚。

　　"火离为凤。"也就是说，凤凰是五行之中的离火臻化为精而生成的。凤凰非梧桐不栖，非灵泉不饮，为百鸟之长，四灵之一(百鸟皆从其飞)。按照古人的描绘，它的头像天，目像日，背像月，翼像地，尾像纬。此说虽很宏阔、诗意，却太过抽象。还是《宋书·符瑞志》说得具体：凤凰"蛇头燕颔，龟背鳖腹，鹤顶鸡喙，鸿前鱼尾，青首骈翼，鹭立而鸳鸯思"。比较之下，此说似乎来得更形象。

　　我最早见到的凤凰图案，是儿时所盖的棉被的被面。民间传统的大红衬底上，团花绿叶簇拥的凤凰色泽五彩缤纷，羽毛均成纹理……我稚嫩的目光特别惊讶于那梦幻般的色彩，我幼小的心灵被那种大俗之美所深深震撼——丹凤朝阳，凤凰来仪，龙凤呈祥，凤麟呈瑞……凤凰乃吉祥和爱情的象征，在新婚洞房里，它还是美满如意的兆示。最著名的故事是传说秦穆公时有一个叫萧史的人，善吹箫。那优美动人的箫声能把孔雀、白鹤等鸟禽招引到庭院中来。秦穆公有一女名弄玉，很喜欢萧史，秦穆公便将其许配给萧史为妻。婚后，萧史便经常教弄玉吹箫，模拟凤凰鸣叫的声音。时间一久，弄玉的演奏就惟妙惟肖特别逼真了，以至于有一天真的引来了神鸟凤凰栖于庭堂之上，秦穆公大喜，特为夫妇二人设立凤凰台，让这快乐幸福的一对乘凤凰而去……

东方的火鸟和西方的火鸟在此呈现出惊人的相似之处，可见人对鸟的想象力何等相近，并不受文化进化与宗教信仰的影响。只不过在中国，凤凰被赋予了更尊贵的成分。

《春秋感精符》云："王者上感皇天则凤凰至。"可见当君道清明、仁政时，才能感动皇天引来翔凤。所以凤凰也是治乱兴衰的晴雨表，是政事太平的温度计。一些神学家甚至将凤凰的身体喻为五种美德的载体——其首之纹为德，翼之纹为礼，背之纹为义，胸之纹为仁，腹之纹为信，以至于历来皇家之物多冠以凤之称谓(凤辇，凤邸，凤纸，凤盖，凤驾等等)。在这种龙凤文化的发展中，凤较之其他吉祥的动物如龙、龟、麒麟、喜鹊、狮虎鹿鹤等更具有其特征。它是鸟类的所有美丽的集大成者，同时它也是鸟神的化身，仿佛月光，无论何年何月，它永远静悬在我们头顶，呦呦低鸣。

阿炳的月光或我的湖上落日

一天

入秋之后，常喜欢一个人孤坐着，反复聆听半世纪前那位盲艺人的二胡曲。有时到邻近一不知名的野湖散步，又专拣草荒人寂的僻远处走，耳畔慢慢浮起《二泉映月》的苍凉曲调，和着湖水清冽的节拍，仿若一只离世亲人的手，轻柔抚弄着累累伤痕的心，泪便不自觉地溢满空旷的眼眶。

一个年过不惑的男人，又处于浮躁拜金的俗世，心里的那份无奈总是乱麻绳一般一层层网结着，捆绑着……一层层，直到发出窒息般的一声长叹。

秋是一日日近了，又一日日远去，天气便渐渐清凉入骨起来。野湖边除去几个垂钓的闲客，就只余我一个惶惶游走的人了。早上起来急急洗把脸，赴约般下了楼，涉过一线瘦长弄巷，又过了两条挤满大小车辆市声喧天的宽马路，再过了一道两边站满民工的商业街，这才趔进一扇窄门的公园南口，进了野湖的湖畔，心下总算舒口长气，一股温馨的、类如母亲慈怀的气息款款扑面而来，把人整个的与那现代文明世界的芜杂市声隔离开去，让人不觉松弛下来。

我放慢脚步，目光掠过湖水浸淫的乱石，眺望着雾气弥漫的远处的湖心岛，那上面的几株老槐和垂柳，黑森森青幽幽在水面投下巨大的倒影。一款矮矮拱桥，断了半边桥栏，斜斜似一只旧鞋。有人突兀地叫了几嗓，惊起一只山雀，噗噜噜扎进茂密的苇丛，不见了。

我拣一僻静处坐下，呆呆望着湖水。微风把树影吹皱，又玄幻地抚平。微风喜欢跟我做这游戏。

庄子说，人莫鉴于流水，而鉴于止水。自古以来，宁静就是一种很高的品格，所以有许多世外高人面对石壁经年冥思，有的甚至达到物我两忘的境界，并且一坐就是十数年。"人在孤身一人的时候是最不孤独的，因为只有在这个时候他才获得一种大自在；只有在这个时候他才使流浪在众人之中的自我回到他真正的家。"这话是爱默生说的。于是我又一次想起阿炳。

一百多年前，无锡洞虚观雷音殿的老道士叫华清和，他是道教乐班的班主，善弹琵琶，人送绰号"铁手琵琶"。他们不仅为道教的斋醮法事弹拉演奏，也为民间的红白喜事吹吹打打。道观里有个帮工的女子，常痴痴地听老道士弹琴，后来就和他好上了，还怀了身孕，生下个孩子，小名阿炳。同族觉得她跟道士私通很丢脸，不等孩子懂事，就逼那母亲自尽了。老道士独自抚养着这孤子，苦心教给他所有江南丝竹民间音律的技艺，在阿炳二十余岁时才撒手西去，阿炳便做了洞虚观的住持。

刚做观主时，雷音殿的香火依然很盛。阿炳毕竟年轻，又有钱票，忍不住常去花街柳巷厮混。在那儿他学会了吸食鸦片，又染上了梅毒，不久，瞎了双眼。原来帮他料理道观杂务的堂弟此时早已控制了殿里的事务，立刻便把他赶出了道观。那是公元1930年左右，阿炳刚刚三十岁。族人可怜他的遭遇，从乡下找了个名叫董翠娣的女人陪着他，从此，瞎子阿炳便每天由这村妇牵着，沿无锡运河边的码头闹市边乞讨边拉胡琴儿，做上了街头琴师。又是十余年过去了，饱尝苦难整日出入茶肆酒楼卖唱乞食的这位瞎艺人，早已心如止水般地平静下来。每当回忆起年轻时如烟的旧事，往往神随游丝心照山泉了。他成了无锡城琴技高超无人不知的卖艺人，更成了那座江南古城陋巷窄街上风雨无阻的一道风景。

又一天

我的眼前时常浮现出这样一番景象：一个头上戴顶破毡帽，身着一袭补丁长衫，脸上挂一副暗无天日的墨镜，手拎一把破旧二胡的瞎子，整日游荡在无锡城里的街头巷尾。黄昏的夕阳将那蹒跚的倒影拉得瘦瘦长长，仿若刻在五千年历史的古中国额壁上的一道深深伤口。风送来若有若无的紫荆花的香气，又如那只打了结的破胡琴拉出的如泣如诉的曲调。

阿炳的墓如今就在惠山的半山腰上。墓修得很阔绰，与生前那个不名一文的长街卖艺的潦倒乞士极不相配。阿炳一生只遗下三首二胡曲——《二泉映月》《听松》《寒春风曲》，和三首琵琶曲——《大浪淘沙》《龙船》《昭君出塞》。但仅此却足以奠定他作为现代中国最后一位民乐大师的地位了。尤其那首《二泉映月》，在我看来，这是一首诉说尽了人生之无奈的曲子。是的，就是无奈！无边无际无痛无苦的无奈！缠绵悱恻悲愤莫名的无奈！长歌当哭辛酸当忆的无奈！所以日本最杰出的指挥大师小泽征尔第一次听后即泪流满面，他沉默良久，只说了一句话：这首曲子，只能跪着听！我理解小泽征尔，他所敬畏的不是那位演奏苍凉此曲的阿炳，而是作为他的同类——对人子苦难的敬畏！

许多年前，远在无锡城靠卖艺糊口的阿炳无意间将此曲拉给了隔壁的一个穷学生，后来那穷学生有幸考上了一所音乐学院。也是一个很偶然的机会，他又拉给他的教授，那教授当下便呆住了，急问曲子的来源，那惶惶然的学生说了，教授便表示要用当时最先进的苏制的钢丝录音机将它刻录下来。他们从南京赶来无锡，找到已数年没拉琴的体弱多病的瞎子。瞎子听说要录音，十分激动，说自己手生了，恳求允他习练三日，教授同意了，并到琴行替他借了一把新二胡。阿炳原先琴上的弦早断了，是随手打了个结连上的。三日之后，录音开始了，由于钢丝有限，他们只录下了区区六首，这与瞎子所会的七百余首简直不成比例！但即便如此，当录音机流淌出那熟悉的曲调时，瞎子枯瘦的身子微微颤抖着，一宿也没睡着。

不久，阿炳录音的事传播无锡城，当地牙医协会开会时，就请他去演奏，这是瞎子第一次也是平生唯一的一次坐在舞台上演奏，以往他都是在街头站着拉的。瞎子拉完，掌声雷动。

不过据此也仅三日之后，面色苍白病入膏肓的瞎子便开始大口大口吐起血来。挨至傍晚，终于痛苦地故去了，他只活了短短的五十七岁。

再一天……

今天早上我又一次来到湖边。刚刚坐下，就望见不远处有人在偷割沼泽上的芦苇，撞见我，那人吓了一跳，慌慌抱草离去了。

四周静极，能听见叶子一片片落下的细小声响，宛如谁的微叹。过了一会儿，秋阳开始烤得脊背发热，我渐渐闭紧双目，进入一种冥思境界，仿佛沉入了一款酣酣长寐。

昨夜我于灯下重温了一遍诗人梁晓明十余年前作的那首《瞎子阿炳》，那是我所读过的抒写阿炳的最好的一首诗歌。后来我也曾尝试学写一首，但是几番动笔，终于不能超其上，只好作罢。诗是这样写的：

> 太阳离开了无锡以后
> 郊外
> 那块最冷的石头上坐着一个人
> 是瞎子阿炳
>
> 每个夜晚都会有一盏灯
> 阿炳没有
> 四十多年来阿炳像一根被抛弃的拐杖
> 没有人用手去扶过他一次
> 在街上 阿炳

始终被关在门的外面

阿炳曾敲过一扇又一扇的窗子

阿炳的手掌上

从来没有讨到过微笑

阿炳只能独自去郊外

坐在一块冰冷的石头上

拉点二胡温暖自己

当黑夜像锅盖从天上盖下来的时候

人们都熄灯了

只有阿炳的泪水从脸上流下来像一个个

无家可归的流浪孩子

在阿炳的嘴边颤抖

在中国的梦外徘徊

后来越来越冷

阿炳便不停地拉二胡

后来到了早晨阿炳拉的这把二胡

把许多人的心给拉热了

阿炳死的时候

嘴边还是有泪的

失明以后，阿炳便陷入了一片漆黑的黑暗之中，代表灼灼光明的太阳早已沉入谷底并且永远不再升起，而此时能给他一丝慰藉的只有一枚指纹一样薄而且清凉的苦月。月牙儿凄凉地升至半空，映照在这个活在社会最底层的，既没有了生，也没有了死的漫漫无涯的煎熬的灵魂上。

阿炳的人生让我想起荷兰印象派画家梵高，只不过一个是处世不惊——对痛苦失去知觉的认知和无奈；一个是对艺术狂热追索并最终进入癫痴结束挣扎的壮烈。他们都学会了死亡这门稀有的诗意课程，他们都在冷彻骨髓的生命路途中承受着常人难以承受的大苦大难，并最终到达了一种尘世中光辉的澄明之境——颂歌死神的苦难的境界！

所以从某种角度来讲，艺术（指那些真正伟大的艺术）就是坦然独对死亡与苦难并能保持尊严和平静的总和！就是阿炳的月光和梵高的向日葵！就是普天之下众生的亡魂和前世！也是现代人对古代保持崇敬的道德。

有位哲人说过，人生的本质就是痛苦。痛苦联结着生活和生命，它是一个看不见底的深渊。痛苦无论多少，人都无法越过它，只有经历它。对于阿炳的音乐来说，一个没有黑暗感的人不配聆听阿炳的胡琴，同样，一个没有看穿历史和现实的人也不配。

阿炳到后来已然不会再流泪了，"泪水蔑视它们的知己"。阿炳一生因为失去双目从而拥有了长长的黑夜，无视便是怀揣着"无"，无即空旷无垠，即拥有比常人更广漠的世界。所以阿炳的音乐从时间上看，是超越了世代的音乐；从音乐风格和特性上看，它又是最东方最民间的。民间就意味着清苦（我只愿意用这两个字，也只能是这两个字。也许今后民间会慢慢消失，但从此刻往前看，民间几乎从来就是没有脱离过清贫和苦难的民间）。

有时，我甚至想，在这嘈杂的俗世，听一次阿炳的胡琴就是窥看一次自己的心魄，直到心智澄明的那一日的到来。

还是一天……

我独喜黄昏时分来此小憩，是因为我天生喜欢那种落寞的心境，这与传统的文人有关，与一种很古的情绪有关——湖光山色，野塘孤亭，微风过处在水面堆起的纤细涟漪，以及一轮亘古即有的苍老太阳——当它沉落时，远山和近处楼群的窗户渐渐变成橘红色，四周水面上宛如染上了金色烟雾，而堆金积玉的湖水更像是春日燎荒的火势，白光灿灿，令人目眩。

我在波光涌动的沙岸边远眺落日，渐渐沉浸在纯自然的画意里。

哦，世上竟还有这样宁静的时刻，真是造化恩赐的福分啊！

而此时的落日完全似一位垂亡的英雄，发出感伤的悠长的浩叹，她从容大度，镇静自然，闲庭信步般走向终点，用"视死如归"来描绘又稍嫌有过，用"僧侣圆寂"比拟又略显不足，总之那落日仿佛参透禅机的鸿儒大哲，安然无牵挂地将骨肉之躯同环宇洪荒融成一体，那种超然物外的气度既有帝王将逝之肃穆，又有圣贤辞世之庄严，让肃立眺望的人唯恭唯敬，奉若神明。

我感到天地空茫，时光匆匆，一种奇妙的东西摄住了我的魂魄，宛如幻梦。想想人生的渺然和卑下得近乎一只沙粒大小的蝼蚁，情绪忽又急转直下，深深叹息起来。

不远处朝南的那座桥面上，有一中年男人正在放风筝，湖上的风大概忒小了些吧，那男人手中的"鹰"上下扑腾好几次，竟一次也没能蹿上天去。男人似乎有些气馁，便换了个蜈蚣形的，左试右试，扬扬甩甩的，仍未奏效。这时候天地倏忽一暗，是夕阳隐入了一片幽暗的云彩后，而公园外面高高矗立的灰色楼群，也顿然失去了刚才夕晖柔和的一抹，变得冷峻难看起来。

一座重工业城市的面貌恰如美国诗人桑德堡笔下的诗句，生硬且漠然。而在这样一个忙碌庸常年代里忙里偷闲似的野足和遛弯儿，就变得益发难能可贵了。

举目苍穹，辉煌的落日正决绝地向下滑去，顷刻之间便湮没于灰紫色的暮霭后面，四下里顿时暗下许多，我也有些黯然神伤，耳听得一只夜归倦鸟悲啼一声，一耸一耸掠过湖面。不远处那个放风筝的男人早已了无踪迹，光秃秃的桥面和湖畔的野柳全都换上苍蓝的面孔，天是真的黑下了，我也到了该回去的时辰。

书店里的书

一本书从作家酝酿到青灯孤伴的写作，再辗转邮寄到各出版社编辑案头，几经审看周折，待到终于送给印刷车间排版师和技工师手中，书的模样才会大抵胚胎成形。当纸页们列队集合最终以集团军的方式涌出厂门，它们会经过长途跋涉奔赴到全国各地的新华书店图书市场，虽说那儿并非是书最后的栖息之地——庄穆典雅的幽静书房，却是一本书一生中最重要的一个驿站，一次奇遇的最紧要关口。在这里，它将与它的主人相遇、结识，并最终被阅读和接纳，从而成为朋友、知交、导师、奴仆、情人等等。

我每次一走进书店门，总是瞥见在琳琅满目的书架上，伫立着一排排精装简装的书们：穿长衫的书，着西装的书，披袈裟法衣的书，穿旗袍中山装列宁装露脐装的书……以及苹果脸的书，满面沧桑的书，油头粉面的书，素面朝天的书，皓首白发的书，赤身裸体的书，搔首弄姿的书，男扮女装的书，忧愤叹嘘的书，隐姓埋名鬼鬼祟祟的书……

一本书里承载着一个伟大的梦想，一本书里隐蔽着一个卑鄙的阴谋；一本书或许是一个不屈灵魂的啸傲呐喊，一本书或许深深浸淫着写作者经年的血与泪。有时，我会看见一本哭泣着的书，它缓缓向我讲述发生在遥远年代里的陈冤积案；有时，我会留意到一本窃窃低笑的书，那是那个装着一肚皮噱头、做过小品演员的家伙急着为人们抖搂幽默爆笑的"包袱"；也有时我会遇见一本愤怒至极的书，它是另一种主义的倡导者，它主张用暴力的手段来实现自己的理想……

是的，一本睡得昏头涨脑的书会发出无聊的呓语，一本挤眉弄眼的书则用它封面的艳照引诱每一个走过身边的脚步。

想一想，一个人与一本书相遇，这情景总是相当奇妙的。是什么触动了他，使他想要将其拥有？我时常会在书店的木柜前，看见一个读者欣喜若狂紧紧抱住书籍的情形，他的脸上洋溢着久别重逢或突然拥有一大笔财富的兴奋，这是那本书的福气，也是那个人的福气，不是吗？

有时，我也会看见某个人在一本书面前疑疑惑惑，一会儿抓起一会儿又恋恋不舍地放下，又是什么使他对拥有一本书产生怀疑呢？价格抑或内容？我不得而知。这就如同那种人与人之间的交往，不是有许多约会被无端取消吗，不是有许多人在赴约的瞬间蓦然毁约吗！可见一本书的自身魅力是决定其走向的主要原因，而绝非读者。

如果一个人对一本书视而不见，不能说是书的不幸，也不能简单地推测为人的无知。书与人之间的沟通，绝对应该是心灵与心灵之间相互吸引的秘密，因为书即心灵，而文字和纸张不过是心灵践约的途径而已。

我曾为一本老处女般的书扼腕叹息，又为一本惨遭下架折价处理的书暗鸣不平，这是真的。一本积满厚厚尘埃的书却有着火一般的激情，而一本被许多年轻年老的手无数次抚摸的书，其实只不过是一个生性淫荡的娼妓。

似乎有过这样的先例，一个人因为一本书的指引从而改变了一生——他因为这本书发动了一场革命，建立一个政权，并使无数人与他一样改变了命运！谁能说一本书里没有枪炮声、厮杀声和战车的轰鸣声？当然，我看见一本书代替机床生产出成堆的产品，我还看见一本书取代讲台上那位之乎者也的教授，让一颗年轻的心长久地激跳……

我知道一个稚气未脱的年轻人早晨走进书店，黄昏出来时会变得步履蹒跚老态龙钟；我知道那位祖祖辈辈汉语身坯的家伙，会因为几册外文书，从而改头换面变成着西装系领带的字母……

书籍承担了部分历史，从而使人类自身变得可疑；而书店则因为拥有了更多的读者，以便让真理掌握在少数人手里。

钟 表 店

那个躲藏在时间深处的人，他是否洞悉了岁月的全部秘密？

每次我路过小镇街面上的那家钟表店，都会忍不住放慢脚步，向里好奇地张望一番。那挂满千奇百怪各式各样钟表的墙面上，时间的脚步走得舒舒缓缓，从容不迫，间或会有悠扬的钟鸣声，叮叮咚咚地传荡开去，于是那个瘦小、丑陋的修理匠，便会微微抬起头，望一望车水马龙的街面。

阳光如瀑，泼在熙熙攘攘的马路上，溅起尘埃一般的喧嚣，让他微微有些昏眩。

他揉揉酸涩的眸子，叹息般地嘘口气，又埋下头去了……

这么多年，我一直对那张苍白的、戴着瓶底一样近视镜的脸满怀敬畏。他像一位诡谲古怪的魔法师。在他那凌乱琐碎的台案上，数不清的螺丝刀、钳子、镊子和复杂得叫不上名字的器具堆放在一起，闪烁着奇异的光芒。每当走进一位顾客，小心翼翼地拿出毛病百出的钟表时，修理匠总会傲慢地晃晃瘦小的脑壳，目光犀利地瞄上那么一眼，然后不慌不忙地吩咐道：放那儿吧。于是他那人高马大的媳妇，便会走上前，接过顾客手中的东西，搁在某一块钟表的后面，连票据记号也不必填。

顾客不放心，一定会迟迟疑疑地问：我几时来取？老板娘便扭过那张泛着油光的苞米面饼子似的胖脸来，懒懒回道：后天吧。顾客诚恐诚惶点一下头，后天来时，保准会抱回那架擦得干干净净，大小指针走得咔咔山响的座钟来。

每当我看到瘫子修理匠打开钟表的后壳，裸露出那亮锃锃、黄灿灿，有如人的内脏器官一样奇妙的齿轮零件时，我都会虔诚地瞪大了眼睛，对于那些紧密咬合、一动百动、一损俱废的秘密组合，我一面感慨科学家发明创造的鬼斧神工，一面又叹服时间老人布下的神圣魔法。那冥冥之间宇宙大荒里永不停歇的时光的脚步均匀、有力、铿锵前行，像巨人的心跳。

我常想，时间在自然界，是以日升日落、月缺月盈来呈现的。但这种呈现对芸芸众生来说太寥廓、太模糊、太空茫、太缥缈，哪如秒针时针的指向坚决、准确，甚至也不及古时沙漏的逼真和紧迫。对于生活在节奏快捷的现代人来说，离开了时间的指引，哪怕须臾、刹那，也会无所适从，慌乱无序。

清晨起床，我们要靠定时闹表的召唤，才能恹恹而起；夜深就寝，我们要靠人体内沉睡的生物钟提醒，才能酣然而眠；至于日间的学习、工作乃至生活中的吃喝拉撒睡，生老病死埋，也无不是严格遵循时间法则的戒律进行。我不知道一个人一旦离开了时间的指尖，将会如何面对纷乱不堪的内心。

所以，从某种角度说，钟表是统治我们的时间之神的法器，而那位瘦小的修理匠一定是掌握了这种魔法的神的使者。他来到尘世之间，生活在我们身边，从天堂到地狱，冥界凡界，死死生生，调整着人们生之起伏的周期。

我搞不清他的残疾是与生俱来还是后天事故，但我知道他是靠此手艺吃饭，他靠自己的本事娶了乡下女人做老婆，照顾他的生活起居，这是他平庸的一面；另一面则是他超常的聪慧，是他超越残损肌体之上闪射出来的智性光华。与其说他熟识了钟表的秘密，不如说他掌握了时间的秘密，不如说他在用时间来调控全镇人平淡的生活。岁月苍茫，日子难熬。当镇西头一个老人殒逝时，会使时间的脚步稍稍停顿；而镇东头另一个新生婴儿的嘹亮啼哭，又会使呆滞的时间匆匆加快。

这是一种令人难以觉察的游戏。从古至今，那些伟大的先贤哲人们早有所论，只是被欲望的滚滚烽火尘烟湮没了而已。当心灵被俗念浊意掩埋起来时，钟表的齿轮就会一点点锈蚀……这时候盲目无助的人们是多么需要一位技艺高超的修理师来拯救啊！

小镇上的花圈店

镇上早先有两家与丧事有关的店铺，一家是棺材铺，一家是花圈店。殡葬改革那会儿实行火葬，唯一的棺材铺自然也就关门大吉了，剩下这家花圈店，竟一直开到了现在。

铺子的掌柜姓甄，与我父亲是故交。父亲与甄掌柜都嗜棋成癖，所以每日晚饭后，父亲必携一盘棋子急急奔向邻近的花圈店，与那戴副残腿花镜笑面和尚似的甄掌柜摆上几阵。在二位老头楚河汉界打打杀杀的当口儿，我和甄掌柜的女儿小兰就在花花绿绿的花圈架旁玩耍。有时候我会摘下一朵红瓣金叶的花儿绾在兰儿的发辫上，也有时我竟把那些纸叠的金元宝银元宝忘于衣袋里，从而遭到母亲一顿责骂……更多的时候，我对店里扎糊成的那些栩栩如生的纸牛、纸马和纸人儿大感兴趣，有一次我还把一匹纸马的脸涂成了红色。

随着时代的变迁，花圈店的纸活儿也在发生着新的变化，不仅有了彩电、冰箱和洗衣机等现代化家庭电器，还可以糊成个头与真的差不多少的摩托车和小轿车。此外一些顾客还会提出匪夷所思的要求，比如有一次一个顾客就提出扎一架幻影式战斗机，因为死者是一位服过役的空军军官。

我一直对那种样式古旧，布料青黑的装老衣服耿耿于怀。现如今的时装业如此发达，那亡灵们的衣着就不能也如T型台的模特一样时髦光鲜吗？

此外，我也对纸扎的花儿不感兴趣，即便颜色再艳丽，样式再妩媚，开得再繁茂硕大，毕竟是没有一丝幽香的纸花啊！是什么原因不能在祭奠仪式上佩以馥郁娇艳的真花真草呢？焚烧的火吗？抑或是国人对冥冥之中的亡灵的追思与祈祷方式使然？

灵魂若风。于阴阳两界的人们来说，寄托哀思的办法唯求于火，是熊熊火焰的力量使冥币成灰，纸扎的花圈布织的挽联成灰，衣物器物乃至人的血肉之躯成灰，才能使匆匆浮升的幽魂去往那极乐之境……

据说一些大城市开始出台新的法规，禁绝焚烧纸钱儿花圈祭奠死者的行为。这是对的，对于美化城市环境防火患于未然来说，我们不应对此举心存疑惑，然而如此花圈店这一古老的行业就将走到尽头了，就像消失已久的棺材铺一样，后人们只有在故纸堆的典籍里才能知晓，这世上还存在过这么有趣的一种店铺，这就是与死亡贴得极近的掌故的秘密。

我不知道若干年后我的坟头，还会不会有枯叶般的纸钱儿，和那令人肃然惊悚的纸扎花圈了。

玻　璃

　　玻璃的出现是人间的一个奇迹。从玻璃自身折射的意义来说，它的存在恰恰表示出一个字："无"。无即是空，就是不存在，这似乎又是隐藏于玻璃身上的一个悖论。不是吗，我们透过窗户上的玻璃，看见屋子外面的风景——楼群、街巷，熙熙攘攘的行人，树枝上的麻雀，天穹上羊群一般缓缓移动的云朵……玻璃从不阻挡我们的视线，它宛如空气与微风一般在我们周遭存在着。玻璃就是交流。

　　所以阳光会毫不费力倾洒到屋子里的角角落落，仿佛天神的教诲。我不知道纸窗年代的人们是怎么熬过来的。人想透过纸窗窥探室内动静，只有伸出一根手指，蘸上一点唾沫，慢慢洇湿，才能将那层隔在两个世界之间的纸点破，这又是许多电影作品里的经典动作了。而玻璃不费吹灰之力就解决了这一难题，犹如一个闪烁晶莹的幻梦。

　　玻璃大量存在于我们生活的层层面面。水杯、花瓶、茶几、餐桌等等，它冰清玉洁的品格在这些物件上得到了完美的呈现。它不像钻石玉石那样高贵，也不似塑料制品那么低贱，玻璃就是玻璃，一种人工炼制出来的化学工业产品，美丽而又质朴，就像一块天然水塘。

　　我在电视荧屏上见过东欧捷克人吹制玻璃器皿的过程。在熊熊燃烧的炉火中，坚硬易碎的玻璃变得柔软温顺，像花儿一样慢慢盛开，放射出夺目的光辉。那一瞬间我被惊呆了，啊，世界上那些古老的手艺是多么了不起，我多么希望自己也能成为一个熟练的玻璃匠人啊！

　　苏联作家帕乌斯托夫斯基在其小说《玻璃师》中，曾为我们描绘了一个幻想拥有一架玻璃钢琴的人的故事，那是一个奇妙的主意，我不知道故事里的人最终是否实现了那个梦想。而此刻坐在书房里的我所梦想的，却是要用成千上万吨玻璃建构一幢闪闪发光的塔楼，矗立在阳光下的广场中央。每一阵风过，高翘的檐角上悬挂的玻璃风铃，便会发出清脆悦耳的、叮叮咚咚的声音……

　　这就是我在一爿玻璃商行里想到的。据说将玻璃的另一面涂上水银，它就变成了一面镜子。这是玻璃的反对，多么有趣。当玻璃以镇定自若的口气向我们宣告空和无的时候，镜子却沉寂无言地回敬以"有"。包括这尘世间一切的一切，在镜子那儿，什么都能得到完整的囊括。"有"是真实的，"有"又是相对的，在镜子广袤无边的胸怀中，一切都只不过是过眼烟云。

中 药 房

在漫长的历史细节里，坐堂的老中医正在为一只苍白、瘦弱的手腕把脉。他双目微合，风撩起花白的五绺长髯，像时光在湍急之后归于静寂。所有激跳的心都为另一颗而停驻了片刻，所有的光都拢在这一只白皙且又神秘的手指尖上。生命在这一瞬间变得格外生动、具体、细腻，像是灵魂出壳的刹那。

像过了整整一个世纪——百年一握，木格子窗外的花儿开了又谢，谢了又开，"但风仍然把炮制的药香，一直送到人的尽头，时间的尽头。"（秦巴子语）罪与欲，美与善，是非与功过渐渐淡化、隐匿、远去……剩下的只是愈缩愈紧的人——人的器官，和器官的波短与波长。人生其实就是那隐隐跳荡的脉搏，悠然而绵劲。而号脉的手恰恰如中国的哲学——中医对疾病的释理仿佛国人之对世界。日出与日落，月缺或月圆，悲欢离合的命运终归不及那轻松一握——望、闻、问、切，使历史清晰如脉。

香烟袅袅，祖传的中药房黑匾金字，成为东方之国最典型的风景。万物皆可入药。世事被概括为阴与阳，相生相克，并掌握在神色庄穆的药剂师手中——烘、炮、炒、洗、蒸、煮、泡、漂……繁复的程序如同由生及死、再向死而生的辩证法则，但什么能真正改变心跳的频率？岁月的减法在中医这里得以克制，而时间于药房深处几近不存在——读经，炼丹，从草根和花苞上提取精血，用烟熏火燎的沙质药罐煎熬苦口婆心的良药。在医治面前，帝王和布衣百姓的地位相等，并同时简化成一只利于吸收的胃囊，一叶趋于平和的内脏，一段曲曲折折横亘大江南北长城内外的万里愁肠……

　　中药房——生命旅程中的一个停泊驿站，使人在漫漫尘埃中能够看清自己和世相，懂得休憩与忍耐，懂得黄昏的忧郁以及夜幕降临后灶房内几案上焚香的气息，宁静的奥秘。它一代一代被穿着传统长衫的人承继下来，像人们承继诗词格律、笔墨纸砚一样，浓缩着东方古国布衣们的涵养和情结。从乡村到城镇，从唐宋到明清，从李时珍到宫廷御医……这是一条用文火开辟的道路，而疗效则如一颗圆而又黑，霍然转动的药丸，悬置在天地之间。

无量观写意

一

整个下午我都在温习客房山溪的水声，温习夏日的荫凉和一两句雀儿的诗句，整个下午我都是枕着隔壁一老道士残诗般的咳嗽入睡的。

二

大概是两周之前，我动了休假千朵莲花山的私念，一个人收拾了简易的行囊，收拾了滚滚红尘中琐碎的心情进了山。友人的叮嘱恰似或阴或明的一脉青山，而那位慈眉善目的住持老道长飘逸的胡须，又像挂在半山腰的两缕白云，把我半生的苍茫，全都拢入紧披衣襟的山门里了。

三

我时常想，一个年逾不惑的男人最是尴尬了——她不再年轻，我也颓然老去，二十年前我们遥指的五佛顶的霜树，那残红岂不是我或我们如今的心境？我俩绿是绿过了的，包括那些年轻时狂放的浪语，豪掷的壮言……我俩绿是绿过了的，就像含笑卧成一脉青山的佛。那缕当年系在佛颈上的烟岚，二十年后想来怕早已飘散多时了吧。

而那少年的足印，在岁月雪白雪白的石阶上，萌芽了否？

四

这几日，我晨起登山，登书本之外朗朗的青山；下午呆坐，在天外天的亭子里翻晒陈年霉斑的心事；到了晚间嘛，一个人坐在枯瘦的灯下翻阅竖排版的老子的《道德经》。

想起来也好笑，我不是出家人，却喜欢吃素素净净的斋饭，喜欢听道士道姑们早课与晚课的木鱼和诵经声。每当夕阳西下，嬉闹的游人渐渐散尽……每当立在某条石径上眺望落日百无聊赖的我离去时，零零碎碎遗在手中的，是半握稀疏的斜阳，几粒黯淡的鸟啼，和一把水芹菜一样湿漉漉的愁绪。

五

老君殿和三宫殿里，霜烟过后那些嶙峋的身影，寂寞如一袭凭栏独处的青衫。

"道"是一个难解的谜。

而一株立在钟楼前五百年树龄的丁香树，却早已把自己站成了花开花落的日子。

故乡早已是零落成泥碾作尘的梦了。

六

我去看望伴云庵的老尼，她老人家静静杵坐，在什么都不做的午后，枯干的，也会被一片不经意坠地的落叶击伤心扉吗？

而空荡的殿前，艳阳如织，云是微温的壁上的一抹水墨，在散开的发辫一样的古琴声里，渐渐苏醒。

好多年就这么过去了。现今她用双掌握住一句冰凉的经句取暖。

七

每天清晨我都是被附近山谷里荡漾的钟声叫醒的。每天清晨我都在一阵紧似一阵的鼓声里温习我模糊的梦。夜又刚过，星斗曾在我陡峭的额壁上闪烁。我的身子确曾被月的羽衣暖过的。确曾在夜的柔凉的肌肤里洗过的。像一尾偃行的鱼，刚刚在暧昧的漩涡里挣脱，又陷入了春的床头……

好多年就这么逝去了。

好多年。

青苔在昨夜是否又去偷食道士塔基上的花岗石……

八

今天上午我去拜访一位常年住在无量观后山的石洞里苦修的人。我听玉皇阁老道士讲过他的故事，我既愕然又迷惑，仿佛叩问一尊硬且冷漠的石碑。我在狭窄逼仄的石洞那儿叩门，除了空阔的回响，除了清明的风中一两粒惊起的鸟叫之外，整整一座山回应我的，只是立在更深的惆怅中的三五株古柏、一丛雏菊、几抹虚静的沙沙响的云彩和沟壑底部潺潺的溪流。就这样，我久久伫立在那儿，仿佛另一个面壁的出家人，仿佛在听那石头的心跳，生与死的对视，以及渐渐弥漫在眉宇间的青草的湿气。

我叩门的手指在时光的默许下正节节朽败着。

九

是到了离开的时辰了，刚刚过去的中元节，是道士们形式主义的操练，是一首古典律诗的韵脚和注解。那些祈福的俗人仿若袅袅升腾的烟雾，瞬间就散尽了。修缮一新的大殿前，只余下遍地灰烬，讲述着人间的消息。

八月是敲着禅房的门度过的。

如今到了九月，到了祖先们熄灯后，骨骸被鞋声翻过的九月，秋已抵及山洼处那人的膝盖。渐次疏朗的情绪终归是湮没了他。他开始忘了自己和春天的许诺，忘了爬过的山峰，燃过的灯盏。忘了他背负一生的另一个我。

一株枯树走过来。

一株瘦而硬朗的枯树走过来，刚从千年长寐中醒转。

而我像一尾刚刚被敲击过的一脸沧桑的木鱼。

辑五：马戏与魔术

《变形记》（之一）　　布面油画140-100cm

小丑的眼泪

在哑默里，他怎能把笑的旋钮开到最大。

他的身体是一个盛满笑料的容器，哪怕一个手势，一个眼神，一次不小心跌倒的跟头……他是我们的夸张，也是生活的夸张。他似乎有一种神奇的本领：把泪水变成微笑，或把微笑变成泪水。这还不够，有很多时候，他能让一个人在大笑之中看见自己并黯然神伤，这是真的！在一个著名的小丑身上，从服饰到内心，从圆圆的红鼻头到大得出奇的鞋子，他总是与我们对生活的要求不太一致，这也是真的！而问题的关键是，你能从那磕磕绊绊的动作中看到一颗久违了的善良的心吗？能吗?!

小丑在我们中间，在大众中间，也在有权势的贵族们中间。一个一生只扮演小丑的人将会获得尊严，将会因为能在一次演出中让所有的人大笑十次从而提升生命的质量。因为平淡的生活总是缺少发自内心的微笑，总是像没有馨香的鲜花一样让我们感到惋惜，这是事物存在的悖论。

而有时，我们也许会对小丑的日子播撒同情，仿佛他是这世间最弱小的东西，需要有人伸出强有力的手来扶助。而小丑的快乐大多数的人又怎么会了解和知晓？

当然，人人都想当叱咤风云的英雄，小丑也不例外。长久以来人们在书本上总是用"小丑"来形容某个人的卑劣行径，跳梁小丑永远都是绑在历史耻辱柱上的倒霉蛋，而舞台上的小丑让我们的生活多么快活、有趣。

但他的内心是孤独的，正像他的眼泪。一个人用终生的欢笑来掩盖他的悲伤，这需要多么大的勇气？滑稽、幽默、引人发笑，全身的每条骨缝都充满噱头……或许我们只能用"天才"这个词才能稍觉心安。而天才是孤独的，孤独而悲伤。

一个真正的小丑在生活里其实是个异数，面对芸芸众生而言，做一个舞台上的小丑甚至会比当一名舞台上八面威风的英雄更难。而二者又是相互陪衬相得益彰的。

从戏里到戏外，丑与非丑的界限其实一直是模糊不清的。一个人只有将众生之丑会集一身，才能成为丑之名角。这也是上苍赐予我们的大智慧大哲学。

我喜欢那个小丑，但我不笑，我知道他正在表演的故事与我有关，与我的父亲和我祖父有关，所以我准备在他谢幕的时候，向他抛掷玫瑰的花瓣儿……

大变活人

把美女切穿、肢解、大卸八块，从丝绸里取出僵硬的残躯，没有鲜血滴下……而那只苍白的手仍然在不可思议地摇晃。

这是一个传统节目，人们都知道这是假的，是魔术师的诡计，用不了多久，一切还会完好如初，一切都将恢复原样，可是那位活生生的美女在哪儿？

这确实是人们一直都在寻找答案的疑问。从古至今，在公众的心里，总是潜伏着一种赏暴尚恶倾向。当刽子手的大刀片狠命抡起，那位被绑赴刑场的绿林大盗颈上人头横着飞撞出去时，人山人海的围观者中不是立即爆起一阵惊天动地的欢呼吗？尤其是遭受凌迟酷刑的家伙，他被细细割了千八百刀之后，将死未死，心脏还在奇妙地跳荡，他悲哀的眼睛看到的，是什么呢？

我不知道那位藏身于道具中的美女演员是否也有同感，是否也在貌似文明的观众脸上窥视到他们残忍的另一面？而人们是无辜的，过错只在于节目本身。那位装模作样的魔术师的技巧多么拙劣！他只是机械地重复前辈的传授，他只是在操作那些设计精巧阴险狡诈的道具，这是一场虚假的屠杀，所以杀手和被杀者都面带微笑。

他在请君入瓮（在此之前他已将那柜子让大家反复看过了）。他用插板小心翼翼将柜子分隔，然后他拿起寒光闪闪的刀，做那些漂亮规范的舞台动作。现在，他正做出剑客的亮相，口中念念有词，然后对准柜板上事先留下的孔隙毫不留情地刺了进去。

观众停止了喧哗，睁大了眼睛，呆呆望着台上，眼看着那把利刃破壁而入，又穿壁而出，露出颤巍巍的刀尖，然而没有惨叫。

有一个胆小的孩子扭转脸，投入父亲或者母亲怀里。更多的观者则期待第二把锋利无比的屠刀。看啊，他刺进去了，又刺进去了。在人们想象的空间里，那个可怜的女演员的确无处可躲了，但是她的手还在晃动，眼睛还在若无其事地一眨一眨。魔术师的气焰更加嚣张，他亲自将柜子一分为三，必欲置其于死地而后快⋯⋯

观者依然在担心，即使有人知晓这种担忧毫无必要，这只是一场有趣的游戏，但是演员是真的，身首异处的人定然死亡的死也是真的。因而当美女从复原如初的柜子里最终完好无损地走出来时，她立刻得到了热烈的欢呼。

这是必要的，即使人们知道那只是假死，但必定她经过了人人都没有经历过的鬼门关。在狂热的欢呼之余，也许观众席只有一位天真的少年还沉浸在刚才的情景里不能自拔，他在为那道遮盖柜子的黑色绸布而纳闷。他觉得如果没有那道绸布，一切就一目了然了。但这是不可能的。生活中总需要在某些紧要当口遮上一道与世隔绝的绸布，以便人间的悲喜剧能顺利演绎下去，使历史能够千年万载地往后延续。

舞台上遮挡的绸布本身就是千古之谜。

秋　千

据说秋千的发明起源于朝鲜，是给深锁闺房寂寞难耐的少女越过高墙向外窥望用的工具。可见，这东西是与人的心灵有关系的。

人总是生活在各种各样的规则里。规则即禁锢。所以人天然的追求自由的灵魂总是要变换花样做挣脱的努力，仿佛翅翼之于牢笼。这在古时的妇女身上体现得尤为强烈。

墙壁、窗户、幕帘、篱墙，高高的门槛和厚重的木门……在了无生趣的漫长岁月里，一颗被青春的阳光和爱情的烈焰浸泡熬煮久了的心是多么不安分哩。它像一只破壳而出的雏鸟，奋力啄向那道坚壁，尽管它是那么弱不禁风，那么可怜兮兮，那么丑陋不堪……

但是生命的奇迹也正在此。谁能想象出那只搏击长空的雄鹰的幼年呢？一种工具演变成传统杂技舞台上的一门高难度技艺，这便是人心所向的过程吗？

他在荡起来，并且愈荡愈高。渐渐地，更多的人加入进来，更多的人渴望越过囚禁的藩篱眺望远方的风景——那人世间幸福的乐园。他们看到了：一瞬，一刻……不，这些还不够！他要看得更仔细，更清晰，更完美！所以他们竭尽全力，越荡越高，像一颗石子被抛向穹空。湛蓝湛蓝的天穹啊，像早年的梦幻，那么渴望融化在蔚蓝的空气里啊！融化了就不会落回，就不会回到龌龊的尘世，就能得到幻觉和奇想。当耳畔的风急速地掠过，当太阳的热度越来越强……

云层！鸟儿！越变越轻的肉体……神灵在高处的微笑深不可测，而秋千能够抵达的高度，几乎总是人与神之间的界限。

玩气球的人

一个诗人说：我终生都在反对一个气泡。我知道他指的是什么。我也是。在舞台上，面对全世界的观众，我在与一个虚空的气球搏斗。

它是轻的，像空气一样轻，像阳光一样轻，像恋人的唧唧耳语一样轻。它同时也是坚固的，坚固而柔韧。

我把它当作一个城堡，一个怪圈，一个人的内心生活。我要奋力闯进去，像一把刀刃刺进一个人的胸腔，像一块石子坠落进平静的湖面，像一只鸟儿回到旧有的蛋壳里……这是荒谬的，所以它有趣和有意义。不是吗？

我先探进去一只手，然后是另一只手——里面是空的，空空如也，不像嘈杂拥挤的人世，如果一个婴孩降临人间不幸选择了我所在的城市，他一定会为同类如此密集感到惆怅，但鸟儿不会，鸟儿可以飞翔，去一个遥远的环境优美的国度。

而我正拼力将身体向气球内挤进，腰，臀，腿，足……最后只剩下光秃秃的一个脑袋。就这样我怪模怪样地在舞台上走动。气球内原有的气体恰好被我挤出身体的等量，而我还毫不羞耻，涕泣自得地东瞧西看，西游东逛，真是岂有此理！气球是透明的，它没有破裂，也就是说，气球容纳下了我，又包裹住我的肉体，我的思想，我的灵魂，我傲慢的一切。

我不吭一声，只是做了个鬼脸，然后慢慢地，像一个淘气的孩子一样自己的头缓缓缩进气球体内。瞧啊，我完成了一个象征着成年人重新回归到我母腹的壮举！

我的举世无双的表演结束了。

杂技中的自行车

杂技中的自行车不必担心轮胎放炮，也不必害怕链条被拉断。杂技中的自行车没有方向感，它只像一只陀螺在原地打转，一圈又一圈，肌肉在叠加，演员的数量在加大，一堵活动人墙在舞台上赫然耸起。加油呀，肉质的躯体！

我知道这一切没有丝毫的危险性。一个动作被重复于千百万次之后，就会变得本能习惯。就如同卓别林到处拧螺丝，甚至在睡梦中也会依样画葫芦一样。

现在音乐的节奏愈加急促，人墙也愈叠愈高，没有性别的男女演员或勾或吊，组成了一道高耸入云的迷人景观，仿佛一只赤裸的肉欲的孔雀，瞧呀，它开屏了，得意洋洋风情万种地开屏了！那富丽堂皇的图案和微微颤动的翅膀，在灯光下向世人展示难以置信的奇迹。

一切都会得到赞颂，连同瘦弱的自行车。当金属支架因过度支撑摇摇欲坠时，一切都会得到谅解。而那只拼凑起来的肉孔雀的求爱，会不会得到另一只的响应呢？

魔术师素描

魔术师最终干的活儿就是征服所有观众的眼睛。从本质上说他也是一个艺术家，要有高雅的气质和悠闲的风度，仿佛人类的国王，但他要干的事情说到底还是欺骗——善意的艺术性的欺骗。千百年来人们总是心甘情愿地花钱到剧场里受骗，然后爆发出傻瓜一样的痴笑。

魔术师的微笑特别迷人——魔鬼似的微笑让人遗忘掉世间的一切——爱欲啊，烦恼啊，仇杀啊，无聊啊……当你看到魔术师那双高深莫测的眼睛时，一切就不复存在了。

魔术师的手不是人手，袖子也不是袖子。他天天能从口袋里掏出鸽子，从袖子里掏出玫瑰、月亮和珠宝，有时候他从空空如也的柜子里变出一个美人儿时，男人们会用狂乱的掌声把剧场掀翻。

人人都想抓住那梦幻之物，而纸做的月亮、棉花做的云朵仍旧悬挂于天穹之上。几乎每一个魔术师都有这种经历：把一种戏表演上千遍，却一次也没有被揭穿，这确实是魔术自身的魅力。时代，场所，灯光，一代代老去的观众……但魔术师永远不会老，他一直停留在某一次演出的细节里。他胸有成竹地一拉那块遮蔽的绸布，高喝一声：变！观众依旧不敢相信他们的眼睛：柜子里空空荡荡，什么也没有，魔术师把目瞪口呆的自己变成了一件道具。

这也是真的。就像那可怜的家伙流下的眼泪——魔术师的眼泪，是蜡做的，一流下就凝固了。而观众依然不依不饶，他们狂呼，大叫，希望所有的柜子都能把男人变成女人，把石头变成珠宝，把平民变成皇帝……然而灯光会完全熄灭，在无边无际的黑暗里这些瑟瑟发抖的疯子将逐渐平静下来，逐渐停止呼吸，宛如一具具俑像：呆滞、无奈，停下狂乱的手。

魔术师正在死去，是从袖子开始的，然后是眼睛、心、面庞、四肢……他用一种死代替了许多种死，他用一张面具代替了许多张面具，在黑暗中，他是那么丑陋、无助。没有音乐，也没有风，当那位悲伤的助手走上前台时，人们看到他弯腰拎起的，只是一张空空的皮囊。

催眠游戏

梦是轻的，所以肉体浊重。穿黑衣的施梦者从始至终带着神秘的微笑，仿佛一个先知。当迷雾般的音乐渐渐升起，灯光恍如观众的心情缓缓黯淡下去，什么杂念也没有。穿黑衣的催眠师以他那洁净的、月光般的裹在白手套中的手指，轻轻牵引着爱梦的女孩走到舞台中央。

那儿有一静泊的眠床，在灯光的中心，仿佛一片羽毛微微颤动。漂亮非凡的女郎神色安详，慢慢仰卧上去，闭合双目。

音乐梦语般蔓延开去，催眠者像一个老练的巫师一般微笑起来。他在喃喃低语，念着古老的符咒，而女孩浑然无觉，俨然一无辜婴孩儿。

她的睡眠是干净的，如同她的脸庞、睫毛、手臂和小腹。她处子般光洁的额壁汉白玉一样闪闪发光。而那款遮盖住整个躯体的白色丝绸宛如满月时的海浪，温暖地裹拥着安眠。

她正在缓缓升起，在催眠师手掌的魔力下，她像一片树叶在风的鼓动中一寸寸升起来。

俗世的生活是令人眷恋的，而天国的召唤又是如此叫人神往。当穹隆上那纸贴的假月亮放射出迷幻似的光芒……

她是幸运的。在芸芸众生之中，她是唯一被命运择中者——既代表大众，又代表自己。如果一个人能克服这下坠的引力而升向半空，并感觉和体验到鸟翅滑翔的乐趣……她是幸运的，幸运并幸福。在她年轻的肌肤上，有白云抚摸，阳光慰藉；有圣乐轻飏，和风吹拂……而肉体和骨骼，也应当像那盛开的花朵散发馨香。

现在，她正像一艘白色帆船，向上航行。她的姿态依然保持初睡的样子，她的面庞上有天使般的笑靥。她肉体深处的梦幻正像百年之后的一缕香魂汪洋恣意……

那催梦师正洋洋得意。他努起嘴在缓缓嘘气，并用空洞的套环穿过女孩的躯体以便检验他的杰作。目瞪口呆的观众沉寂无言，好像也被施了魔法，催眠入梦；仿佛梦是一匹巨大的飞马，可以载着万众翱翔。

看来，梦或睡眠也绝非私有的，也可以用来交换，可以拿到众目睽睽的舞台中央，供人观摩、展览、品味、回忆……

及至音乐渐低，灯光转亮，梦中之人忽悠一下回归到地面。这时，从催眠师手中惊醒过来的，除去兴高采烈的漂亮女郎，还有剧场内外形形色色的观众。

马戏场上的马

马乃非马。

在无数张面孔中疾驰的那个怪物，使地平线急剧萎缩，仿佛华丽的鞭子。而圆形池子里的沙土多么柔软，多么适合做梦……当被仔细修剪过的马鬃高高扬起，当那个假女王裸露着性感的大腿飞身翻坐马鞍，颠簸也许是必要的，吆喝也是。金色的灯光笼罩着乐曲轻扬的马戏大厅，所有的方式都是按照事前预定好的规则来进行的，幸好现场的气氛不至于太过怪诞！

现在那匹蹄子轻翻的家伙傲然入场，那亦人亦兽的神态让观者迟疑。也许这充分人性化的庞然大物心里并不轻松，它小心翼翼如履薄冰，也不敢贸然越雷池一步；它尽量像一个训练有素的演员，而非专制下戴枷锁的奴隶；它挺胸昂首，踏着乐曲中小步舞曲的旋律，步步生莲，仪态万方，俨然兽国之王。

观众陶醉了，痴迷了，进而得到了他们想要的快乐。于是鼓掌、欢呼，让人兽混同使用的时间像流水一样滔滔向前。哦，不要鞭挞，也无须驱策！那威严女王的身体在起伏的马背上变幻，仿佛一朵肉感的云彩，一圈又一圈，一遍又一遍，直到所有一模一样的马匹鱼贯而出，环绕成首尾相接的旋转马阵……

马乃非马。马此时绝非驰骋疆场上的赫赫战骑，亦非拉车负重的庸常牲畜。马，作为一种众目所望的奢侈品，在舞台上被夸张和抽象化，变成另一种匪夷所思的东西，从而得到人们的喜爱。它的动作是一成不变的，长期驯化的；它的嘶鸣转化成温柔的呼吸，从肥硕胸腔中徐徐喷出；它的皮毛油光锃亮，仿佛洒上香水的贵妇人的衣裳；它修长的身躯更像古代宫廷中粉面娇嗓的太监，夸张地跷起兰花指……

那女王的指令毕竟是有限的，她娇喘吁吁香汗淋漓，在马的小步舞蹈中实现了王者之尊。这时候连观众也成了马队的一部分。观众在嘶鸣、扬蹄、甩尾，打着响鼻，而马低眉顺目羞红了脸膛。

马的退场无异于逃逸。马在幕布中消失如同风在女王的腰肢处盘旋——风啊，为什么不让女王的优雅款款停留，以便使那浑然一体的人与马的形式保持到乐曲终了呢？

驯兽师的鞭子

世上本无兽，更无从谈起兽性。对于文明进化的人类来说，兽是他们的从前，兽是直立者的参照物，仿佛日光下的影子，步步紧随。

他们之间多么相似！但是对于动物们来说，这是不公平的。我们不能说是众兽模仿了人类，也不必肯定人类驯化了野兽。在自然里，除了神，似乎没有什么具有非凡的魔力。而人恰恰是喜欢通神的东西。

不是吗，人对自然的敬畏来源于最早（洪荒年代）对于各类野性十足力大无边的动物的崇拜。龙、虎、蟒、象、狮、狼、狐、蛇、鳄……乃至一只乌鸦，一只小小的蜘蛛，一头美丽的豹子。这是永恒的图腾，它慰藉了在残酷的自然法则面前孤立无援的人们，使弱小的人类逐渐长大。而动物们对此一无所知。

时光如河。在漫长的时光波纹里，人会看到自己正在日益发达的身体和头脑，人也会感受到心灵中那种蠢蠢而动的欲念。这也是人类自身悲剧的开始。从最初以兽骨石块相互投掷为风景的部族之争，到后来规模宏大残杀酷烈的大规模战争，人释放了自身中愈来愈膨胀的欲望以致泛滥成祸，人不仅毁坏了其自身固有的良知，也损伤了作为大自然中美丽一员的天性。

所以当这世界上只剩一种主宰——人时，当人满为患的大地上风光不再，那狂妄之徒手中便多了一条噼啪作响的玩意儿——鞭子。

人不仅挥舞以兽皮制作的鞭子，驱赶马驴骡象等动物为其苦役劳作，也鞭挞威猛的虎豹狮熊走上舞台表演作秀，来博得廉价的哄笑。在千年进化的历史中，驯兽师以强制性的鞭挞来把兽性的改造挪移到咫尺之间的舞台上，让人们在惊叫、狂呼和手舞足蹈中体会到法西斯主义的乐趣。从斑斓猛虎的战栗钢须上，从凛凛雄狮抖动飘扬的鬃毛上，从一只幼狼委屈的目光中，从小小哈巴狗快乐的吠叫里……人性之光普照的驯兽师终于可以在瞬间朗照他的奴化的孩子们——那兽性消隐的野生之物，那象群、狮群或马群狼群……当精心设置的节目接近尾声，当稍稍漫起的尘埃遮蔽住舞台四周孩子们惊讶的视线……

怜悯是必须的，畏惧也是。如果一个驯兽师不幸葬身于兽腹之中，我们也只能说这是他的技术不过关，他的胆量还太小，而不必把过错归结于兽性。至若那森森可怖的鳄鱼之口，那举足千钧之重的大象之足，以及虎的利爪、蛇的毒涎、豹的钢齿，都仅仅是衬托驯兽师的道具。

而那鞭子，那威风凛凛柔韧坚挺的鞭子，实则是一条系了死结的绳子，日夜绑缚驯兽师的心脏，直到他剧喘着，无助地死去……

三人柔术

三个人。三个柔若无骨的人。要为我们表演身体之软。

三个人——两个男性，一个女性。他们的身体和我们一样，也是血肉之躯，也是从娘肚子里孕育出来的凡夫俗子。

但他们软，软到令人吃惊并心酸的地步。有时甚至有意想不到的部位，大幅度地要命地弯折下来。

肉体可以打开，像花朵在阳光中热烈地打开，来享受自然母亲的恩宠；肉体也可以闭合，像月光中的含羞草一样闭合，这也是令人心颤的羞涩之美，理念之美。

可肉体能像折扇一样，随意折叠成那么小的无形吗？

我看过折叠的信笺，折叠的书卷，以及信笺或书卷中折叠的泪痕；但是我从没这么仔细地观看折叠起来的人的身体，像一块光滑的丝帕一样，他们不厌其烦地向观者一遍遍折叠，打开，又折叠……

听不到骨头的脆响，听不到血液的叫喊，也听不到心与心的哭泣……在大庭广众面前，我只听到了忧伤的音乐的声音，河水一般漫过头顶。

身体是否可以像衣裳一样，穿旧了或洗过了便平静地叠好，存放到柜子里或包裹里，并且放上一两粒樟脑球，以防虫蛀呢？

身体是否可以剔除骨骼，变作一张肉感的布，飘扬在旷野的风中？

身体是否可以像江河溪水，柔和到无形，以便使大地更亲和更真切地接纳它？

哦，身体！拥有者们总有那么多遐想来把它珍藏。是艺术吗？也许是技术，像邻近白铁铺子里的工匠师傅一样，凭着高超的手艺，做了各种各样的生活器具。

我愿意是一只水壶，掬一捧清水，煮一钵茶，在木质几案上，散发出清雅、淡然的香气……

民间绝活：上刀山

在刀锋上行走，除了需要超凡的胆识，需要千磨百练的熟稔技巧，最重要的是要具备强劲的意念——把锋刃的光焰完全压制下去，并拢成柔顺烛苗的意念。

对于上刀山的艺人而言，血肉之躯只是他荒凉的故乡，是大风天压弯的一缕炊烟，是山坳处一声似有似无的牛哞，是月台上倚着行李包茫然四顾的眼神……现在，他要把这血肉之躯负在脊梁上，上刀山，下火海，闯荡天下，绝不回首。

他的脚底板多么厚韧啊，简直跟青石板一样厚，跟他家祖传三代的黄土地一样厚。他牙关紧咬，眉头微蹙，暗提一口气，勒紧裤腰带，嗖、嗖、嗖……

他的身子是轻的，像一片羽毛，一缕白云；他将有形的身躯化为无形……仿佛和风交换过心得，和水切磋过秘诀——他是柔软的，软到包容一切的宽广；他又是坚韧的，连皮肤上的汗毛都韧得似浸泡过水的麻绳。

以柔克刚，与其说是一种人生哲学得到大多数人的赞赏，不如说是崛起于东方这一古老民族典型性情的绝妙写照。

刀锋的光焰一寸寸长起来，又一寸寸矮下去。

上刀山的艺人的身影渐行渐小，渐行渐远，慢慢消逝于变化多端的历史深处——在民间，飘浮着浓郁的月光味儿、中药味儿、书香味儿和宿命味道的民间，我又一次重读了祖先们的眼里积蓄的泪水——他们默默承受了年代的屈辱，洪荒灾祸，连绵战火，反复无常的帝王，阴险狡诈的奸臣⋯⋯

　　一切技艺都来源于苦难。而上刀山，则与先祖们流传下来的蓝花
瓷碗、线装书、青衫长袍、二胡三弦、春江花月夜（张若虚）、文房
四宝、精致的园林、李杜诗、东坡月、老舍、沈从文和齐白石一样，
是五千年故园印在大地上的寂静身影。

高空飞人

据说飞翔是人类最古老、最朴素，也是最恒久的梦想。即便如今人们已经发明和创造了各种各样现代化的飞行器，但人类并没因此长出翅膀，甚至一片薄而又轻的羽毛。人若想克服地球引力展翅翱翔，也许永远会耽留于梦想里而难于付诸现实，这是真的。

所以一个杰出的杂技演员借助器械，哪怕停留在空中数秒钟，也需要付出艰辛的努力，也需要有非凡的胆略和技巧。

我在电视荧屏上欣赏过高空跳伞运动员在跃出机舱之后舒展身体，模仿鸟的形态编队、找伴、组成优美别致的图案……这些从从容容的"飞翔者"，在打开降落伞之前所表现出来的惊人的镇静，给人制造了一个天大的错觉——以为他们不是在坠落——像一枚石子似的坠落，而是借助强大的风的力量，在蓝色穹隆上自由翱翔……也许他们真的是很幸运的。起码在极短的时间内，飞行者们在生命里体验到了飞翔的快感。不是吗，即使十分之一秒、半秒、一分钟，在从来就匍匐于大地上的人类之一员心灵里，他们的确与鸟雀鹰鹜们一样，伴着云朵和气流展扑开了双臂。

但他们在坠落——他们的飞翔，客观上来讲，无非是从跃出飞机舱门到地面的距离（除去因风的原因和飞机带来的惯力稍许偏离），他们正在坠落，就和杂技上的高空飞人一样，与其说是飞，不如说是借助器械的抛和荡，不如说是让台下的观众欣赏沉重肉体是如何因地球的引力与自身的笨拙而无可奈何地坠落的。

这是人类的悲哀，谁也无法改变。即使我们隐瞒了这一残酷的结论，但人们在飞行中这一拙劣表现仍然使这一运动本身蒙上了厚重的悲剧色彩。

我们真的能飞吗?!

跌落在保护网上的杂技演员睁大了无助的眼睛，他（她）仰起头努力看清的，是仰之弥高的演艺厅那肮脏、黑暗的圆形穹顶。